TRANZLATY

La lingua è per tutti

Language is for everyone

Fiabe popolari del Bengala

Folk Tales of Bengal

Parte prima
Part Two

Lal Behari Day

1 / 2

Italiano / English

Il segreto della vita
Life's Secret

C'era una volta un re.
Once upon a time there was a king.
Questo re aveva sposato due regine.
This King had married two Queens.
Le due regine si chiamavano Duo e Suo.
The two queens were called Duo and Suo.
Entrambe le regine non avevano figli.
Both of the queens were childless.
Un giorno un fachiro si presentò al cancello del palazzo.
One day a Faquir came to the palace gate.
Il fachiro era venuto a chiedere l'elemosina.
The Faquir had come to ask for alms.
La regina Suo andò alla porta.
Queen Suo went to the door.
E gli diede una manciata di riso.
And she gave him a handful of rice.
Il mendicante le fece una domanda.
The mendicant asked her a question.
"Hai figli?"
"Do you have any children?"
La regina non ebbe figli.
The queen had no children.
"Vorrei avere figli, ma non ne ho"
"I wish had children, but I have none"
Il sant'uomo si rifiutò di accettare l'elemosina da lei.
The holy man refused to take alms from her.
A quei tempi c'erano tradizioni diverse.
In these times there were different traditions.
E la gente credeva in molte cose diverse.
And the people believed many different things.
Non accettare la carità dalle mani di una donna senza figli.
Don't take charity from the hands of a childless woman.
Tali mani erano cerimonialmente impure.
Such hands were ceremonially unclean.

Il mendicante le offrì una medicina.

The mendicant offered her a medicine.

Questa medicina avrebbe dovuto eliminare la sua sterilità.

This medicine was to remove her barrenness.

Ha espresso la sua disponibilità ad assumere la medicina.

She expressed her willingness to take the medicine.

Il mendicante le spiegò come prendere la medicina.

The mendicant told her how to take the medicine.

"Questa è la pozione che devi ingoiare"

"This is the potion you must swallow"

"Preparare il succo di un fiore di melograno"

"Prepare the juice of a pomegranate flower"

"Ingoia la medicina con il succo"

"Swallow the medicine with the juice"

"Se fai questo, presto avrai un figlio"

"If you do this, you will soon have a son"

"Tuo figlio sarà estremamente bello"

"Your son will be exceedingly handsome"

"Il suo incarnato sarà bellissimo"

"His complexion will be beautiful"

"Avrà il colore dei fiori di melograno"

"He will have the colour of pomegranate flowers"

"E lo chiamerai Dalim Kumar"

"And you shall call him Dalim Kumar"

"Ma avrà anche dei nemici"

"But he will also have enemies"

"Cercheranno di togliere la vita a tuo figlio"

"They will try to take your son's life"

"Ma c'è un segreto nella sua vita"

"But there is a secret to his life"

"E ti svelerò questo segreto"

"And I will tell you this secret"

"Davanti al tuo palazzo c'è uno stagno"

"In front of your palace is a pond"

"In quello stagno c'è un grosso pesce Boal"

"In that pond there is a big Boal fish"

"La vita di tuo figlio è legata a quel pesce"

"Your son's life is connected to that fish".
"Nel cuore del pesce c'è una piccola scatola"
"In the heart of the fish is a small box"
"Questa piccola scatola è fatta di legno"
"This small box is made of wood"
"Nella scatola di legno c'è una collana d'oro"
"In the box of wood is a necklace of gold"
"Quella collana è la vita di tuo figlio"
"That necklace is the life of your son"
Il mendicante le diede la medicina.
The mendicant gave her the medicine.
E si salutarono.
And they said their farewells.

Ben presto tutti nel palazzo sussurrarono di un erede.
Soon all in the palace whispered of an heir.
Grande fu la gioia del Re.
Great was the joy of the King.
Aveva visioni di un erede al trono.
He had visions of an heir to the throne.
Una successione infinita di potenti monarchi.
A never-ending succession of powerful monarchs.
Sognava come perpetuare la sua dinastia.
He dreamt of how they perpetuated his dynasty.
Queste idee gli fluttuavano nella mente.
These ideas floated before his mind.
Lo rese il più felice che mai.
It made him the happiest he had ever been.
Per l'occasione vennero svolte numerose cerimonie.
Many ceremonies were performed for the occasion.
La gente del regno suonava musica ad alto volume.
The people of the kingdom played loud music.
La nascita di un principe era un evento davvero speciale.
The birth of a prince was a truly special event.
Presto la regina Suo diede alla luce un figlio.
Soon queen Suo gave birth to a son.
Era più bello di quanto chiunque avesse immaginato.

He was more beautiful than anyone had imagined.
Il re vide il volto di suo figlio.
The King saw his son's face.
E il suo cuore balzò di gioia.
And his heart leaped with joy.
Presto il bambino mangiò il suo primo riso.
Soon the child ate his first rice.
Mukhe Bhaat è stato celebrato con grande gioia.
Mukhe bhaat was celebrated with great joy.
E tutto il regno fu pieno di gioia.
And the whole kingdom was filled with gladness.

Dalim Kumar è cresciuto ed è diventato un bravo ragazzo.
Dalim Kumar grew up to be a fine boy.
C'era un'attività che gli piaceva particolarmente.
There was one activity he particularly liked.
Gli piaceva giocare con i piccioni.
He loved playing with the pigeons.
Tuttavia, i piccioni volavano spesso verso la Regina Duo.
However, the pigeons often flew to Queen Duo.
Nessuno sa perché lo abbiano fatto.
Nobody knows why they did this.
E volarono nel suo appartamento.
And they flew into her apartment.
Quindi Dalim Kumar incontrava spesso la regina Duo.
So Dalim Kumar often met Queen Duo.
All'inizio restituì volentieri i piccioni.
At first, she happily gave the pigeons back.
Ma in seguito non fu più così disposta a restituire i piccioni.
But later she wasn't as willing to return the pigeons.
Cedette i piccioni con una certa riluttanza.
She gave the pigeons up with some reluctance.
Sentiva di poter sfruttare questa situazione a suo vantaggio.
She felt she could use this to her advantage.
Naturalmente odiava il bambino.
She naturally hated the child.
Fin dalla nascita di Dalim, il re l'aveva trascurata.

Since Dalim's birth the king had neglected her.

E il re idolatrava la madre di Dalim.

And the King idolized the mother of Dalim.

In qualche modo aveva sentito parlare del mendicante.

Somehow, she had heard of the mendicant.

Sentì che aveva dato una medicina alla regina Suo.

She heard he had given queen Suo a medicine.

Anche lei aveva sentito ciò che lui aveva detto.

She had also heard about what he had said.

C'era un segreto nella vita del principe.

There was a secret to the prince's life.

Aveva sentito dire che la sua vita era legata a qualcosa.

She had heard his life was bound to something.

Ma non sapeva a cosa fosse destinata la sua vita.

But she did not know what his life was bound to.

Era determinata a scoprire il segreto.

She was determined to get the secret.

Naturalmente i piccioni tornarono da lei.

Of course, the pigeons came back to her.

E i piccioni volarono di nuovo nella sua stanza.

And the pigeons flew into her room again.

Questa volta si rifiutò di restituire i piccioni.

This time she refused to give the pigeons back.

"Non ti restituirò il tuo piccione"

"I won't just give you your pigeon back"

"Prima devi dirmi una cosa"

"First, you have to tell me something"

"Cosa vuoi, zia?" chiese il ragazzo.

"What do you want, aunty?" the boy asked.

"Oh, tesoro mio, non preoccuparti"

"Oh, my darling, do not worry"

"È solo una piccola cosa che desidero"

"It's just a small thing I want"

"Voglio sapere dove è nascosta la tua vita"

"I want to know where your life is hidden"

Il ragazzo ne fu molto confuso.

The boy was very confused by this.
"Cos'è quello, zia?"
"What is that, aunty?"
"Dove può essere la mia vita, se non in me?"
"Where can my life be, except in me?"
"No, bambina, non è questo che intendevo"
"No, child, that is not what I meant"
"Un santo mendicante ha raccontato un segreto a tua madre"
"A holy mendicant told your mother a secret"
"La tua vita è legata a qualcosa"
"Your life is bound up with something"
"Vorrei sapere cos'è quella cosa "
"I wish to know what that thing is"
Il ragazzo era confuso da ciò che aveva detto.
The boy was confused by what she said.
"Non ho mai sentito niente del genere"
"I never heard of any such thing"
Ma Queen Duo ha insistito che era vero.
But Queen Duo insisted it was true.
"Promettimi di scoprirlo da tua madre"
"Promise to find out from your mother"
"Chiedile dove è nascosta la tua vita"
"Ask her where your life is hidden"
"Allora ti lascerò i piccioni"
"Then I will let you have the pigeons"
"Altrimenti terrò i piccioni"
"Otherwise, I will keep the pigeons"
Il ragazzo voleva indietro i suoi piccioni.
The boy wanted his pigeons back.
Così accettò di ottenere le informazioni.
So he agreed to get the information.
Ma prima gli fece promettere.
But first she made him promise.
"Promettimi che non lo dirai a tua madre"
"Promise me you won't tell your mother"
E il ragazzo promise di non dirglielo.
And the boy promised not to tell her.

"Prometto che non lo dirò a mia madre"
"I promise I won't tell my mum"
La regina Duo liberò i piccioni del principe.
Queen Duo freed the prince's pigeons.
Dalim era felicissimo di riavere i suoi uccelli.
Dalim was overjoyed to have his birds again.
E dimenticò l'intera conversazione.
And he forgot the entire conversation.

Il giorno dopo Dalim stava di nuovo giocando.
The next day Dalim was playing again.
Potete immaginare cosa accadde di nuovo.
You can imagine what happened again.
I piccioni volarono verso l'appartamento della regina Duo.
The pigeons flew to Queen Duo's apartment.
E volarono di nuovo nella sua stanza.
And they flew into her room again.
Dalim entrò nell'appartamento della matrigna.
Dalim went in to his stepmother's apartment.
E le chiese i piccioni.
And he asked her for the pigeons.
Naturalmente gli chiese l'informazione.
Of course she asked him for the information.
Dalim non poteva dirle dove fosse nascosta la sua vita.
Dalim could not tell her where his life was hidden.
"Prometto che glielo chiederò oggi"
"I promise I will ask her today"
"Ma per favore, posso avere i miei piccioni?"
"But please can I have my pigeons"
Non restituì i piccioni così in fretta.
She didn't give the pigeons back so quickly.
Ma alla fine riuscì a recuperare i suoi piccioni.
But, in the end, he got his pigeons again.

Dopo aver giocato, Dalim andò da sua madre.
After playing, Dalim went to his mother.
"Mamma, per favore dimmi dove è nascosta la mia vita"

"Mamma, please tell me where my life is hidden"
"Cosa intendi, bambina?" chiese la madre.
"What do you mean, child?" asked the mother.
Rimase stupita dalla domanda.
She was astonished at the question.
Perché suo figlio glielo avrebbe chiesto?
Why would her child ask her this?
«Sì, mamma», rispose il bambino.
"Yes, mamma," replied the child.
"Ho sentito parlare di un santo mendicante"
"I have heard of a holy mendicant"
"Ti ha raccontato qualcosa della mia vita"
"He told you something about my life"
"Ha detto che la mia vita è nascosta in qualcosa"
"He said my life is hidden in something"
"Dimmi cos'è quella cosa"
"Tell me what that thing is"
"Figlio mio, tesoro mio, tesoro mio"
"My child, my darling, my treasure"
«La mia luna d'oro», implorò sua madre.
"My golden moon," his mother pleaded.
"Non fare una domanda del genere"
"Do not ask such a question"
"Coprite la bocca dei miei nemici con la cenere"
"Cover my enemies' mouths with ashes"
«Che il mio Dalim viva per sempre», implorò.
"Let my Dalim live forever," she begged.
Ma il bambino insistette per conoscere il segreto.
But the child insisted on knowing the secret.
Si rifiutò di mangiare o bere finché non lo avesse saputo.
He refused to eat or drink until he knew.
La regina Suo non ebbe altra scelta che dirglielo.
Queen Suo had no choice but to tell him.
Alla fine gli raccontò il segreto della sua vita.
Eventually she told him the secret of his life.

Il giorno dopo Dalim stava di nuovo giocando.

The next day Dalim was playing again.

Potete immaginare dove volavano i piccioni.

You can imagine where the pigeons flew.

Dalim inseguì gli uccelli nell'appartamento.

Dalim chased after the birds into the apartment.

La sua matrigna gli disse molte parole dolci.

His stepmother told him many sweet words.

E alla fine gli svelò il suo segreto.

And finally, she got his secret from him.

Non perse tempo e diede inizio al suo piano malvagio.

She wasted no time to start her wicked plan.

E diede ordini ai suoi servi.

And she gave orders to her servants.

"Prendi un po' di gambo secco dalla pianta di canapa"

"Get some dried stalk from the hemp plant"

"Assicurati che i gambi siano molto fragili"

"Make sure the stalks are very brittle"

Gli steli fragili della canapa producono un rumore di schiocco.

Brittle hemp stalks make a cracking sound.

Il suono è simile allo schiocco delle giunture.

The sound is similar to the cracking of joints.

E sembra il suono delle ossa di persone anziane.

And it sounds like the bones of old people.

Mise i fragili steli di canapa sotto il letto.

She put the brittle hemp stalks under her bed.

E poi si sdraiò sul letto.

And then she lied on her bed.

Voleva testare gli steli di canapa.

She wanted to test the hemp stalks.

Gli steli si spezzarono tanto quanto lei desiderava.

The stalks cracked just as much as she wanted.

Era soddisfatta di come stava andando il suo piano.

She was satisfied with how her plan was going.

Diede altri ordini ai suoi servi.

She gave more orders to her servants.

"Dite al re che sono molto malato"

"Tell the King I am very ill"
"Deve venire a trovarmi subito"
"He must come to see me immediately"
Il re non amava questa regina.
The king did not love this queen.
Ma aveva ancora il dovere di prendersi cura di lei.
But he still had a duty to care for her.
Se era malata, doveva prendersi cura di lei.
If she was ill, he had to look after her.
Il re andò nella sua camera da letto.
The King came to her bedroom.
Si rigirò sul letto per il dolore.
She rolled on the bed in pain.
Il re sentì lo scricchiolio delle sue ossa.
The King heard the cracking of her bones.
Ordinò al suo medico più esperto di curarla.
He ordered his best physician to attend her.
Ma la regina aveva pensato anche a questo.
But the queen had thought of this.
Aveva già parlato con il medico.
She had already spoken with the physician.
«C'è un solo rimedio», disse al re.
"There is only one remedy," he told the king.
"C'è uno stagno davanti al palazzo"
"There's a pond in front of the palace"
"Nello stagno c'è un grosso pesce Boal"
"In the pond there's a large Boal fish"
"Il rimedio è in quel pesce"
"The remedy is in that fish"
Allora il re lasciò che il medico catturasse il pesce.
So the king let the physician catch the fish.
Nel frattempo Dalim era impegnato a giocare.
Meanwhile Dalim was busy playing.
Non sapeva nulla della malattia della zia.
He knew nothing of his aunt's illness.
Il pesce è stato tirato fuori dall'acqua.
The fish was taken out the water.

Dalim cadde a terra immediatamente .
Dalim fell to the ground immediately.
Si dimenava sul pavimento.
He flopped around on the floor.
E non riusciva a respirare.
And he could not breathe.
Le guardie se ne accorsero subito.
The guards immediately noticed.
Dalim fu portato nella stanza della madre.
Dalim was taken to his mother's room.
E il re fu informato di suo figlio.
And the King was informed of his son.
Non riusciva a credere alla malattia del figlio.
He couldn't believe his son's illness.
Il pesce fu portato alla Regina Duo.
The fish was taken to Queen Duo.
La regina Duo veniva salvata.
Queen Duo was being saved.
Nello stesso momento Dalim stava morendo.
At the same time Dalim was dying.
Il pesce è stato tagliato aperto.
The fish was cut open.
E trovarono la scatola di legno.
And they found the wooden box.
Nella scatola c'era una collana d'oro.
In the box lay a necklace of gold.
La regina Duo indossa la collana.
Queen Duo put on the necklace.
E Dalim morì nello stesso momento.
And Dalim died at the very same moment.

La notizia della tragedia giunse fino al re.
News of the tragedy reached the king.
Fu immerso in un oceano di dolore.
He was plunged into an ocean of grief.
La notizia della guarigione di Queen Duo non fu d'aiuto.
News of Queen Duo's recovery did not help.

Pianse lacrime amare e dolorose.
He wept painful and bitter tears.
Nessuno pensava che si sarebbe ripreso.
No one thought he would recover.
Non poteva sopportare di seppellire suo figlio.
He could not bear to bury his son.
E non permise che il suo corpo venisse bruciato.
Nor did he allow his body to be burned.
Non riusciva ad accettare che suo figlio fosse morto.
He could not accept that his son had died.
La sua morte è stata così improvvisa e insensata.
His death was so sudden and senseless.
Fece spostare il cadavere in una casetta da giardino.
He had the dead body moved to a garden-houses.
Questa casa con giardino si trovava in periferia.
This garden-house was in the suburbs.
Qui venne sepolto suo figlio.
Here his son was laid in state.
Lì venivano messe provviste di ogni genere.
All sorts of provisions were put there.
Sebbene tutti sapessero che non era necessario.
Although everyone knew it was unnecessary.
Il ragazzo non aveva più bisogno di cibo.
The young boy did not need food anymore.
La casa veniva tenuta chiusa a chiave giorno e notte.
The house was kept locked day and night.
Dalim aveva un amico molto intimo.
Dalim had had one very close friend.
Solo a questo amico era permesso fargli visita.
Only this friend was allowed to visit.
Era il figlio del primo ministro.
He was the son of the prime minister.
Gli fu affidata la chiave di casa.
He was entrusted with the key of the house.
Una volta al giorno poteva far visita al suo amico defunto.
Once a day he could visit his dead friend.

La regina Suo si ritirò dopo la perdita del figlio.
Queen Suo retired after the loss of her son.
Ora il Re trascorreva le notti con la Regina Duo.
Now the King spent the nights with Queen Duo.
La regina voleva evitare sospetti.
The Queen wanted to avoid suspicion.
Così di notte si tolse la collana.
So she took the necklace off at night.
Ma la vita di Dalim era legata alla collana.
But Dalim's life was tied to the necklace.
E la sua morte non fu così semplice.
And his death was not so simple.
Era morto quando la regina indossò la collana.
He was dead when the queen wore the necklace.
Ma quando lei gli tolse la collana, lui tornò in vita.
But when she took the necklace off, he returned to life.
E così ogni notte tornava in vita.
And so he returned to life every night.
Ogni mattina indossava di nuovo la collana.
Every morning she put the necklace on again.
E così, ogni mattina, moriva di nuovo.
And so, he died again every morning.
Di notte mangiava quello che voleva.
At night he ate whatever food he liked.
Perché c'era cibo in abbondanza per lui.
Because there was plenty of food for him.
Camminava nei locali.
He walked around in the premises.
E meditò sulla stranezza della sua vita.
And he meditated on the strangeness of his life.
L'amico di Dalim gli faceva visita solo di giorno.
Dalim's friend only visited him during the day.
Per questo lo vedeva sempre come un cadavere senza vita.
So he always saw him as a lifeless corpse.
Ma il suo corpo non sembrava cambiare mai.
But his body never seemed to change.
Non c'era alcun segno di putrefazione.

There was no sign of putrefaction.
Il corpo era pallido e senza vita.
The body was lifeless and pale.
Ma non c'erano sintomi di morte.
But there were no symptoms of death.
Tutto ciò gli sembrava troppo strano.
It all seemed too strange for him.
Decise quindi di osservare il cadavere più da vicino.
So he decided to watch the corpse more closely.
E di notte fece visita al suo amico.
And he visited his friend at night.
Rimase sbalordito da ciò che vide quella notte.
He was astonished at what he saw that night.
Il suo amico morto stava passeggiando nel giardino.
His dead friend was walking about in the garden.
All'inizio pensò che Dalim potesse essere un fantasma.
At first, he thought Dalim might be a ghost.
Allora andò a vedere se riusciva a toccarlo.
So he went to see if he could touch him.
E poi vide che era davvero il suo amico.
And then he saw it was really his friend.
Dalim raccontò al suo amico tutto quello che era successo.
Dalim told his friend everything that had happened.
Gli raccontò tutte le circostanze della sua morte.
He told him all the circumstances of his death.
E presto risolsero il mistero.
And soon they solved the mystery.
Capirono perché si rianimava solo di notte.
They understood why he revived only at night.
Ogni notte il re andava a trovare la regina Duo.
Every night the king came to see Queen Duo.
Quando il re le fece visita, lei si tolse la collana.
When the King visited, she took off her necklace.
La vita del principe dipendeva dalla collana.
The life of the prince depended on the necklace.
Così i due amici elaborarono un piano.
So the two friends worked on a plan.

Notte dopo notte si consultavano.
Night after night they consulted together.
Ma non riuscirono a pensare a nessun piano fattibile.
But they could not think of any feasible scheme.

Alla fine gli dei devono aver avuto pietà.
Eventually the Gods must have taken pity.
E decisero di liberare Dalim.
And they decided to free Dalim.
Ma dobbiamo capire come operano gli Dei.
But we must understand how the Gods work.
Queste cose vengono pianificate molto tempo prima.
These things are planned long before.
La sorella di Bidhata-Purusha aveva avuto una figlia.
The sister of Bidhata-Purusha had had a daughter.
Bidhata-Purusha era un grande indovino.
Bidhata-Purusha was a great fortune teller.
Aveva scritto qualcosa sulla fronte del bambino.
He had written something on the child's forehead.
"Questo bambino sposerà lo sposo morto"
"This child will marry the dead bridegroom"
Sua madre ne fu molto addolorata.
Her mother was very saddened by this.
Non voleva che questo destino toccasse a sua figlia.
She did not want this destiny for her daughter.
Ma non poteva discutere con lui.
But she could not argue with him.
Non cambiò mai ciò che aveva scritto.
He never changed what he had written.
Il bambino divenne straordinariamente bello.
The child became exceedingly beautiful.
Ma la madre non riusciva a trarne alcun piacere.
But the mother could not take any pleasure in this.
Perché conosceva il destino del suo bambino.
Because she knew the destiny of her child.
Alla fine la ragazza raggiunse l'età da marito.
Eventually the girl came to marriageable age.

Doveva trovare un modo per evitare il suo destino.
She had to find a way to avoid her fate.
Così la madre fuggì dal paese con il figlio.
So the mother fled the country with her child.
Forse avrebbe potuto evitare il suo terribile destino.
Perhaps she could avoid her dreadful destiny.
Ma ciò che era scritto era scritto.
But what was written was written.
E il destino non può essere annullato in questo modo.
And fate cannot be overruled like this.
Insieme viaggiarono attraverso la terra.
Together they journeyed through the land.
Potete immaginare come agiva il destino.
You can imagine how fate was working.
Passarono davanti al luogo di riposo di Dalim.
They wandered past Dalim's resting place.
L'ombra della sera si stava avvicinando.
The shade of the evening was approaching.
«Mamma, ho sete», disse la bambina.
"Mother, I am thirsty," said her child.
«Siediti a questo cancello», rispose la madre.
"Sit at this gate," replied her mother.
"Cercherò l'acqua nel villaggio"
"I will search for water in the village"
La ragazza era curiosa di vedere il giardino.
The girl was curious about the garden.
E nel giardino vide una strana casa.
And in the garden she saw strange house.
Spinse il cancello, che si aprì da solo.
She pushed the gate, which opened itself.
Quando entrò, vide un bellissimo palazzo.
When she went in, she saw a beautiful palace.
Ma aveva una sensazione di disagio riguardo al palazzo.
But she had an uneasy feeling about the palace.
Tuttavia la porta si era chiusa da sola.
However, the door had shut itself.
Quindi non aveva modo di uscire.

So she had no way of getting out.

Quando giunse la notte il principe si riprese.
When night came the prince revived.
Come al solito, passeggiava nel giardino.
As usual, he walked around in the garden.
Ma questa volta vide una figura femminile.
But this time he saw a female figure.
La figura era in piedi vicino al cancello.
The figure was standing near the gate.
Presto si accorse che si trattava di una ragazza.
Soon he saw that it was a girl.
E vide che era di una bellezza insuperabile.
And he saw she was of unsurpassed beauty.
"Chi sei?" le chiese.
"Who are you?" he asked her.
Raccontò a Dalim tutto quello che era successo.
She told Dalim everything that had happened.
Tutti i dettagli della sua piccola storia.
All the details of her little history.
"Mio zio è il divino Bidhata-Purusha"
"My uncle is the divine Bidhata-Purusha"
"Ha scritto sulla mia fronte alla nascita"
"He wrote on my forehead at birth"
"Questo bambino sposerà lo sposo morto"
"This child will marry the dead bridegroom"
"Mia madre non voleva quella vita per me"
"My mother did not want that life for me"
"Così abbiamo lasciato la nostra casa e la nostra città"
"So we left our house and city"
"E vagammo per il paese"
"And we wandered through the country"
"Eravamo giunti al cancello del tuo palazzo"
"We had come to the gate of your palace"
"Dopo il nostro viaggio avevo sete"
"After our journey I was thirsty"
"Così mia madre andò a cercare l'acqua"

"So my mother went to look for water"
"E ora sono qui davanti a voi"
"And now I am standing here before you"
Dalim Kumar conosceva il significato della storia.
Dalim Kumar knew the meaning of the story.
«Io sono lo sposo morto», disse alla ragazza.
"I am the dead bridegroom," he told the girl.
"Sono io che sposerai"
"It is me who you will marry"
«Vieni con me a casa», le chiese.
"Come with me to the house," he asked of her.
Ma la ragazza non si lasciò convincere così facilmente.
But the girl wasn't so easily persuaded.
"Sei in piedi e mi stai parlando"
"You are standing and speaking to me"
"Come puoi essere lo sposo morto?"
"How can you be the dead bridegroom?"
Il principe capì la sua obiezione.
The prince understood her objection.
"Lo capirai dopo"
"You will understand it afterwards"
La ragazza seguì il principe dentro casa.
The girl followed the prince into the house.
Aveva digiunato tutto il giorno.
She had been fasting the whole day.
Così il principe le diede del cibo meraviglioso.
So the prince gave her wonderful food.
Nel frattempo la madre della ragazza era tornata.
Meanwhile, the girl's mother had come back.
Lei era in piedi davanti ai cancelli del giardino.
She was standing at the gates of the garden.
Ma sua figlia non c'era più.
But her daughter was not there anymore.
Gridò chiamando sua figlia.
She cried out for her daughter.
Ma non ricevette alcuna risposta dalla figlia.
But she got no reply from her daughter.

Così andò a cercarla nel villaggio.
So she went looking for her in the village.

Come al solito, quella sera venne l'amico di Dalim.
As usual, Dalim's friend came that night.
Dalim stava ancora intrattenendo il suo ospite.
Dalim was still entertaining his guest.
Non si aspettava di vedere uno sconosciuto.
He was not expecting to see a stranger.
E la ragazza gli raccontò di nuovo la sua storia.
And the girl retold him her story.
Potete immaginare la sua sorpresa quando glielo disse.
You can imagine his surprise when she told him.
Riuscì a confermare la storia di Dalim.
He was able to confirm Dalim's story.
Presto tutti accettarono il loro destino.
Soon they had all accepted destiny.
Quella notte si compirono i loro destini.
That night they fulfilled their fates.
Decisero di unire la coppia in matrimonio.
They decided to unite the couple in matrimony.
Sarebbe stato impossibile trovare un prete.
It was going to be impossible to get a priest.
Così l'amico di Dalim eseguì i riti imenei.
So Dalim's friend performed the hymeneal rites.
L'amico dello sposo lasciò il palazzo.
The friend of the bridegroom left the palace.
Gli sposi novelli avevano il palazzo tutto per loro.
The newly-weds had the palace to themselves.
La coppia felice non dormì molto quella notte.
The happy couple did not sleep much that night.
Si svegliarono molto dopo l'alba.
So it was long after sunrise that they woke up.
Naturalmente a svegliarsi fu solo la giovane moglie.
Of course it was only the young wife that woke up.
Il principe era tornato ad essere un cadavere freddo.
The prince had become a cold corpse again.

La regina aveva indossato la sua collana.
The queen had put on her necklace.
E la vita lo aveva abbandonato di nuovo.
And life had departed from him again.
Potete immaginare come si sentì la giovane moglie.
You can imagine how the young wife felt.
Scosse il marito per cercare di svegliarlo.
She shook her husband to try and wake him.
Lo baciò sulle labbra fredde.
She kissed him on his cold lips.
Ma tutti i suoi sforzi furono vani.
But all her efforts were in vain.
Era senza vita come una statua di marmo.
He was as lifeless as a marble statue.
La giovane moglie fu colpita dall'orrore.
The young wife was stricken with horror.
Si colpì il petto con i pugni.
She smote her breast with her fists.
Si colpì la fronte con i palmi delle mani.
She struck her forehead with her palms.
E si strappò i capelli dalla testa.
And she tore her hair from her head.
Corse attraverso il giardino come una pazza.
She ran through the garden like a mad woman.
L'amico di Dalim non è venuto durante il giorno.
Dalim's friend did not come during the day.
Non voleva vedere il suo amico in questo stato.
He did not want to see his friend this way.
La povera ragazza non sapeva cosa fare.
The poor girl did not know what to do.
Il tempo non passava mai abbastanza velocemente.
Time could not pass quickly enough.
Il giorno sembrò lungo quanto un anno.
The day seemed as long as a year.
Ma anche il giorno più lungo giunge al termine.
But the even longest day has its end.
Le ombre della sera stavano calando.

The shades of evening were descending.
Il marito defunto riprese conoscenza.
Her dead husband was awakened into consciousness.
Si alzò di nuovo dal letto.
He rose up from his bed again.
E abbracciò la sua nuova moglie.
And he embraced his new wife.
Di nuovo mangiarono, bevvero e si rallegrarono.
Again they ate, drank, and became merry.
Il suo amico fece la sua solita apparizione.
His friend made his usual appearance.
E l'intera notte fu trascorsa a festeggiare.
And the whole night was spent celebrating.

Trascorsero in questo modo i successivi sette anni.
They spent the next seven years this way.
Durante il giorno Dalim era senza vita.
During the day Dalim was lifeless.
Ma di notte tornò in vita.
But at night he came to life.
E la loro vita era abbastanza normale.
And their life was quite usual.
La principessa diede al marito due adorabili ragazzi.
The princess gave her husband two lovely boys.
Erano l'immagine esatta del loro padre.
They were the exact image of their father.
Naturalmente il re e le regine non lo sapevano.
Of course the king and Queens did not know.
Non sapevano di essere nonni.
They did not know they were grandparents.
E non sapevano che Dalim fosse vivo.
And they did not know Dalim was alive.
Per essere precisi direi che era vivo di notte.
To be precise I should say he was alive at night.
Tutti pensavano che fosse morto da tempo.
They all thought he had long been dead.

Davano per scontato che il suo cadavere non ci sarebbe più stato.
They assumed his corpse would now be gone.
Ma il cuore della moglie di Dalim era desideroso.
But the heart of Dalim s wife was yearning.
Non voleva altro che sua suocera.
She wanted nothing more than her mother-in-law.
Nel corso degli anni aveva elaborato un piano.
Over the years she had come up with a plan.
Forse avrebbe potuto vedere sua suocera.
Perhaps she could see her mother-in-law.
Forse potrebbero impossessarsi della collana.
Maybe they could get hold of the necklace.
Chiese il consenso del marito.
She asked for the consent of her husband.
E le permise di travestirsi.
And he allowed her to disguise herself.
Assunse l'aspetto di una barbiere.
She took on the appearance of a female barber.
Come ogni barbiere, aveva bisogno di attrezzatura.
Like every female barber, she needed equipment.
Prese i seguenti strumenti;
She took the following tools;
Strumento di ferro per la preparazione delle unghie.
An iron instrument for preparing finger nails.
Un altro strumento di ferro per raschiare i piedi.
Another iron instrument for scraping the feet.
Un pezzo di mattone jhama bruciato.
A piece of burnt jhama brick.
Per massaggiare le piante dei piedi.
For rubbing the soles of the feet.
E dipingi i bordi dei piedi.
And paint for the edges of the feet.
Portò con sé tutti i suoi attrezzi.
She took all her tools with her.
E lei si fermò alla porta del palazzo del Re.
And she stood at the gate of the King's palace.

Ho dimenticato un'altra cosa che ha portato.

I forgot something else she brought.

Era venuta con i suoi due figli.

She had come with her two sons.

Ha parlato con le guardie.

She spoke with the guards.

"Lavoro come barbiere"

"I work as a barber"

"Sono venuto per offrire i miei servizi"

"I have come to offer my services"

"Desidero vedere la regina Suo"

"I desire to see Queen Suo"

La regina Suo le concesse rapidamente un'intervista.

Queen Suo quickly gave her an interview.

La regina era molto affezionata ai due ragazzini.

The queen was quite fond of the two little boys.

Stranamente le ricordavano suo figlio.

They strangely reminded her of her own son.

E si ricordò del suo tesoro perduto.

And she remembered her lost treasure.

Le lacrime le scendevano copiosamente dagli occhi.

Tears fell profusely from her eyes.

Non aveva la minima idea di chi fossero.

She had not the remotest idea who they were.

Naturalmente sappiamo chi sono.

Of course we know who they are.

I due bambini sono i suoi nipoti.

The two little boys are her grandsons.

Parlò con il barbiere.

She spoke to the barber.

"Mio figlio è morto quando era piccolo"

"My son died when he was young"

"Ho rinunciato a queste vanità"

"I have given up these vanities"

"Ho smesso di farmi tingere i piedi in modo cerimoniale"

"I stopped having my feet ceremoniously dyed"

"Ma sarei felice di vedere i tuoi due bei ragazzi"

"But I would be glad to see your two fine boys"
Il barbiere acconsentì a far vedere i suoi ragazzi alla regina Suo.
The barber agreed to let Queen Suo see her boys.
Ma prima di partire aveva una domanda.
But she had one question before she went.
"Ci sono altre dame a palazzo?
"Are there other ladies in the palace?
"Qualcun altro a cui potrei fornire il mio servizio"
"Someone else I could provide my service to"
Le fu detto che c'era un'altra regina.
She was told there was another queen.
E le fu anche permesso di andare da quella regina.
And she was also allowed to go to that queen.
Queen Duo le ha permesso di preparare le unghie.
Queen Duo allowed her to prepare her nails.
E le fu permesso di grattarsi i piedi.
And she was allowed to scrape her feet.
Si dipinse i piedi con l'alakta.
She painted her feet with alakta.
E la regina fu molto soddisfatta della sua abilità.
And the queen was very pleased with her skill.
Le piaceva anche la dolcezza del suo carattere.
She also enjoyed the sweetness of her disposition.
Così ha prenotato per usufruire di altri suoi servizi.
So she booked to have more of her services.
La barbiere era venuta per qualcos'altro.
The female barber had come for something else.
E notò subito la collana.
And she quickly noticed the necklace.
La collana era al collo della regina.
The necklace was around the Queen's neck.

Era arrivato il giorno della sua seconda visita.
The day of her second visit had come.
Diede le istruzioni al figlio maggiore.
She gave her eldest son the instructions.

"Stiamo tornando a palazzo"
"We are going into the palace again"
"Quando sei a palazzo devi piangere"
"When in the palace you have to cry"
"Dì che vorresti la collana della regina"
"Say you would like the queen's necklace"
"Non smettere di piangere finché non avrai la sua collana"
"Don't stop crying until you have her necklace"
La barbiere si recò nell'appartamento della regina Duo.
The female barber went to queen Duo's apartment.
Presto il ragazzo più grande cominciò a piangere.
Soon the elder boy started to cry.
Il ragazzo ha interpretato bene il suo ruolo.
The boy acted his role well.
Niente avrebbe potuto consolare il ragazzo.
Nothing would console the boy.
"Cosa c'è che non va ?" chiese la regina Duo.
"What is wrong?" Queen Duo asked.
Il ragazzo riusciva a malapena a parlare.
They boy could hardly speak.
"La tua collana è così bella"
"Your necklace is so beautiful"
E continuò a singhiozzare.
And he continued to sob.
"Posso tenere la collana, per favore?"
"Can I please hold the necklace?"
La regina Duo non voleva lasciarglielo fare.
Queen Duo did not want to let him.
"Non posso separarmi dalla mia collana"
"I cannot part with my necklace"
"È il mio gioiello più prezioso"
"It is my most valuable jewel"
Ma il ragazzo non smetteva di piangere.
But the boy did not stop crying.
Così si tolse la collana dal collo.
So she took the necklace off her neck.
E mise la collana nella mano del ragazzo.

And she put the necklace into the boy's hand.
Il ragazzo smise subito di piangere.
The boy quickly stopped crying.
E teneva la collana in mano.
And he held the necklace in his hand.
La barbiere aveva terminato il suo lavoro.
The female barber had finished her work.
Stava riponendo i suoi attrezzi.
She was packing up her tools.
E stava per lasciare il palazzo.
And she was about to leave the palace.
Quindi la regina volle indietro la collana.
So the queen wanted the necklace back.
Ma il ragazzo non le lasciò la collana.
But the boy would not let her have the necklace.
Sua madre tentò di strappargli la collana.
His mother attempted to snatch the necklace from him.
Ma lui pianse amaramente quando lei ci provò.
But he wept bitterly when she tried.
E pianse come se il suo cuore si stesse spezzando.
And he cried as if his heart would break.
La barbiere chiese gentilmente alla regina:
The female barber politely asked the queen;
"Per favore, lascia che il ragazzo porti a casa la collana"
"Please let the boy take the necklace home"
"Si addormenterà dopo aver bevuto il suo latte"
"He will fall asleep after drinking his milk"
"E poi ti riporterò la collana"
"And then I will bring your necklace back"
Si rese conto di non avere scelta.
She could see she had no choice.
Il ragazzo non le permise di prendere la collana.
The boy would not allow her to take the necklace.
Così accettò la proposta.
So she agreed to the proposal.
"Dalim dev'essere morto da tempo", pensò.
"Dalim must now be long dead," she thought.

E non aveva nulla di cui preoccuparsi.
And she had nothing to worry about.

La principessa aveva la preziosa collana.
The princess had the prized necklace.
Il tesoro legato alla vita del marito.
The treasure bound to her husband's life.
Tornò di corsa alla casetta in giardino.
She rushed back to the garden-house.
E diede la collana a Dalim.
And she gave the necklace to Dalim.
Dalim era vivo da tutta la mattina.
Dalim had been alive all morning.
Era la prima volta che rivedeva il sole.
It was the first time he saw the sun again.
La loro gioia per la sua vita non conosceva limiti.
Their joy of his life knew no bounds.
Il loro amico consigliò loro di andare a palazzo.
Their friend advised them to go to the palace.
"Vai a palazzo domani"
"Go to the palace tomorrow"
"Presentatevi al Re e alla Regina"
"Present yourselves to the King and Queen"
"Fagli sapere che sei vivo e vegeto"
"Let them know you're alive and well"
La coppia accettò il consiglio dell'amico.
The couple accepted their friend's advice.
E prepararono tutto per il loro arrivo.
And they prepared everything for their arrival.
Fu portato un elefante per il principe.
An elephant was brought for the prince.
Per i ragazzi furono portati due pony.
A pair of ponies were brought for the boys.
E ci fu un grande chaturdala.
And there was a grand chaturdala.
Era arredata con tende di pizzo dorato.
It was furnished with curtains of gold lace.

La notizia fu inviata al re e alla regina Suo.
Word was sent to the king and Queen Suo.
"Il principe Dalim Kumar è vivo e vegeto"
"Prince Dalim Kumar is alive and well"
"E lui verrà a trovarti"
"And he is coming to visit you"
"Adesso ha una moglie e due figli "
"Now he has a wife and two sons"
Il re e la regina Suo stentavano a crederci.
The King and Queen Suo could hardly believe it.
Ma fu loro assicurato che era tutto vero.
But they were assured that it was all true.
La regina Duo si rese subito conto della situazione difficile.
Queen Duo quickly realized her predicament.
E fu sopraffatta dal dolore.
And she became overwhelmed with grief.
Una banda di musicisti seguiva il principe.
A band of musicians followed the prince.
Il principe Dalim Kumar si avvicinò al cancello del palazzo.
Prince Dalim Kumar approached the palace-gate.
Il re e la regina Suo si recarono alle porte.
The King and Queen Suo went to the gates.
E accolsero il loro figlio perduto da tempo.
And they welcomed their long-lost son.
Potete immaginare quanto fossero felici.
You can imagine how happy they were.
Dalim raccontò la sua morte ai genitori.
Dalim told his parents of his death.
Raccontò loro dello stagno vicino al palazzo.
He told them of the pond by the palace.
E raccontò loro dei pesci nello stagno.
And he told them of the fish in the pond.
Raccontò loro della scatola di legno nel pesce.
He told them of the wooden box in the fish.
Raccontò loro della collana nella scatola di legno.
He told them of the necklace in the wooden box.
E raccontò loro il segreto della sua vita.

And he told them the secret of his life.
Ogni notte raccontava loro come moriva.
He told them how he died each night.
Naturalmente ha menzionato anche la sua nuova moglie.
Of course he also mentioned his new wife.
La notizia suscitò in lui un'ondata di rabbia.
The king was inflamed with rage at the news.
Ordinò alla Regina Duo di presentarsi al suo cospetto.
He ordered Queen Duo into his presence.
Fu scavata una grande buca nel terreno.
A large hole was dug in the ground.
Il buco era profondo quanto l'altezza di un uomo.
The hole was as deep as the height of a man.
La regina Duo fu costretta a stare in piedi nella buca.
Queen Duo was made to stand in the hole.
Intorno a lei si ammucchiavano spine pungenti.
Prickly thorns were heaped around her.
Le spine le arrivarono fino alla sommità del capo.
The thorns went up to the crown of her head.
E in questo modo fu sepolta viva.
And in this manner she was buried alive.

Phakir Chand
Phakir Chand

C'era una volta un re che aveva un figlio.
There was once a king, who had a son.
Anche il ministro del re aveva un figlio.
The king's minister also had a son.
I due figli si amavano profondamente.
The two sons loved each other dearly.
E hanno fatto tutto insieme.
And they did everything together.
I due figli si sedettero e si alzarono insieme.
The two sons sat and stood up together.
Camminavano insieme verso gli stessi posti.
They walked together to the same places.
Mangiavano insieme.
They ate their meals together.
Dormivano e si alzavano insieme.
They slept and got up together.
Trascorsero anni in reciproca compagnia.
They spent years in each other's company.
Un giorno entrambi provarono un nuovo desiderio.
One day they both felt a new desire.
Volevano vedere terre straniere.
They wanted to see foreign lands.
E così partirono per il loro viaggio.
And so they set out on their journey.
Uno di loro era figlio di un re.
One of them was the son of a king.
Uno di loro era il figlio del suo primo ministro.
One of them was the son of his chief minister.
Quindi ovviamente erano entrambi piuttosto ricchi.
So of course they were both quite rich.
Ma non portarono con sé alcun servitore.
But they did not take any servants with them.
Andarono da soli, a cavallo.
They went by themselves, on horseback.

I cavalli erano bellissimi da vedere.
The horses were beautiful to look at.
Erano cavalli Pakshirajes.
They were Pakshirajes horses.
Questi cavalli sono conosciuti come i re degli uccelli.
Such horses are known as the kings of birds.
I due figli cavalcarono insieme per molti giorni.
The two sons rode together for many days.
Attraversarono vaste pianure.
They passed through extensive plains.
E le pianure erano ricoperte di risaie.
And the plains were covered with paddy.
E attraversarono città strane.
And they passed through strange cities.
E attraversarono città e villaggi.
And they passed through towns, and villages.
Attraversarono deserti senza alberi.
They passed through treeless deserts.
E attraversarono le foreste.
And they passed through forests.
E le foreste erano fitte di alberi.
And the forests were dense with trees.
Queste foreste erano la dimora della tigre.
These forests were the abode of the tiger.
E in queste foreste viveva anche l'orso.
And the bear also lived in these forests.
Una sera furono sopraffatti dalla notte.
One evening they were overtaken by the night.
Non avevano visto alcuna abitazione umana.
They had not seen any human habitations.
Ma la situazione stava diventando sempre più buia.
But it was getting darker and darker.
Così smontarono sotto un albero alto.
So they dismounted beneath a lofty tree.
Legarono i loro cavalli all'albero.
They tied their horses to the tree.
E poi salirono sull'albero.

And then they climbed up the tree.
Ricoprono i rami con un fitto fogliame.
They covered the branches with thick foliage.
Così che potessero sedersi sui rami.
So that they could sit on the branches.
L'albero era cresciuto vicino a un grande specchio d'acqua.
The tree had grown near a large body of water.
L'acqua era limpida come l'occhio di un corvo.
The water was as clear as the eye of a crow.
I due amici si misero comodi.
The two friends made themselves comfortable.
Naturalmente non era molto comodo stare su un albero.
Of course it wasn't very comfortable in a tree.
Ma non era nemmeno scomodo stare sull'albero.
But it wasn't uncomfortable in the tree either.
Avevano deciso di passare la notte lì.
They had decided to spend the night there.
A volte chiacchieravano tra loro sussurrando.
They sometimes chatted together in whispers.
Pensavano che sussurrare fosse meglio che parlare.
They felt whispering was better than talking.
Perché la regione sembrava loro molto strana.
Because the region seemed very strange to them.
E presto caddero in un sonno profondo.
And soon they were falling into a doze.
Ma la loro attenzione fu improvvisamente catturata.
But their attention was suddenly jolted.
Udirono un rumore provenire dall'acqua.
From the water they heard a noise.
Sembrava lo scorrere dell'acqua.
It sounded like the rushing of water.
Davanti a loro c'era uno spettacolo terribile!
In front of them was a terrible sight!
Un enorme serpente emerse da sotto l'acqua.
A huge serpent came from under the water.
Il serpente nuotò verso la riva e strisciò in giro.
The snake swam ashore and slithered around.

Ma qualcos'altro attirò la loro attenzione.
But something else attracted their attention.
Il cappuccio crestato del serpente brillava.
The crested hood of the serpent was shining.
Il serpente aveva un brillante manikya incastonato.
The snake had a brilliant manikya embedded.
Il gioiello brillava come mille diamanti.
The jewel shone like a thousand diamonds.
Il cristallo illuminò l'acqua nella vasca.
The crystal lit up the water in the tank.
Gli argini e gli alberi vennero irradiati.
The embankments and trees were irradiated.
Il serpente si tolse il gioiello dalla cresta.
The serpent doffed the jewel from its crest.
E il serpente gettò il gioiello a terra.
And the serpent threw the jewel on the ground.
E poi il serpente andò in cerca di cibo.
And then the serpent went in search of food.
Non potevano credere a ciò che avevano visto.
They could not believe what they had seen.
Rimasero al sicuro sull'albero.
They stayed in the safety of the tree.
Ma ammiravano molto il gioiello.
But they greatly admired the jewel.
Il rubino emanava una lucentezza ineffabile.
The ruby shed an ineffable luster.
Tutto intorno a sé emanava un bagliore magico.
Everything had a magical glow around it.
Non avevano mai visto niente di simile.
They had never seen anything like it.
Sebbene avessero sentito parlare di questo tesoro.
Although, they had heard of this treasure.
Il gioiello equivaleva ai tesori di sette re.
The jewel equaled the treasures of seven kings.
Ma la loro ammirazione si trasformò presto in paura.
But their admiration soon changed to fear.
Il serpente arrivò ai piedi del loro albero.

The serpent came to the foot of their tree.
Il serpente aveva trovato i loro cavalli!
The serpent had found their horses!
I poveri cavalli erano stati legati all'albero.
The poor horses had been tied to the tree.
Gli animali non avevano modo di scappare.
The animals had no way of escaping.
Uno dopo l'altro il serpente divorò i loro cavalli.
One by one the serpent ate their horses.
Ma l'appetito del serpente non sembrava soddisfatto.
But the serpent's appetite did not seem satisfied.
Temevano di essere le prossime vittime.
They feared they would be the next victims.
Ma i loro timori furono presto dissipati.
But their fears were soon relieved.
Il gigantesco cobra non li aveva visti.
The gigantic cobra had not seen them.
E alla fine il serpente se ne andò di nuovo.
And eventually the snake left again.
Il figlio del ministro vide un'opportunità.
The minister's son saw an opportunity.
Questa era la sua occasione per prendere la gemma.
This was his chance to take the gem.
Ma c'era un problema che avevano.
But there was one problem they had.
Il gioiello brillava incredibilmente.
The jewel shone incredibly bright.
Il serpente avrebbe saputo cosa era successo.
The serpent would know what had happened.
Ma c'era un modo per superare questo problema.
But there was a way to overcome this problem.
E il figlio del ministro conosceva la soluzione.
And the minister's son knew the solution.
Dovette ricoprire la pietra con sterco di cavallo.
He had to cover the stone with horse-dung.
E c'era anche dello sterco di cavallo vicino all'albero.
And there was some horse-dung by the tree.

Scese silenziosamente dall'albero.
He quietly came down from the tree.
Raccolse lo sterco di cavallo dal pavimento.
He picked up the horse-dung off the floor.
E gettò lo sterco sulla pietra preziosa.
And he threw the dung upon the precious stone.
E poi risalì sull'albero.
And then he climbed up into the tree again.
Il serpente notò che era successo qualcosa.
The serpent noticed something had happened.
La luce del gioiello era svanita.
The light of the jewel had vanished.
Il serpente si lanciò indietro con grande furia.
The serpent rushed back with great fury.
Il serpente tornò dove aveva lasciato la pietra.
The serpent returned to where it had left the stone.
Il serpente emise un sibilo spaventoso nella notte.
The serpent let out a frightful hiss at the night.
I gemiti e le convulsioni del serpente erano terribili.
The snake's groans and convulsions were terrible.
Il serpente girava intorno al gioiello.
The snake went round and round the jewel.
Ma la pietra era ricoperta di sterco di cavallo.
But the stone was covered with horse-dung.
In questo modo il serpente non poteva vedere il suo tesoro.
This way the serpent could not see its treasure.
Infine il serpente esalò l'ultimo respiro.
Finally, the serpent breathed its last breath.

Quella notte i due amici non dormirono molto.
The two friends did not sleep much that night.
La mattina scesero dall'albero.
In the morning they came down from the tree.
Andarono dove si trovava il gioiello dello stemma.
They went to where the crest-jewel was.
Il potente serpente giaceva ancora lì.
The mighty serpent was still laying there.

Ma ora il corpo del serpente era completamente privo di vita.
But now the snake's body was perfectly lifeless.
L'amico del principe scavalcò il serpente morto.
The friend of the prince stepped over the dead snake.
E raccolse il gioiello coperto di sterco.
And he picked up the dung covered jewel.
Entrambi andarono sulla riva dell'acqua.
Both of them went to the bank of the water.
E lavarono la pietra preziosa.
And they washed the precious stone.
Alla fine, tutto lo sterco era stato lavato via.
Finally, all the dung had been washed off.
E il gioiello brillò con la stessa brillantezza di prima.
And the jewel shone as brilliantly as before.
Il gioiello illuminò l'intero letto della vasca d'acqua.
The jewel lit up the entire bed of the tank of water.
Ora potevano vedere gli innumerevoli pesci.
Now they could see the innumerable fishes.
Ma la luce rivelò anche qualcos'altro.
But the light also revealed something else.
Ciò li stupì più di tutti i pesci.
This astonished them more than all the fishes.
Sul fondo dell'acqua c'era qualcosa.
In the bottom of the water there was something.
Si vedeva che c'erano muri alti.
They could see there were lofty walls.
Le pareti appartenevano a un magnifico palazzo.
The walls were from a magnificent palace.
L'amico del principe si sentiva avventuroso.
The prince's friend was feeling venturesome.
Convinse il figlio del re a seguirlo.
He convinced the king's son to follow him.
E poi volevano nuotare fino al palazzo sottostante.
And then they wanted to swim to the palace below.
L'amico del principe prese il gioiello in mano.
The prince's friend took the jewel in his hand.
E si tuffarono entrambi in acqua.

And they both dived into the waters.
Presto si trovarono davanti al cancello del palazzo.
Soon they stood at the gate of the palace.
Con loro sorpresa il cancello era aperto.
To their surprise the gate was open.
Non videro alcun essere, né umano né sovrumano.
They saw no being, human or superhuman.
Così decisero di avventurarsi all'interno del cancello.
So they decided to venture inside the gate.
All'interno delle mura c'era un bellissimo giardino.
Inside the walls there was a beautiful garden.
In mezzo al giardino c'era una casa.
In the middle of the garden was a house.
Nessuno aveva mai visto così tanti fiori.
No one had ever seen so many flowers.
C'erano rose di tutte le varietà immaginabili.
There were roses of all imaginable varieties.
C'erano innumerevoli gelsomini gialli.
There were endless numbers of yellow jessamine.
E c'erano numerosi fiori bianchi a campana.
And there were numerous white bell flowers.
Questi fiori erano i re degli odori.
These flowers were the king of smells.
Il mughetto più profumato.
The most scented lily of the valley.
C'erano i fiori dell'albero champaka.
There were the flowers from the champaka tree.
E mille altri fiori profumati.
And a thousand other sweet-scented flowers.
Ettari ricoperti di delizioso gelsomino.
Acres covered with the delicious jessamine.
Tutte le piante erano ornate di fiori.
All the plants were gemmed with flowers.
E tutti i fiori erano in piena fioritura.
And all the flowers were in full bloom.
Quindi l'aria era carica di un profumo intenso.
So the air was loaded with rich perfume.

Un deserto di dolci profumi ovunque.
A wilderness of sweet scents everywhere.
Attraversarono questo paradiso della profumeria.
They went through this paradise of perfumery.
E alla fine arrivarono a casa.
And eventually they reached the house.
La casa era circondata da alberi altissimi.
The house was surrounded by lofty trees.
Presto si trovarono davanti alla porta di casa.
Soon they stood at the door of the house.
Ora potevano vedere che si trattava di un palazzo fatato.
Now they could see it was a fairy palace.
Le pareti erano di oro brunito.
The walls were of burnished gold.
Qua e là brillavano diamanti di una tonalità abbagliante.
Here and there shone diamonds of dazzling hue.
Ma non videro nessun essere.
But they did not see any beings.
Così entrarono nel palazzo.
So they went inside the palace.
Il palazzo era riccamente arredato.
The palace was richly furnished.
Andarono da una stanza all'altra.
They went from room to room.
Ma non videro nessuno.
But they did not see anyone.
Sembrava una casa deserta.
It seemed to be a deserted house.
Alla fine, però, trovarono una stanza speciale.
At last, however, they found a special room.
In questa stanza c'era una giovane donna.
In this room there was a young lady.
Dormiva su un letto dorato.
She was sleeping on a golden bed.
La giovane donna era di una bellezza squisita.
The young lady was of exquisite beauty.
La sua carnagione era un misto di rosso e bianco.

Her complexion was a mixture of red and white.

Sembrava avere circa sedici anni.

She seemed to be about sixteen years of age.

I due amici la guardarono.

The two friends gazed upon her.

Erano incantati dalla sua bellezza.

They were enchanted by her beauty.

Ma non poterono ammirarla a lungo.

But they could not admire her for long.

Perché la giovane donna aprì gli occhi.

Because the young lady opened her eyes.

I suoi occhi sembravano quelli di una gazzella.

Her eyes seemed like the eyes of a gazelle.

Vedendo gli stranieri disse:

On seeing the strangers she said;

"Come siete arrivati qui, uomini sfortunati?"

"How have you come here, ye unfortunate men?"

"Andatevene, andatevene! Vi prego, voi due"

"Be gone, be gone! I beg of you two"

"Questa è la dimora di un potente serpente "

"This is the abode of a mighty serpent"

"Il serpente che ha divorato i miei genitori"

"The serpent which has devoured my parents"

"E i miei fratelli e tutti i miei parenti"

"And my brothers, and all my relatives"

"Sono l'unico che ha risparmiato"

"I am the only one that he has spared"

"Fuggite per salvare la vostra vita finché potete"

"Flee for your lives while you still can"

"Altrimenti il serpente vi mangerà entrambi"

"Or else the serpent will eat you both"

L'amico del principe le raccontò cosa era successo.

The prince's friend told her what had happened.

"Il serpente ha esalato l'ultimo respiro"

"The serpent has breathed his last breath"

"Il corpo del serpente giace senza vita sul pavimento"

"The snake's body lies lifeless on the floor"

"Abbiamo preso il gioiello della testa del serpente"
"We took the head-jewel of the serpent"
"La luce del gioiello ci indicò il palazzo.
"The jewel's light showed us to the palace.
Ringraziò gli stranieri per il loro coraggio.
She thanked the strangers for their bravery.
"Mi hai liberato dal serpente infernale"
"You have freed me from the infernal serpent"
"Per favore, vivi con me nel mio palazzo"
"Please live with me in my palace"
"Ma per favore promettimi di non abbandonarmi mai"
"But please promise never to desert me"
Accettarono volentieri l'invito.
They gladly accepted the invitation.
Il figlio del re si innamorò della principessa.
The king's son was smitten with the princess.
Adorava il fascino della principessa senza pari.
He adored the charms of the peerless princess.
E dopo poco tempo la sposò.
And he married her after a short time.
Non c'era nessun prete a palazzo.
There was no priest at the palace.
Quindi il nodo imeneo è stato stretto con altri mezzi.
So the hymeneal knot was tied by other means.
Un semplice scambio di ghirlande di fiori.
A simple exchange of garlands of flowers.
Il figlio del re era indicibilmente felice.
The king's son became inexpressibly happy.
Era felicissimo della compagnia della principessa.
He delighted in the company of the princess.
Anche l'amico del principe aveva una moglie.
The prince's friend also had a wife.
Naturalmente viveva nel mondo di sopra.
Of course she was living in the upper world.
Ma partecipò alla felicità del suo amico.
But he participated in his friend's happiness.
Il tempo trascorso insieme trascorse allegramente.

The time they spent together passed merrily.
Ma non potevano vivere qui per sempre.
But they could not live here forever.
Il principe dovette tornare nel suo regno.
The prince had to return to his kingdom.
Ma sapeva che il ritorno avrebbe richiesto una certa pianificazione.
But he knew the return would require some planning.
L'occasione sarebbe stata molto sfarzosa.
The occasion would come with a lot of pomp.
Ci sarebbero state molte cerimonie.
There were going to be many ceremonies.
Perché c'era molto da festeggiare.
Because there was a lot to be celebrated.
Per prima cosa doveva andare l'amico del principe.
First the prince's friend was going to go.
E poi sarebbe tornato con gli assistenti.
And then he was going to return with the attendants.
Cavalli ed elefanti per la coppia felice.
Horses, and elephants for the happy pair.
Il principe accompagnò il suo amico.
The prince accompanied his friend.
Insieme tornarono in superficie.
Together they went back to the surface.
E videro di nuovo il mondo superiore.
And they saw the upper world again.
I due amici si salutano.
The two friends bid each other adieu.
Il principe tornò dalla sua amata moglie.
The prince returned to his lovely wife.
Prima di partire tutto era stato organizzato.
Before leaving everything had been organized.
L'amico del principe organizzò il suo ritorno.
The prince's friend arranged his return.
Ha detto quando sarebbe andato all'argine.
He said when he was going to go to the embankment.
Avrebbe avuto i cavalli di cui avevano bisogno.

He was going to have the horses that they needed.
Ci sarebbero stati anche gli elefanti e gli assistenti.
Elephants were going to be there too, and attendants.
Dovevano andare a trovare il principe e la principessa.
They were going to wait upon the prince and princess.
Il serpente-gioiello conferì loro questo diritto.
The snake-jewel gave them the rights to this.
L'amico del principe tornò nel suo paese.
The prince's friend went back to his country.
Per preparare il ritorno del suo amico.
To prepare for the return of his friend.

Un giorno il principe stava dormendo.
One day the prince was sleeping.
Aveva appena pranzato.
He had just had his midday meal.
La principessa non aveva mai visto le regioni superiori.
The princess had never seen the upper regions.
Sentì il desiderio di vedere il mondo superiore.
She felt the desire to see the upper world.
Per questo aveva bisogno del serpente-gioiello.
For this she needed the snake-jewel.
Solo questo poteva aiutarla a superare l'acqua.
Only this could help her through the water.
Il gioiello irradiava la sua luce intensa nella stanza.
The jewel was shining its bright light in the room.
Prese in mano il gioiello-serpente.
She took the snake-jewel into her hand.
E poi lasciò il palazzo e il giardino.
And then she left the palace and the garden.
Riuscì a nuotare con successo fino al mondo superiore.
She successfully swam to the upper world.
Nessun mortale l'aveva mai vista.
No mortal had caught sight of her.
Ai bordi dell'acqua c'erano alcuni gradini.
At the edge of the water were some steps.
I gradini erano pensati per la comodità dei bagnanti.

The steps were for the convenience of bathers.
Ed è qui che si è seduta.
And this is also where she sat.
Si strofinò il corpo con la sabbia.
She scrubbed her body with the sand.
Si lavò i capelli con l'acqua fresca.
She washed her hair with the fresh water.
E giocava con l'acqua per divertirsi.
And she played with the water for fun.
Camminava sul bordo dell'acqua.
She walked about on the water's edge.
E ammirava tutto il paesaggio circostante.
And she admired all the scenery around.
Ma alla fine tornò al suo palazzo.
But finally she returned back to her palace.
Suo marito era ancora profondamente addormentato.
Her husband was still deep in sleep.
Ma alla fine aveva dormito abbastanza.
But eventually he had slept enough.
Non gli raccontò le sue avventure.
She did not tell him about her adventures.
Il giorno dopo il marito si addormentò di nuovo.
The next day her husband fell asleep again.
E di nuovo fece visita al mondo superiore.
And again she paid a visit to the upper world.
E lei rimase inosservata agli uomini mortali.
And she remained unnoticed by mortal man.
Il successo cominciava a darle coraggio.
Her success was starting to give her courage.
Così ripeté la sua avventura una terza volta.
So she repeated her adventure a third time.
Quel giorno il figlio del rajah era a caccia.
The rajah's son was out hunting that day.
Aveva la sua tenda non lontano dall'acqua.
He had his tent not far from the water.
I suoi attendenti gli stavano cucinando il pasto.
His attendants were cooking his meal.

Così vagava lungo l'acqua.
So, he wandered about along the water.
Lì vicino una vecchia stava raccogliendo della legna.
Nearby an old woman was gathering sticks.
Stava raccogliendo rami secchi di alberi.
She was collecting dried branches of trees.
Aveva bisogno di legna da ardere.
She needed the sticks for kindling wood.
Fu allora che la principessa uscì dall'acqua.
This was when the princess came out the water.
Si guardò intorno e vide un uomo.
She gazed around and she saw a man.
E poi vide che c'era anche una donna.
And then she saw there was also a woman.
La principessa sapeva che non voleva essere vista.
The princess knew she didn't want to be seen.
Così tornò al suo palazzo.
So she went back down to her palace.
Ma il figlio del rajah l'aveva intravista.
But the rajah's son had caught a glimpse of her.
E anche la vecchia che raccoglieva la legna la vide.
And the old woman gathering sticks saw her too.
Il figlio del rajah rimase lì a guardare le acque.
The rajah's son stood gazing on the waters.
Non aveva mai visto una donna così bella.
He had never seen such a beautiful woman.
Gli sembrava una dea deva-kanyas.
She seemed to him to be a deva-kanyas Goddess.
Aveva letto di dee celesti nei vecchi libri.
Heavenly goddesses he had read of in old books.
Si dice che visitino il mondo superiore.
They are said to visit the upper world.
E il mondo superiore è onorato di averli.
And the upper world is honored to have them.
Ma si dice che ciò accada solo raramente.
But it is said to happen only rarely.
Il modo in cui gli angeli ci fanno visita solo raramente.

The way that angels only visit rarely.
Aveva visto la bellezza ultraterrena della principessa.
He had seen the princess' unearthly beauty.
Aveva lasciato una profonda impressione nel suo cuore.
She had made a deep impression on his heart.
Sebbene l'avesse vista solo per un attimo.
Although he had seen her only for a moment.
Ma la sua bellezza distraeva la sua mente.
But her beauty distracted his mind.
Rimase lì come una statua, per ore.
He stood there like a statue, for hours.
Tutto ciò che poteva fare era guardare l'acqua.
All he could do was gaze into the waters.
Nella speranza di rivedere la bella figura.
In the hope of seeing the lovely figure again.
Ma tutto il suo tempo fu sprecato invano.
But all his time was spent in vain.
La principessa non riapparve più.
The princess did not appear again.
Il figlio del rajah impazzì d'amore.
The rajah's son became mad with love.
Continuava a borbottare: "Ora qui, ora andato!"
He kept muttering, "now here, now gone!"
Si rifiutò di lasciare il bordo dell'acqua.
He refused to leave the water's edge.
I suoi assistenti dovettero allontanarlo con la forza.
His attendants had to forcibly remove him.
Lo portarono al palazzo di suo padre.
They took him to his father's palace.
Ma era in uno stato di follia senza speranza.
But he was in a state of hopeless insanity.
Non poteva essere costretto a parlare con nessuno.
He couldn't be made to speak to anyone.
E trascorreva le sue giornate singhiozzando profondamente.
And he spent his days sobbing heavily.
Nessun'altra parola uscì dalla sua bocca.
No others words came out of his mouth.

"Ora qui, ora andato!"
"Now here, now gone!"
"Ora qui, ora andato!"
"Now here, now gone!"
Potete immaginare il dolore del rajah.
You can imagine the rajah's grief.
"Cosa può aver sconvolto la mente di mio figlio?"
"What could have deranged my son's mind?"
"'Ora qui, ora andato', cosa significa?"
"'Now here, now gone,' what does it mean?"
Non riusciva a decifrare il significato delle parole.
He could not unravel the words' meaning.
Nemmeno i suoi attendenti riuscirono a decifrare le parole.
His attendants couldn't decipher the words either.
Furono consultati i migliori medici del paese.
The land's best physicians were consulted.
Ma la loro consultazione non ebbe alcun effetto.
But their consultation had no effect.
I figli di Esculapio non furono in grado di aiutarlo.
The sons of æsculapius were not able to help.
Nessuno riuscì a scoprire la causa di questa follia.
No one could ascertain the cause of the madness.
Senza conoscere la causa non c'era cura.
Without knowing the cause there was no cure.
I medici provarono a chiedere al principe.
The physicians tried to ask the prince.
Ma tutto quello che disse fu: "Ora qui, ora andato!"
But all he said was, "now here, now gone!"
Il rajah era distratto dal dolore.
The rajah was distracted with grief.
Giorno e notte si preoccupava per suo figlio.
Day and night he worried for his son.
Desiderava che l'intelletto di suo figlio tornasse.
He wished for his son's intellects to return.
Nella capitale è stato fatto un proclama.
A proclamation was made in the capital.
Furono inviati banditori in città.

Town criers were sent into the city.
E suonano i tamburi per attirare l'attenzione.
And they beat their drums for attention.
"Il figlio del rajah ha perso le sue facoltà mentali"
"The rajah's son has lost his mental faculties"
"Il rajah cerca una cura per suo figlio"
"The rajah seeks a cure for his son"
"Viene offerta una ricompensa per la guarigione"
"A reward is offered for the cure"
"La mano della figlia del rajah"
"The hand of the rajah's daughter"
"La sua mano porta con sé metà del suo regno"
"Her hand comes with half his kingdom"
Il tamburo risuonò in tutta la città.
The drum was beaten around the city.
Ma nessuno si sentiva in grado di toccare il tamburo.
But no one felt they could touch the drum.
Nessuno conosceva la causa della sua follia.
No one knew the cause of his madness.
Alla fine si fece avanti una vecchia.
At last an old woman came forward.
E si avvicinò per toccare il tamburo.
And she stepped up to touch the drum.
"Scoprirò la causa della sua follia"
"I will discover the cause of his madness"
"E lo guarirò dalla sua malattia"
"And I will cure him from his disease"
Aveva visto cosa era successo al ragazzo.
She had seen what happened to the boy.
Quel giorno era in riva all'acqua.
She was at the water's edge that day.
Era lei che stava raccogliendo i rami.
It was her who was gathering up sticks.
Questa donna aveva un figlio pazzo.
This woman had a crack-brained son.
Suo figlio fu chiamato Phakir-Chand.
Her son was named of Phakir-Chand.

Per questo motivo venne chiamata la madre di Phakir.
So she was called Phakir's mother.
La donna fu portata davanti al rajah.
The woman was brought before the rajah.
E ebbe luogo la seguente conversazione.
And the following conversation took place.
"Tu sei la donna che ha toccato il tamburo"
"You are the woman that touched the drum"
"Sai qual è la causa della follia di mio figlio?"
"You know the cause of my son's madness?"
"Sì, oh incarnazione della giustizia!"
"Yes, oh incarnation of justice!"
"Conosco la causa della follia di tuo figlio"
"I know the cause of your son's madness"
"Ma non dirò la causa della sua follia"
"But I will not say the cause of his madness"
"Prima guarirò tuo figlio dalla sua follia"
"First I will cure your son of his madness"
"Come posso credere che tu ne sia capace?"
"How can I believe you are able to?"
"I migliori medici del paese hanno fallito"
"The best physicians of the land have failed"
"Non devi più credere, mio re"
"You need not now believe, my king"
"Aspetta che io abbia eseguito la cura"
"Wait till I have performed the cure"
"Molte vecchie donne conoscono molti segreti"
"Many an old woman knows many secrets"
"Segreti che i saggi ignorano"
"Secrets wise men are unacquainted with"
"Va bene, vediamo cosa sai fare"
"Very well, let me see what you can do"
"In quanto tempo eseguirai la cura?"
"In what time will you perform the cure?"
"È impossibile stabilire il tempo"
"It is impossible to fix the time"
"Certo che inizierò a lavorare immediatamente"

"Ff course I will begin work immediately"
"Ma ho bisogno dell'assistenza di Vostra Signoria"
"But I need your lordship's assistance"
"Di che aiuto hai bisogno?"
"What help do you require from me?"
"Vostra Signoria voglia ordinare una capanna"
"Your lordship will please order a hut"
"Fate innalzare la capanna sull'argine dell'acqua"
"Have the hut raised on the embankment of the water"
"Dove tuo figlio ha contratto la malattia per la prima volta"
"Where your son first caught the disease"
"Intendo vivere in quella capanna per qualche giorno"
"I mean to live in that hut for a few days"
"E per favore ordina ad alcuni dei tuoi servi"
"And please order some of your servants"
"Devono essere presenti a distanza"
"They have to be in attendance at a distance"
"Dite loro di stare a circa cento metri di distanza"
"Tell them to be about a hundred yards away"
"In questo modo posso chiamarli quando ne abbiamo bisogno"
"That way I can call them over when we need them"
Il re aveva ascoltato attentamente.
The king had listened attentively.
"Ordinerò che ciò venga fatto immediatamente"
"I will order that to be immediately done"
"Vuoi qualcos'altro?"
"Do you want anything else?"
"Questi sono tutti i preparativi di cui ho bisogno"
"Those are all the preparations I need"
"Ma lasciami ricordarti l'accordo"
"But let me remind you of the agreement"
"Hai promesso la mano di tua figlia"
"You promised the hand of your daughter"
"E hai promesso metà del tuo regno"
"And you promised half your kingdom"
"Ma non posso sposare tua figlia"

"But I can't marry your daughter"
"Perché tua figlia deve sposare un uomo"
"Because your daughter has to marry a man"
"Ma ho anche un figlio in età da marito"
"But I also have a son of marriageable age"
"Permetti a mio figlio di sposare tua figlia"
"Allow my son to marry your daughter"
"Lasciagli avere metà del tuo regno"
"Allow him to have half of your kingdom"
Il re acconsentì alle condizioni.
The king was agreed with the terms.
"Se trovi una cura, lui sposa mia figlia"
"If you find a cure, he marries my daughter"
"E metà del mio regno sarà suo"
"And half of my kingdom shall be his"
Fu rapidamente costruita una capanna temporanea.
A temporary hut was quickly erected.
La capanna fu costruita sull'argine dell'acqua.
The hut was built on the embankment of the water.
E la madre di Phakir prese dimora.
And Phakir's mother took up her abode.
A una certa distanza venne eretto anche un avamposto.
An outpost was also erected at some distance.
Perché la donna potrebbe aver bisogno di un po' di assistenza.
Because the woman might require some attendance.
La madre di Phakir impartì ordini severi.
Strict orders were given by Phakir's mother.
A nessuno era permesso avvicinarsi all'acqua.
No one was allowed to go near the water.
Solo a lei era permesso restare vicino all'acqua.
Only she was allowed to stay by the water.

Ma lasciamo la madre di Phakir all'acqua.
But let us leave Phakir's mother at the water.
Affrettiamoci a scendere nel palazzo sotterraneo.
Let us hasten down the subterranean palace.

Per vedere cosa stanno facendo il principe e la principessa.
To see what the prince and the princess are doing.
La principessa voleva risalire.
The princess did want to go up again.
Ma ora sapeva che sarebbe stato pericoloso.
But she now knew that it would be dangerous.
E aveva rinunciato all'idea di una quarta visita.
And she had given up the idea of a fourth visit.
Ma le donne in genere hanno una curiosità maggiore.
But women generally have greater curiosity.
E la principessa non faceva eccezione alla regola.
And the princess was no exception to the rule.
Un giorno suo marito stava dormendo.
One day her husband was asleep.
Dormiva sempre dopo pranzo.
He always slept after his noonday meal.
Prese in mano il serpente-gioiello.
She took the snake-jewel in her hand.
E corse fuori dal palazzo.
And she rushed out of the palace.
E lei salì nel mondo superiore.
And she came up to the upper world.
Ci fu un tumulto nelle acque.
There was an upheaval in the waters.
E la madre di Phakir era in stato di massima allerta.
And Phakir's mother was on high alert.
Si nascondeva nella capanna.
She was hiding in the hut.
E lei guardava attraverso le fessure.
And she was looking through the chinks.
La principessa non vide nessun essere umano nelle vicinanze.
The princess saw no human being nearby.
Così arrivò sulla riva dell'acqua.
So she came to the bank of the water.
La madre di Phakir si fece vedere fuori dalla capanna.
Phakir's mother showed herself outside the hut.

E si rivolse educatamente alla principessa.
And she addressed the princess politely.
"Vieni, bambina mia, regina della bellezza"
"Come, my child, thou queen of beauty"
"Vieni da me e ti aiuterò a fare il bagno"
"Come to me, and I will help you to bathe"
Così dicendo si avvicinò alla principessa.
So saying, she approached the princess.
La principessa vide che era solo una vecchia.
The princess saw she was just an old woman.
Perciò non oppose resistenza alla sua offerta.
So she made no resistance to her offer.
La vecchia stava lavando i capelli della principessa.
The old woman was washing the princess' hair.
E notò il gioiello luminoso che aveva in mano.
And she noticed the bright jewel in her hand.
"Tieni fuori il gioiello finché non sarai bagnato"
"Out the jewel here till you are bathed"
Ora il gioiello era nelle mani della madre di Phakir.
Now the jewel was in the hands of Phakir's mother.
Avvolse il gioiello in un panno.
She wrapped the jewel up in a cloth.
E si avvolse il panno intorno alla vita.
And she wrapped the cloth around her waist.
Ora la principessa non riusciva più a scappare.
Now the princess was unable to escape.
E la madre di Phakir diede il segnale.
And Phakir's mother gave the signal.
Gli inservienti si precipitarono verso l'acqua.
The attendants rushed to the water.
E presero prigioniera la principessa.
And they took the princess captive.
La notizia raggiunse presto la città.
The news soon reached the city.
"La madre di Phakir aveva catturato una ninfa delle acque"
"Phakir's mother had captured a water-nymph"
E la gente gioì alla notizia.

And the people rejoiced at the news.
Tutti vennero per vedere la "figlia degli immortali"
All came to see the "daughter of the immortals"
Fu portata a palazzo.
She was brought to the palace.
E fu condotta al figlio del rajah.
And she was brought to the rajah's son.
Il figlio del rajah aveva ancora un intelletto compromesso.
The rajah's son was still of impaired intellect.
Ma quella nube nella sua mente si dissipò presto.
But that cloud on his brain soon dissipated.
"Ti ho trovato! Ti ho trovato!"
"I have found you! I have found you!"
I suoi occhi erano vuoti e privi di luce.
His eyes had been vacant and lusterless.
Ma ora i suoi occhi avevano il fuoco dell'intelligenza.
But now his eyes had the fire of intelligence.
Aveva quasi perso l'uso della lingua.
He had almost lost the use of his tongue.
"Ora qui, ora andato!" fu tutto ciò che riuscì a dire.
"Now here, now gone!" was all he had been able to say.
Ma anche questo senso è stato ripristinato.
But this sense too was restored.
La gioia del rajah non conosceva limiti.
The joy of the rajah knew no bounds.
In città ci fu grande festa.
There was great festivity in the city.
La gente lodò la madre di Phakir-Chand.
The people praised Phakir-Chand's mother.
E tutti si aspettavano presto il matrimonio.
And everyone soon expected the marriage.
**Il figlio del rajah avrebbe dovuto sposare la ninfa delle
acque.**
The rajah's son was to wed the water-nymph.
La principessa, tuttavia, aveva fatto una promessa.
The princess, however, had made a promise.
Raccontò la sua promessa alla madre di Phakir.

She told Phakir's mother of her promise.
"Non guarderò nemmeno un altro uomo"
"I won't as much as look at another man"
"Per un anno dureranno i miei voti"
"For one year my vows shall last"
"Il matrimonio non può avvenire in quel periodo"
"The marriage cannot happen in that time"
Il figlio del rajah rimase un po' deluso.
The rajah's son was somewhat disappointed.
Ma lui accettò prontamente il rinvio.
But he readily agreed to the delay.
"Il ritardo aumenta la dolcezza del piacere"
"Delay enhances the sweetness of the pleasure"
Naturalmente la principessa trascorse il suo tempo nel dolore.
Of course the princess spent her time in sorrow.
Trascorreva giorni e notti sospirando.
She spent her days and nights sighing.
E si lamentava della sua vana curiosità.
And she lamented her idle curiosity.
La curiosità che la condusse nel mondo superiore.
The curiosity that led her to the upper world.
La curiosità che la separava dal marito.
The curiosity that separated her from her husband.
Pensò al suo sfortunato marito.
She thought of her unfortunate husband.
Lo aveva lasciato tutto solo sott'acqua.
She had left him all alone below the waters.
E ogni giorno piangeva lacrime amare.
And she wept bitter tears each day.
Desiderava poter scappare.
She wished that she could run away.
Ma ciò sarebbe stato impossibile.
But that would have been impossible.
Perché era murata tra le mura.
Because she was immured within walls.
E c'erano muri dentro i muri.

And there were walls within the walls.
E a cosa serviva uscire dal palazzo?
And what use was getting out the palace?
In ogni caso non sarebbe riuscita a raggiungere suo marito.
She couldn't get to her husband anyway.
Non aveva il gioiello del serpente.
She didn't have the serpent jewel.
Le dame del palazzo cercarono di confortarla.
The ladies of the palace tried to comfort her.
E la madre di Phakir cercò di distrarla.
And Phakir's mother tried to divert her mind.
Ma i loro sforzi furono vani.
But their efforts were in vain.
Non provava piacere in nulla.
She took pleasure in nothing.
Non parlava quasi con nessuno.
She hardly spoke to anyone.
Pianse per tutto il giorno.
She wept throughout the day.
E pianse tutta la notte.
And she wept through the night.

L'anno del suo voto stava volgendo al termine.
The year of her vow was drawing to a close.
Ma lei era ancora sconsolata.
But she was still disconsolate.
Il matrimonio, tuttavia, doveva essere celebrato.
The marriage, however, had to be celebrated.
Il rajah consultò gli astrologi.
The rajah consulted the astrologers.
Il giorno e l'ora erano stati decisi.
The day and the hour had been decided.
Il nodo nuziale doveva essere stretto.
The nuptial knot was to be tied.
Furono fatti grandi preparativi.
Great preparations were made.
I pasticceri erano impegnati giorno e notte.

The confectioners were busy day and night.
Prepararono tutti i tipi di dolciumi.
They prepared all sorts of sweetmeats.
I lattai rifornivano il palazzo di cisterne di cagliata.
Milkmen supplied the palace with tanks of curds.
Vennero prodotte grandi quantità di polvere da sparo.
Great quantities of gunpowder were manufactured.
Ci sarebbero stati grandiosi fuochi d'artificio.
There were going to be grand fireworks.
Vennero eretti palchi ovunque.
Stages were erected everywhere.
E i musicisti vennero selezionati per suonare.
And musicians were selected to play music.
Tutta la città assunse un'aria di allegria.
All the city assumed an air of mirth.
Tutti attendevano con ansia i festeggiamenti.
All looked forward to the festivities.

Dobbiamo riportare la nostra attenzione sul figlio del ministro.
We must return our attention to the minister's son.
Aveva lasciato il suo amico nel palazzo sotterraneo.
He had left his friend in the subterranean palace.
E lui era andato nel suo paese.
And he had gone to his country.
Portava con sé cavalli ed elefanti.
He was bringing horses and elephants.
E aveva con sé molti attendenti.
And he had with him many attendants.
Per il ritorno del figlio del re.
For the return of the king's son.
E per il ritorno della sua adorabile principessa.
And for the return of his lovely princess.
Affinché la cerimonia avesse la dovuta pompa.
So that the ceremony had due pomp.
I preparativi gli durarono molti mesi.
The preparations took him many months.

Ma alla fine tutto era pronto.
But eventually all was prepared.
E il figlio del ministro iniziò il suo viaggio.
And the minister's son started on his journey.
Era accompagnato da una lunga fila di elefanti.
He was accompanied by a long train of elephants.
E dietro gli elefanti c'erano i cavalli.
And behind the elephants were horses.
E tutti i cavalli avevano i loro guardiani.
And all the horses had their own attendants.
Arrivò in acqua prima del previsto.
He reached the water ahead of schedule.
Quindi aveva due o tre giorni liberi.
So he had two or three days to spare.
Le tende vennero piantate sui pendii coltivati a mango.
Tents were pitched in the mango slopes.
Così uomini e bestiame trovarono alloggio.
So the men and cattle had accommodation.
Il figlio del ministro teneva gli occhi fissi sull'acqua.
The minister's son kept his eyes on the water.
Il sole del giorno stabilito tramontò all'orizzonte.
The sun of the appointed day sank below the horizon.
Ma del principe non c'era traccia.
But there was no sign of the prince.
Nemmeno la principessa riemerse in superficie.
Nor did the princess come to the surface.
Aspettò altri due o tre giorni.
He waited two or three days longer.
Il principe non si fece ancora vedere.
Still the prince did not make his appearance.
Cosa potrebbe essere successo al suo amico?
What could have happened to his friend?
E dov'era la sua bellissima moglie?
And where was his beautiful wife?
Un altro serpente li aveva picchiati a morte?
Had another serpent beaten them to death?
Forse il compagno di quello che era morto.

Possibly the mate of the one that had died.
Avevano forse perso in qualche modo il serpente-gioiello?
Had they somehow lost the serpent-jewel?
Oppure avevano forse visitato il mondo superiore?
Or had they perhaps visited the upper world?
Ed erano stati catturati nel mondo superiore?
And had they been captured in the upper world?
Queste furono le riflessioni dell'amico del principe.
Such were the reflections of the prince's friend.
L'amico del principe era sopraffatto dal dolore.
The prince's friend was overwhelmed with grief.
Le acque erano piuttosto vicine alla città.
The waters were quite close to the city.
E spesso si poteva udire il suono della musica.
And often the sound of music could be heard.
Chiese ai passanti cosa significasse quella musica.
He asked passers-by what that music meant.
Gli fu raccontato del figlio del rajah.
He was told about the rajah's son.
E gli fu raccontata la storia di una meravigliosa giovane donna.
And he was told of a wonderful young lady.
E gli fu detto che si sarebbero sposati.
And he was told they were going to marry.
E gli raccontarono altre cose sulla meravigliosa donna.
And he was told more about the wonderful lady.
Lei era uscita dalle acque dove lui la stava aspettando.
She had come out of the waters he was waiting by.
La cerimonia di matrimonio si sarebbe tenuta tra due giorni.
The marriage ceremony was in two days.
Il figlio del ministro ha fatto il collegamento.
The minister's son made the connection.
La meravigliosa giovane donna era la moglie del suo amico.
The wonderful young lady was the wife of his friend.
Decise quindi di entrare in città.
He resolved, therefore, to go into the city.
E avrebbe scoperto tutto quello che poteva.

And he was going to find out all he could.
Se potesse, salverebbe la principessa.
If he could, he would rescue the princess.
Disse agli inservienti di tornare a casa.
He told the attendants to go home.
E disse loro di prendere gli elefanti.
And he told them to take the elephants.
E disse loro di prendere i cavalli.
And he told them to take the horses.
E lui stesso andò in città.
And he himself went to the city.
E prese dimora nella casa di un Brahmano.
And he took up his abode in the house of a Brahman.
Per prima cosa si riposò dal viaggio.
First, he rested from his journey.
Poi l'amico del principe cenò.
Then the prince's friend had his dinner.
E poi parlò al Brahmano.
And then he spoke to the Brahman.
"In tutta la città ci sono musicisti e band"
"Throughout the city there are musicians and bands"
"Qual è la causa di tutte queste celebrazioni?
"What is the cause of all the celebrations?
Il Brahmano rimase piuttosto sorpreso.
The Brahman was rather surprised.
"Da quale parte del mondo vieni?"
"From what part of the world have you come?"
"Sotto quale roccia hai vissuto?"
"What rock have you been living under?"
"Non hai sentito la meravigliosa notizia?"
"Have you not heard the wonderful news?"
"Una giovane donna di bellezza celeste"
"A young lady of heavenly beauty"
"Lei emerse dalle acque"
"She rose out of the waters"
"E lei sta andando dal figlio del nostro rajah"
"And she is going to the son of our rajah"

L'amico del principe voleva saperne di più.
The prince's friend wanted to know more.
Le informazioni potrebbero essere utili.
The information could be useful.
"Non ho sentito questa notizia"
"I have not heard of this news"
"Vengo da un paese lontano"
"I have come from a distant country"
"La storia non ci è ancora giunta"
"The story has not reached us yet"
"Potresti cortesemente raccontarmi i particolari?"
"Will you kindly tell me the particulars?"
Il Brahmano fu felice di raccontare la storia.
The Brahman was happy to relay the story.
"Il figlio del rajah andò a caccia"
"The rajah's son went out hunting"
"Deve essere stato più o meno in questo periodo l'anno scorso"
"It must have been about this time last year"
"Hanno piantato le loro tende vicino alle acque nei sobborghi"
"They pitched their tents by the waters in the suburbs"
"Un giorno, il figlio del rajah stava camminando vicino all'acqua"
"One day, the rajah's son was walking near the water"
"In questo giorno vide una giovane donna"
"On this day, he saw a young woman"
"Devo dire che era di una bellezza fuori dal comune"
"I have to mention she was of uncommon beauty"
"Era emersa dalle profondità delle acque"
"She had risen from the depth of the waters"
"Si guardò intorno per un minuto o due"
"She gazed about for a minute or two"
"E poi la bella signora scomparve"
"And then the beautiful lady disappeared"
"Il figlio del rajah, tuttavia, l'aveva vista"
"The rajah's son, however, had seen her"

"Era rimasto colpito dalla sua bellezza celestiale"
"He had been struck by her heavenly beauty"
"E così lui si innamorò perdutamente di lei"
"And so he became desperately enamored by her"
"In effetti, lo aveva influenzato molto"
"Indeed, she had affected him greatly"
"E le sue facoltà mentali cedettero alla passione"
"And his mental faculties gave way to passion"
"Fu riportato a casa come un pazzo"
"He was carried home as a mad man"
"Non pronunciò parole se non poche"
"He spoke no words except a few"
"'Ora qui, ora andato!' fu tutto ciò che disse"
"'now here, now gone!' was all he said"
"Il rajah mandò a chiamare tutti i migliori medici"
"The rajah sent for all the best physicians"
"Hanno cercato di far tornare alla ragione suo figlio"
"They tried to restore his son to reason"
"Ma i medici erano impotenti"
"But the physicians were powerless"
"Alla fine il rajah fece un proclama"
"At last the rajah made a proclamation"
"E fece risuonare il tamburo in tutto il regno"
"And he had the drum beat around the kingdom"
"C'era una ricompensa per chiunque guarisse suo figlio"
"There was a reward for anyone who cured his son"
"Sarebbero diventati il genero del rajah"
"They would become the rajah's son-in-law"
" E otterrebbero metà del regno"
"And they would get half the kingdom"
"Una vecchia rispose alla chiamata del tamburo"
"An old woman answered the call of the drum"
"Tutti la conoscevano come la madre di Phakir"
"All knew her as Phakir's mother"
"Ha detto che poteva curare il figlio del rajah"
"She said she could cure the rajah's son"
"Aveva costruito una capanna fuori città"

"She had a hut built outside the town"
"In periferia, vicino all'acqua"
"In the suburbs, next to the waters"
"E nella capanna prese dimora"
"An in the hut she took her abode"
"Faceva anche costruire delle capanne lì vicino"
"She also had some huts erected close by"
"E in quelle capanne aspettavano gli inservienti"
"And in those huts attendants waited"
"Nel caso in cui avesse bisogno del loro aiuto"
"In case she might need their help"
"Sembra che la dea sia emersa dalle acque"
"It seems the goddess rose from the waters"
"La madre di Phakir e le sue ancelle la catturarono"
"Phakir's mother and the attendants seized her"
"E la portarono su un palki al palazzo"
"And they carried her in a palki to the palace"
"Il figlio del rajah vide la ninfa delle acque"
"The rajah's son saw the water-nymph"
"E presto tornò in sé"
"And he was soon restored to his senses"
"Si sarebbero sposati lì e allora"
"They would have married there and then"
"Ma la dea dell'acqua aveva fatto un voto"
"But the water goddess had made a vow"
"Non ha voluto guardare un uomo per un anno"
"She wouldn't look at a man for one year"
"L'anno del voto è ormai finito"
"The year of the vow is now over"
"La musica proviene dal palazzo del rajah"
"The music is from the rajah's palace"
"Questa, in breve, è la storia"
"This, in brief, is the story"
L'amico del principe potrebbe ricostruire la storia.
The prince's friend could put the story together.
"una storia davvero meravigliosa!"
"a truly wonderful story!"

"Allora, dov'è la madre di Phakir?"

"So where is Phakir's mother?"

"E dov'è Phakir-Chand?"

"And where is Phakir-Chand himself?"

"Ha ricevuto la mano della figlia del rajah?"

"Has he received the hand of the rajah's daughter?"

"E ha ricevuto metà del regno?"

"And has he received half the kingdom?"

Anche il Brahman potrebbe rispondere a queste domande.

The Brahman could also answer these questions.

"No, non si sono ancora sposati"

"No, they have not married yet"

"E non ha ancora metà del regno"

"And he doesn't yet have half the kingdom"

"E devo dire che è un ragazzo stupido"

"And, I should say, he is a dimwitted lad"

"In realtà, nessuno sa dove sia il ragazzo"

"In fact, no one knows where the lad is"

"È lontano da casa da più di un anno"

"He has been away from home for more than a year"

«È il suo modo di fare», spiegò.

"That is his manner," he explained.

"Sta lontano per molto tempo"

"He stays away for a long time"

"E poi all'improvviso torna a casa"

"And then suddenly he comes home"

"E poi all'improvviso se ne va di nuovo"

"And then suddenly he leaves again"

"Credo che sua madre si aspetti che lui arrivi presto"

"I believe his mother expects him to come soon"

Questa informazione è stata molto utile.

This was very useful information.

"Com'è?" chiese.

"What is he like?" he asked.

"E cosa fa quando torna a casa?"

"And what does he do when he returns home?"

Anche a queste domande il Brahmano poteva rispondere.

These questions the Brahman could also answer.
"Beh, è più o meno alto come te"
"Well, he is about your height"
"Sebbene sia un po' più giovane di te"
"Though he is somewhat younger than you"
"Indossa un piccolo pezzo di stoffa intorno alla vita"
"He wears a small piece of cloth round his waist"
"E si strofina il corpo con la cenere"
"And he rubs his body with ashes"
"Porta in mano il ramo di un albero"
"He carries the branch of a tree in his hand"
"E c'è una melodia sulla quale balla"
"And there is a tune to which he dances"
"Si avvicina alla porta della capanna di sua madre"
"He comes to the door of the hut of his mother"
"E canta 'dhoop! dhoop! dhoop!'"
"And he sings 'dhoop! dhoop! dhoop!'"
"La sua articolazione è molto indistinta"
"His articulation is very indistinct"
" Vieni, resta con tua madre", dice lei"
"'Come, stay with your mother,' she says"
"E lui dà sempre la stessa risposta"
"And he always gives the same answer"
"No, non resterò", dice in modo incomprensibile"
"'No, I won't remain,' he says unintelligibly"
"Dovresti sentirlo quando vuole dire di sì"
"You should hear him when he wants to say yes"
"Per rispondere affermativamente dice 'hoom'"
"To answer in the affirmative he says 'hoom'"
Un'ondata di luce penetrò nell'amico del principe.
A flood of light entered the prince's friend.
Ora vedeva molto bene come stavano le cose.
He now saw very well how matters stood.
La principessa deve aver preso il serpente-gioiello.
The princess must have taken the snake-jewel.
E deve aver lasciato il palazzo da sola.
And she must have left the palace alone.

E fu catturata senza il figlio del re.
And she was captured without the king's son.
La madre di Phakir deve avere il gioiello-serpente.
Phakir's mother must have the snake-jewel.
Il suo amico era ancora sott'acqua.
His friend was still below the water.
Il principe non aveva via di fuga.
The prince had no means of escape.
Poteva immaginare lo stato desolato dei suoi amici.
He could imagine his friends desolate state.
E poteva immaginare quanto fosse disperato.
And he could imagine how hopeless he must be.
L'amico del principe era pieno di dolore.
The prince's friend was filled with grief.
Ma questo non era un motivo per perdere la speranza.
But that was not cause to give up hope.
Forse avrebbe potuto salvare il suo amico.
Perhaps he could rescue his friend.
"Devo prendere il gioiello dalla vecchia"
"I must get the jewel from the old woman"
"Non posso farlo impersonando Phakir-Chand?"
"Can I not do it by personating Phakir-Chand?"
"Sua madre lo aspetta presto"
"His mother is expecting him soon"
"Forse posso salvare la principessa nello stesso modo"
"Maybe I can rescue the princess the same way"

Decise di interpretare il ruolo di Phakir-Chand.
He resolved to act the role of Phakir-Chand.
La mattina dopo lasciò la casa del Brahmano.
In the morning he left the Brahman's house.
E andò alla periferia della città.
And he went to the outskirts of the city.
Si spogliò dei suoi soliti abiti.
He divested himself of his usual clothing.
Si mise un pezzo di stoffa sottile intorno alla vita.
Around his waist he put a narrow piece of cloth.

Il tessuto gli arrivava a malapena alle ginocchia.

The cloth scarcely reached his knees.

E si strofinò bene il corpo con la cenere.

And he rubbed his body well with ashes.

E infine spezzò alcuni rametti da un albero.

And finally he broke some twigs off a tree.

E così era pronto a svolgere il suo ruolo.

And thus he was ready to play his role.

Andò alla porta della capanna della madre di Phakir.

He went to the door of the hut of Phakir's mother.

E cominciò l'operazione ballando.

And he commenced the operation by dancing.

Ballava in modo molto violento.

He danced in a most violent manner.

E cantava sulla melodia di "dhoop! dhoop! dhoop!"

And he sung to the tune of "dhoop! dhoop! dhoop!"

La danza attirò l'attenzione della vecchia.

The dancing attracted the notice of the old woman.

Il momento critico era arrivato.

The critical moment had come.

La vecchia guardò verso la porta.

The old woman looked to her door.

"Phakir-Chand, figlio mio, sei venuto?"

"Phakir-Chand, my son, have you come?"

"Mia cara, gli dei ci sono diventati propizi"

"My darling; the gods have become propitious to us"

Il suo presunto figlio pronunciò il monosillabo "hoom"

Her supposed son uttered the monosyllable, "hoom"

E ballò con più violenza di prima.

And he danced more violently than before.

E agitò il ramoscello nella sua mano.

And he waved the twig in his hand.

"Questa volta non devi andare via"

"This time you must not go away"

"Devi restare con me"

"You must remain with me"

«No, non resterò», disse l'amico del principe.

"No, I won't remain," said the prince's friend.

«Resta con me», ripeté la madre.

"Remain with me," the mother tried again.

"Ti farò sposare con la figlia del rajah"

"I'll get you married to the rajah's daughter"

"Vuoi sposarti, Phakir-Chand?"

"Will you marry, Phakir-Chand?"

Il figlio del ministro rispose: "Hoom, hoom"

The minister's son replied —"hoom, hoom"

E ballò ancora di più come un pazzo.

And he danced even more like a madman.

"Verresti con me a casa del rajah?"

"Will you come with me to the rajah's house?"

"Ti mostrerò una principessa di rara bellezza"

"I'll show you a princess of uncommon beauty"

"Lei emerse dalle acque"

"She rose from the waters"

«Hoom, hoom», fu la risposta dalle sue labbra.

"Hoom, hoom," was the answer from his lips.

E i suoi piedi battevano violentemente "dhoop! dhoop!"

And his feet stomped violently to "dhoop! dhoop!"

"Vuoi vedere un gioiello, Phakir?"

"Do you wish to see a jewel, Phakir?"

"Il gioiello di cresta del serpente"

"The crest jewel of the serpent"

"Il tesoro dei sette re"

"The treasure of seven kings"

"Hoom, hoom", fu la risposta.

"Hoom, hoom," was the reply.

La vecchia tornò nella capanna.

The old woman went back into the hut.

E tirò fuori il serpente-gioiello.

And she brought out the snake-jewel.

Mise il gioiello nella mano del suo presunto figlio.

She put the jewel into the hand of her supposed son.

Il figlio del ministro prese il serpente-gioiello.

The minister's son took the snake-jewel.

Avvolse il gioiello nel pezzo di stoffa.
He wrapped the jewel up in the piece of cloth.
E si avvolse il panno intorno alla vita.
And he wrapped the cloth around his waist.
La madre di Phakir era felicissima.
Phakir's mother was delighted beyond measure.
Suo figlio era arrivato proprio al momento giusto.
Her son had come at just the right time.
Andò a casa del rajah.
She went to the rajah's house.
Annunciò la notizia dell'apparizione di Phakir.
She announced the news of Phakir's appearance.
E anche per mostrare la principessa a Phakir.
And also in order to show Phakir the princess.
Fu loro concesso l'accesso al palazzo del rajah.
They were given access to the rajah's palace.
E tutte le parti del palazzo erano aperte a loro.
And all parts of the palace were open to them.
La vecchia aveva salvato il figlio del rajah.
The old woman had saved the rajah's son.
Quindi era la persona più importante del regno.
So she was the most important person in the kingdom.
Portò in giro per il palazzo il suo presunto figlio.
She took her supposed son around the palace.
E lo portò nella stanza della principessa.
And she took him to the princess' room.
La madre di Phakir presentò il figlio alla principessa.
Phakir's mother introduced her son to the princess.
Come potete immaginare, la principessa non ne fu molto impressionata.
You can imagine the princess was not best impressed.
Non apprezzava la compagnia di un pazzo.
She did not appreciate the company of a madman.
Un pazzo, mezzo nudo e coperto di cenere.
A madman, half naked, and covered in ash.
E continuò a ballare in modo sfrenato.
And he kept dancing in a wild manner.

I tre avevano trascorso la giornata insieme.

The three had spent the day together.

Stava per tramontare.

It was soon going to be sunset.

La donna chiese al figlio di accompagnarla.

The woman asked her son to come with her.

Ma il presunto Phakir-Chand si rifiutò di obbedire.

But the supposed Phakir-Chand refused to comply.

Disse che sarebbe rimasto lì quella notte.

He said he would stay there that night.

Sua madre cercò di convincerlo ad andare con lei.

His mother tried to persuade him to come with her.

Ma lui persistette nella sua determinazione.

But he persisted in his determination.

Disse che sarebbe rimasto con la principessa.

He said he would remain with the princess.

La madre di Phakir tornò a casa senza di lui.

Phakir's mother went home without him.

E disse alle guardie di prendersi cura di suo figlio.

And she told the guards to look after her son.

Alla fine tutto il palazzo si ritirò per riposare.

Eventually all the palace retired to rest.

Il presunto Phakir parlò di nuovo alla principessa.

The supposed Phakir spoke to the princess again.

Ma questa volta parlò con la sua voce.

But this time he spoke in his own voice.

"Principessa! Non mi riconosci?"

"Princess! do you not recognize me?"

"Sono l'amico del principe"

"I am the prince's friend"

"Sono l'amico del tuo principesco marito"

"I am the friend of your princely husband"

La principessa rimase sbalordita per un attimo.

The princess was astonished for a moment.

"Chi? L'amico del principe?"

"Who? the prince's friend?"

" Oh, il migliore amico di mio marito"

"Oh, my husband's best friend"

"Per favore, salvami da questa terribile prigionia"

"Please rescue me from this terrible captivity"

"Questo è peggio della morte"

"This is worse than death"

"Tutto questo è colpa mia"

"All of this is my own fault"

"Salvami, ti prego, migliore degli amici!"

"Rescue me, oh please, thou best of friends!"

Poi scoppiò a piangere.

She then burst into tears.

L'amico del principe parlò di nuovo.

The prince's friend spoke again.

"Non siate sconsolati"

"Do not be disconsolate"

"Farò del mio meglio per salvarti"

"I will try my best to rescue you"

"Cercherò di farti uscire di qui stasera"

"I will try to have you out of here tonight"

"Ma devi fare tutto quello che ti dico"

"But you must do whatever I tell you"

La principessa si fidava dell'amico del principe.

The princess trusted the prince's friend.

"Farò tutto quello che mi dirai"

"I will do anything you tell me"

Dopodiché il presunto Fachiro lasciò la stanza.

After this the supposed Phakir left the room.

Attraversò il cortile del palazzo.

He passed through the courtyard of the palace.

Alcune guardie lo sfidarono.

Some of the guards challenged him.

"Hoom hoom!" rispose.

"Hoom hoom!" he replied.

"Esco solo per un minuto"

"I'm just going out for a minute"

"E poi tornerò di nuovo"

"And then I will come back again"
Capirono che si trattava del folle Phakir.
They understood that it was the madcap Phakir.
Fedele alla parola data, tornò poco dopo.
True to his word he did come back shortly.
E di nuovo andò dalla principessa.
And again he went to the princess.
Un'ora dopo uscì di nuovo.
An hour afterwards he again went out.
E di nuovo fu sfidato dalle guardie.
And again he was challenged by the guards.
Lui diede la stessa risposta della prima volta.
He made the same reply as at the first time.
Le guardie cominciarono a parlare tra loro.
The guards began to talk among themselves.
"Questo Phakir non ha certamente alcun senso"
"This Phakir surely has no sense"
"Uscirà e tornerà tutta la notte"
"He will go out and come in all night"
"Lasciamo che faccia ciò che vuole"
"Let us leave him to do what he likes"
"Non serve a niente sorvegliarlo tutta la notte"
"There's no use guarding him all night"
Il figlio del ministro aveva sfinito le guardie.
The minister's son had worn down the guards.
E stava cercando un modo per fuggire.
And he was looking for a way to escape.
Continuò ad entrare e uscire fino alle tre di notte.
He kept going in and out until three at night.
Questa volta non c'erano guardie.
This time there were no guards there.
Perché tutte le guardie si erano addormentate.
Because all the guards had fallen asleep.
Era felicissimo per la circostanza propizia.
He was overjoyed at the auspicious circumstance.
Poi tornò dalla principessa.
Then he went back to the princess.

"Ora, principessa, è il momento di fuggire"
"Now, princess, is the time for escape"
"Le guardie dormono tutte"
"The guards are all asleep"
"Devi salire sulla mia schiena"
"You must mount on my back"
"Lega le ciocche dei tuoi capelli intorno al mio collo"
"Tie the locks of your hair round my neck"
"E tienimi stretto"
"And keep tight hold of me"
La principessa fece ciò che le era stato chiesto.
The princess did what she was asked of.
Attraversò il cortile senza incontrare ostacoli.
He passed unchallenged through the courtyard.
E aveva un bel fardello sulla schiena.
And he had a lovely burden on his back.
Alla fine arrivò al cancello del palazzo.
Eventually he got to the gate of the palace.
E lui lo fece senza essere sfidato.
And he went through without being challenged.
Poi si diressero verso la periferia della città.
Then they went to the outskirts of the city.
Alla fine raggiunse la periferia.
Eventually he reached the outer suburbs.
Raggiunsero l'acqua da cui era emersa la principessa.
They reached the water from which the princess had risen.
La principessa si rallegrò della sua fuga.
The princess rejoiced at her escape.
Ma lei tremava ancora di paura.
But she was still trembling with fear.
L'amico del principe slegò il serpente-gioiello.
The prince's friend untied the snake-jewel.
E insieme salirono nell'acqua.
And together they ascended into the water.
E presto tornarono al palazzo sotterraneo.
And soon they found back to the subterranean palace.
Potete immaginare quanto fosse felice il principe.

You can imagine how happy the prince was.
Era quasi morto di dolore.
He had nearly died of grief.
E potete immaginare anche la felicità della principessa.
And you can imagine the princess' happiness too.
Tutti e tre erano pazzi di gioia.
All the three of them were mad with joy.
Rimasero nel palazzo per tre giorni.
For three days they remained in the palace.
E raccontarono tutta la storia al principe.
And they retold the prince the whole story.
Raccontarono di come la principessa fu rapita.
They told of how the princess was seized.
Gli raccontarono della sua prigionia nel palazzo.
They told him of her captivity in the palace.
Descrissero il matrimonio che era stato progettato.
They described the marriage that was planned.
Gli raccontarono della vecchia.
They told him of the old woman.
E gli raccontarono tutto del suo Phakir-Chand.
And they told him all about her Phakir-Chand.
Gli raccontarono come lo aveva impersonato.
They told him how he had impersonated him.
E gli raccontarono come aveva liberato la principessa.
And they told him how he freed the princess.
Non ho bisogno di dirvi quanto mi fossero grati.
I don't need to tell you how grateful they were.
L'amico del principe era davvero un buon amico.
The prince's friend truly was a good friend.
Lo ringraziarono con i più sentiti ringraziamenti.
They thanked him in the warmest terms.
E giurarono di seguire sempre il suo consiglio.
And they vowed to always follow his counsel.

Erano tutti decisi a tornare a casa.
They were all resolved to return home.
Volevano tornare nel loro paese natale.

They wanted to return to their native country.
Il figlio del re, il figlio del ministro e la principessa.
The king's son, the minister's son, and the princess.
Lasciarono insieme il palazzo sotterraneo.
They left the subterranean palace together.
Illuminarono il passaggio con il serpente-gioiello.
They lighted the passage with the snake-jewel.
E si diressero verso il mondo superiore.
And they made their way to the upper world.
Non c'erano né elefanti né cavalli ad aspettarli.
They had neither elephants nor horses waiting for them.
Quindi non avevano altra scelta che viaggiare a piedi.
So they had no choice but to travel on foot.
I due amici erano cresciuti nel lusso.
The two friends had been bred in the lap of luxury.
Entrambi trovavano difficile camminare.
Both of them found walking troublesome.
Ma la principessa trovò la cosa infinitamente più problematica.
But the princess found it infinitely more troublesome.
Era abituata a trattamenti ancora più raffinati.
She was used to even finer treatment.
Le pietre della strada erano troppo ruvide per lei.
The stones of the road were too rough for her.
E le pietre ruvide ferivano i suoi teneri piedi.
And the rough stones wounded her tender feet.
Alla fine i suoi piedi diventarono molto doloranti.
Eventually her feet became very sore.
A volte il figlio del re la portava sulle spalle.
At times the king's son carried her on his shoulders.
Il carico che trasportava era ovviamente adorabile.
The load he was carrying was of course lovely.
Ma sebbene fosse bella, era pesante da trasportare.
But although lovely, she was heavy to carry.
E non poteva essere trasportata per una grande distanza.
And she could not be carried a great distance.
E quindi anche lei doveva camminare spesso.

And therefore she too had to walk often.
Una sera arrivarono sotto un albero.
One evening they arrived beneath a tree.
Non c'erano segni visibili di insediamenti umani.
There were no visible signs of human habitations.
Così decisero di usare l'albero come loro rifugio.
So they decided to make the tree their sleeping place.
L'amico del principe si offrì di fare la guardia.
The prince's friend offered to keep guard.
"Potete andare a dormire entrambi"
"Both of you can go to sleep"
"Stasera veglierò su entrambi"
"I will keep watch over you both tonight"
"Per prevenire ogni pericolo"
"In order to prevent any danger"
La coppia reale si assopì presto.
The royal couple soon dozed off.
E rimasero chiusi nelle braccia del sonno.
And they were locked in the arms of sleep.
Il fedele amico del principe non dormiva.
The faithful friend of the prince did not sleep.
Rimase sveglio e vigile, in attesa di eventuali pericoli.
He stayed awake and watched for danger.
Capitò che si accampassero sotto un albero speciale.
It so happened they camped under a special tree.
Sull'albero dondolava il nido di due uccelli.
In the tree swung the nest of two birds.
Gli uccelli immortali Bihangama e Bihangami.
The immortal birds Bihangama and Bihangami.
Questi uccelli erano dotati di linguaggio umano.
These birds were endowed with human speech.
E potevano anche vedere nel futuro.
And they could also see into the future.
Il figlio del ministro ascoltò la conversazione dell'uccello.
The minister's son listened to the bird's conversation.
Era più che un po' stupito da ciò che aveva sentito!
He was more than a little astonished at what he heard!

Bihangama: "L'amico del principe ha rischiato la vita"
Bihangama: "The prince's friend risked his own life"
"Ha fatto tutto per la sicurezza del suo amico"
"He did everything for the safety of his friend"
"Ma altri pericoli colpiranno il figlio del re"
"But more dangers will befall the king's son"
"E gli sarà difficile salvare il principe"
"And he will find it difficult to save the prince"
Bihangami: "Perché?"
Bihangami: "Why is that?"
Bihangama: "Molti pericoli attendono il figlio del re"
Bihangama: "Many dangers await the king's son"
"Il padre del principe verrà a sapere dell'arrivo del figlio"
"The prince's father will hear of his son's approach"
"Manderà a prendergli un elefante e dei cavalli"
"He will send for him an elephant and some horses"
"E organizzerà degli attendenti che gli vengano incontro"
"And he will arrange attendants to meet him"
"Il figlio del re cavalcherà l'elefante"
"The king's son will ride the elephant"
"Ma cadrà dalla schiena dell'elefante"
"But he will fall from the back of the elephant"
"E morirà cadendo dall'elefante"
"And he will die from his fall from the elephant"
Bihangami: "Ma se qualcuno lo impedisse?"
Bihangami: "But suppose someone prevented this?"
**"Supponiamo che il figlio del re non voglia cavalcare
l'elefante"**
"Suppose the king's son is not going to ride on the elephant"
"Cosa potrebbe succedere se invece cavalcasse un cavallo?"
"What might happen if he rides on a horse instead?"
"In tal caso non sarà salvato?"
"Will he not in that case be saved?"
Bihangama: "Sì, in quel caso sfuggirebbe a quel destino"
Bihangama: "Yes, in that case he would escape that fate"
"Ma poi lo attenderebbe un nuovo pericolo"
"But then a fresh danger would await him"

"Quando il figlio del re è in vista del palazzo di suo padre"
"When the king's son is in sight of his father's palace"
"Quando sta per passare attraverso la porta dei leoni"
"When he is in the act of passing through the lion-gate"
"In quel momento la porta dei leoni cadrà su di lui"
"In that moment the lion-gate will fall upon him"
"E le pietre lo schiacceranno a morte"
"And the stones will crush him to death"
Bihangami: "Ma supponiamo che qualcuno arrivi prima"
Bihangami: "But suppose someone gets there first"
"Supponiamo che qualcuno distrugga la porta dei leoni"
"Suppose someone destroys the lion-gate"
"Se ciò accadesse, il figlio del re non potrebbe passare attraverso la porta dei leoni"
"If that happens the king's son couldn't go through the lion-gate"
«In tal caso il figlio del re non sarà forse salvato?»
"Will not the king's son in that case be saved?"
Bihangama: "Sì, in quel caso sfuggirebbe al suo destino"
Bihangama: "Yes, in that case he would escape his fate"
"Ma poi lo attenderebbe un nuovo pericolo"
"But then a fresh danger would await him"
"Quando il figlio del re raggiunge il palazzo"
"When the king's son reaches the palace"
"Quando siede a un banchetto preparato per lui"
"When he sits at a feast prepared for him"
"Gli verrà cucinata la testa di un pesce"
"The head of a fish will be cooked for him"
"Si metterà in bocca la testa del pesce"
"He will put into his mouth the head of the fish"
"Ma la testa del pesce gli rimarrà in gola"
"But the head of the fish will stick in his throat"
"E morirà soffocato dalla testa del pesce"
"And he will choke to death on the head of the fish"
Bihangami: "Ma supponiamo che qualcuno afferri il pesce"
Bihangami: "But suppose someone snatches the fish"

"**Supponiamo che qualcuno prenda la testa del pesce dal suo piatto**"

"Suppose someone takes the head of the fish from his plate"

"**Supponiamo che non riesca a mettere la testa del pesce in bocca**"

"Suppose he can't put the fish's head in his mouth"

«**In tal caso il figlio del re non sarà forse salvato?**»

"Will not the king's son in that case be saved?"

Bihangama: "Sì, in tal caso sfuggirà al suo destino"

Bihangama: "Yes, in that case he will escape his fate"

"**Ma un nuovo pericolo lo attendeva**"

"But a fresh danger would await him"

"**Quando il principe e la principessa si ritirano dopo cena**"

"When the prince and princess retire after dinner"

"**Quando vanno nel loro appartamento dove dormono**"

"When they go into their sleeping apartment"

"**Giaceranno insieme a letto** "

"They will lie together in bed"

"**Un terribile cobra entrerà nella stanza**"

"A terrible cobra will come into the room"

"**E il cobra morderà a morte il figlio del re**"

"And the cobra will bite the king's son to death"

Bihangami: "Ma supponiamo che ci fosse qualcuno nella stanza"

Bihangami: "But suppose someone was in the room"

"**Supponiamo che questa persona stesse aspettando il serpente**"

"Suppose this person was waiting for the snake"

"**E supponiamo che questa persona tagli il serpente a pezzi**"

"And suppose that this person cuts the snake into pieces"

«**In tal caso il figlio del re non sarà forse salvato?**»

"Will not the king's son in that case be saved?"

Bihangama: "Sì, in tal caso sfuggirà al suo destino"

Bihangama: "Yes, in that case he will escape his fate"

"**In tal caso la vita del figlio del re sarà salvata**"

"In that case the life of the king's son will be saved"

"**Ma chi lo salva non può ripetere queste parole**"

"But he who saves him can't repeat these words"
"Se racconta il suo segreto verrà trasformato in marmo"
"If he tells his secret he will be turned into marble"
Bihangami: "La statua può tornare in vita?"
Bihangami: "Can the statue be returned to life?"
Bihangama: "Sì, la statua di marmo può essere riportata in vita"
Bihangama: "Yes, the marble statue can be restored to life"
"La principessa darà alla luce un bambino"
"The princess will give birth to a child"
"Devono lavare la statua con il sangue del bambino"
"They must wash the statue with the blood of the infant"
Fino a quel momento gli uccelli profetici avevano parlato.
The prophetical birds had spoken until that point.
Ma poi furono interrotti dal verso dei corvi.
But then they were interrupted by the craw of crows.
Il cielo orientale si tinge di una tonalità rossastra.
The eastern sky tinted in a reddish hue.
E i viaggiatori sotto l'albero si agitarono.
And the travelers beneath the tree bestirred themselves.
La conversazione profetica giunse al termine.
The prophetic conversation came to an end.
Ma l'amico del principe aveva sentito tutto.
But the prince's friend had heard everything.

Il mattino seguente ripresero il loro viaggio.
The next morning they continued their journey.
Il principe, la principessa e l'amico del principe.
The prince, the princess, and the prince's friend.
Presto incontrarono il corteo del re.
Soon they met the king's procession.
C'erano un elefante, un cavallo e un palki.
There was an elephant, a horse, and a palki.
E c'era un gran numero di partecipanti.
And there was a large number of attendants.
Questi animali e uomini erano stati inviati dal re.
These animals and men had been sent by the king.

Il re venne a sapere che suo figlio era con il suo amico.
The king heard his son was with his friend.
E aveva sentito che suo figlio si era sposato.
And he had heard that his son had married.
E sentì che non erano lontani dalla capitale.
And he heard they were not far from the capital.
L'elefante era riccamente bardato.
The elephant had been richly caparisoned.
L'elefante era destinato al principe.
The elephant was intended for the prince.
La struttura del palki era d'argento.
The framework of the palki was of silver.
Il palki era destinato alla principessa.
The palki was meant for the princess.
E il cavallo era per l' amico del principe .
And the horse was for the prince's friend.
Il principe stava per salire sull'elefante.
The prince was about to mount on the elephant.
Ma poi il suo amico gli parlò.
But then his friend spoke to him.
"Per favore, lasciami salire sull'elefante"
"Allow me to ride on the elephant, please"
"E puoi tornare indietro a cavallo"
"And you can ride back on horseback"
Il principe non fu poco sorpreso.
The prince was not a little surprised.
La proposta era stata fatta in modo molto freddo.
The proposal had been made in a very cold manner.
Forse il suo amico si sentiva un po' troppo in diritto di farlo.
Maybe his friend felt a little too entitled.
E il figlio del re era leggermente infastidito.
And the king's son was slightly annoyed.
Ma ricordava cosa aveva fatto per lui il suo amico.
But he remembered what his friend had done for him.
E si ricordò di come aveva salvato la principessa.
And he remembered how he saved the princess.
Così salì a cavallo senza opporsi.

So he mounted the horse without objecting.
Ma la sua mente si allontanò in un certo senso da lui.
But his mind became somewhat alienated from him.
Il corteo verso la capitale riprese.
The procession towards the capital started again.
Dopo un po' di tempo giunsero in vista del palazzo.
After some time they came in sight of the palace.
La porta dei leoni era stata decorata con allegria.
The lion-gate had been gaily adorned.
Ci fu un grande ricevimento per il principe.
There was a grand reception for the prince.
E la principessa era altrettanto attesa.
And the princess was equally anticipated.
Ma l'amico del principe sembrava avere un'obiezione.
But the prince's friend seemed to have an objection.
"Voglio che la porta dei leoni venga abbattuta"
"I want the lion-gate to be broken down"
Il principe rimase sbalordito dalla proposta.
The prince was astounded at the proposal.
La richiesta era davvero fuori dal comune.
The request was very out of the ordinary.
E non aveva fornito alcuna motivazione per la sua richiesta.
And he had given no reason for his demand.
Ma ricordava tutto quello che il suo amico aveva fatto per lui.
But he remembered all his friend had done for him.
E si ricordò di come aveva salvato la principessa.
And he remembered how he saved the princess.
Così acconsentì al desiderio del suo amico.
So he complied with the wish of his friend.
E la bella porta dei leoni fu abbattuta.
And the beautiful lion-gate was torn down.
Ma la sua mente si allontanò ancora di più da lui.
But his mind became even more estranged from him.
Il corteo entrò quindi nel palazzo.
The procession now went into the palace.
Il re accolse calorosamente il figlio.

The king gave a warm reception to his son.
Accolse la nuora con altrettanta cordialità.
He welcomed his daughter-in-law equally warmly.
E fu molto contento di vedere l'amico del principe.
And he was very pleased to see the prince's friend.
La storia delle loro avventure venne raccontata.
The story of their adventures was related.
Il re espresse grande stupore per il racconto.
The king expressed great astonishment at the tale.
E anche i suoi cortigiani ne rimasero altrettanto colpiti.
And his courtiers were equally impressed.
Tutti elogiarono la dedizione del figlio del ministro.
All praised the minister's son's devotion.
E le dame del palazzo lodarono la principessa.
And the ladies of the palace praised the princess.
Gli intenditori di bellezza elogiarono la principessa.
The connoisseurs of beauty praised the princess.
La sua carnagione era un misto di latte e vermiglio.
Her complexion was a mixture of milk and vermilion.
Il suo collo era come quello di un cigno.
Her neck was like that of a swan.
I suoi occhi erano come quelli di una gazzella.
Her eyes were like those of a gazelle.
Le sue labbra erano rosse come la ragazza delle bacche.
Her lips were as red as the berry bimba.
Le sue guance erano quanto di più bello si potesse immaginare.
Her cheeks were as lovely as they could be.
E il suo naso era dritto e alto.
And her nose was straight and high.
I suoi capelli le arrivavano fino alle caviglie.
Her hair reached down to her ankles.
La sua camminata era aggraziata come quella di un giovane elefante.
Her walk was as graceful as that of a young elephant.
La principessa che il destino aveva portato loro.
The princess whom destiny had brought to them.

Si sedettero intorno a lei, volendo sapere tutto.

They sat around her wanting to know everything.

E le fecero mille domande.

And they put to her a thousand questions.

Le chiesero dei suoi genitori.

They asked her about her parents.

Le chiesero del palazzo sotterraneo.

They asked her about the subterranean palace.

E le chiesero tutto sul serpente.

And they asked her all about the serpent.

Il serpente che aveva ucciso tutti i suoi parenti.

The serpent which had killed all her relatives.

Ben presto arrivò il momento di cenare per i nuovi arrivati.

Soon it was time for the new arrivals to dine.

La cena venne servita in piatti d'oro.

The dinner was served up in dishes of gold.

Sulla tavola c'erano prelibatezze di ogni genere.

All sorts of delicacies were on the table.

Il piatto più appariscente era la testa di un pesce rohita.

The most conspicuous dish was the head of a rohita fish.

La grande testa del pesce venne posta in una coppa d'oro.

The large fish's head was placed in a golden cup.

E la tazza fu posta vicino al piatto del principe.

And the cup was placed near the prince's plate.

Tutti mangiavano e raccontavano l'avventura.

All were eating and retelling the adventure.

E all'improvviso l'amico del principe gli strappò la testa.

And suddenly the prince's friend snatched the head.

Prese la testa del pesce dal piatto del principe.

He took the fish's head from the prince's plate.

"Lasciami, principe, mangiare la testa di questa rohita"

"Let me, prince, eat this rohita's head"

Il figlio del re era molto indignato.

The king's son was quite indignant.

Ma ricordava tutto quello che il suo amico aveva fatto per lui.

But he remembered all his friend had done for him.

E si ricordò di come aveva salvato la principessa.
And he remembered how he saved the princess.
E così non fece obiezioni alla richiesta.
And so he made no objection to the request.
Ma non riusciva a nascondere la sua terribile rabbia.
But he could not hide his terrible rage.
Naturalmente l'amico del principe se ne accorse.
Of course the prince's friend noticed this.
Ma non avrebbe potuto fare altro.
But there was nothing else he could have done.
Il suo comportamento, per quanto strano, era necessario.
His conduct, however strange, was necessary.
Era per la sicurezza della vita del suo amico.
It was for the safety of his friend's life.
Né poteva dirne il motivo all'amico.
Nor could he tell his friend the reason.
Altrimenti verrebbe trasformato in una statua di marmo.
Else he would be transformed into a marble statue.
Presto la cena sarebbe finita.
Soon the dinner was going to be over.
L'amico del principe aveva un'altra richiesta.
The prince's friend had one more request.
I due amici avevano trascorso ogni notte insieme.
The two friends had spent every night together.
Ma quella sera voleva andare a casa sua.
But tonight he wanted to go to his own house.
Anche il principe rimase scioccato dal suo strano comportamento.
The prince was also shocked at his strange conduct.
Ma ricordava tutto quello che il suo amico aveva fatto per lui.
But he remembered all his friend had done for him.
E si ricordò di come aveva salvato la principessa.
And he remembered how he saved the princess.
E acconsentì anche a questa richiesta del suo amico.
And he also agreed to this request of his friend.
L'amico del principe, tuttavia, aveva altri piani.

The prince's friend, however, had other plans.
Non aveva alcuna intenzione di tornare a casa sua.
He had no intentions of going to his own house.
Era deciso a scongiurare l'ultimo pericolo.
He was resolved to avert the last peril.
L'ultima cosa che potrebbe mettere a repentaglio la vita del suo amico.
The last thing to threaten the life of his friend.
Di conseguenza, prese una spada nella sua mano.
Accordingly, he took a sword into his hand.
Ed entrò furtivamente nella sala reale.
And he stealthily entered the royal room.
La stanza del principe e della principessa.
The room of the prince and the princess.
Si nascose sotto il letto.
He ensconced himself under the bedstead.
Il letto era dotato di materassi di piume.
The bed was furnished with mattresses of down.
Le zanzariere erano di seta pregiata.
The mosquito curtains were of the richest silk.
E tutta la biancheria da letto era ornata d'oro.
And all the bedding was laced with gold.
Poco dopo il principe e la principessa entrarono nella camera da letto.
Soon the prince and princess came into the bedroom.
Si spogliarono e andarono a letto.
They undressed themselves and went to bed.
E presto la coppia reale si addormentò.
And soon the royal couple were asleep.
A mezzanotte udì lo strisciare di un serpente.
At midnight he heard the slithering of a snake.
Il suono proveniva da un passaggio d'acqua.
The sound was coming from a water passage.
Un serpente di dimensioni gigantesche entrò nella stanza.
A snake of gigantic size entered the room.
Il serpente si arrampicò sulla struttura del letto.
The serpent climbed up the frame of the bed.

Il figlio del ministro si precipitò fuori con la spada.

The minister's son rushed out with the sword.

E uccise il serpente con un colpo solo.

And he killed the serpent with one blow.

Poi tagliò il serpente in pezzi più piccoli.

And then he cut the snake into smaller pieces.

Mise i pezzi nel piatto in cui avrebbero dovuto contenere le foglie di betel.

He put the pieces in the dish for holding betel-leaves.

Ma nel farlo, versò una goccia di sangue.

But as he did this, he spilled a drop of blood.

La goccia di sangue cadde sul petto della principessa.

The drop of blood fell on the breast of the princess.

Perché le zanzariere non erano state abbassate.

Because the mosquito curtains had not been let down.

Era preoccupato per la salute della principessa.

He worried for the health of the princess.

Il sangue potrebbe contenere qualche tipo di veleno.

The blood might be of some sort of poison.

Così decise di leccare il sangue.

So he resolved to lick up the blood.

Ma non riusciva a guardare la principessa nuda.

But he could not look at the naked princess.

Sarebbe stato un peccato grave.

It would have been a great sin.

Allora si bendò con sette drappi.

So he blindfolded himself with seven-fold cloth.

E leccò la goccia di sangue.

And he licked off the drop of blood.

Ma proprio in quel momento la principessa si svegliò.

But just at this time the princess awoke.

Il suo urlo svegliò il marito dal sonno.

Her scream roused her husband from his sleep.

E non riusciva a credere a ciò che stava vedendo.

And he could not believe what he was seeing.

Il principe si infuriò molto.

The prince fell into a great rage.

Ed era pronto a uccidere il suo amico.

And he was prepared to kill his friend.

Ma diede al suo amico la possibilità di parlare.

But he gave his friend a chance to speak.

"Per favore, amico mio, frena la tua rabbia"

"Please, my friend, restrain your anger"

"L'ho fatto solo per salvarti la vita"

"I have done this only to save your life"

Il principe era più confuso di prima.

The prince was more confused than before.

"Non capisco cosa intendi"

"I do not understand what you mean"

"Dal momento in cui siamo usciti dal palazzo sotterraneo"

"From the time we came out of the subterranean palace"

"Ti sei comportato in un modo davvero straordinario"

"You have been behaving in a most extraordinary way"

"Prima hai insistito per cavalcare il mio elefante"

"First, you insisted on riding my elephant"

"L'elefante che mio padre mi aveva mandato a prendere"

"The elephant my father had sent for me"

"Ho pensato che fosse vano da parte tua chiederlo"

"I thought it was vain of you to ask"

"Ma mi sono ricordato di quello che hai fatto per me"

"But I remembered what you had done for me"

"E ho deciso di lasciar perdere"

"And I decided to let the matter pass"

"E invece tornai indietro a cavallo"

"And instead I rode back on horseback"

"In secondo luogo, hai insistito nel distruggere la porta dei leoni"

"Secondly, you insisted on destroying the lion-gate"

"La porta dei leoni che mio padre aveva adornato per me"

"The lion-gate my father had adorned for me"

"Ho pensato che fosse strano da parte tua chiederlo"

"I thought it was strange of you to ask"

"Ma mi sono ricordato di quello che hai fatto per me"

"But I remembered what you had done for me"

"E ho deciso di lasciar perdere"
"And I decided to let the matter pass"
"E feci distruggere la porta dei leoni"
"And I had the lion-gate destroyed"
"In terzo luogo, a cena ti sei comportato in modo vergognoso"
"Thirdly, at dinner you behaved most shamefully"
"Mi hai strappato la testa della rohita dal piatto"
"You snatched the rohita's head from my plate"
"E tu hai insistito per mangiare la testa del pesce"
"And you insisted on eating the fish head"
"Pensavo ti sentissi troppo in diritto"
"I thought you felt too entitled"
"Ma mi sono ricordato di quello che hai fatto per me"
"But I remembered what you had done for me"
"Così ho deciso di lasciar perdere"
"So I decided to let the matter pass"
"Allora hai fatto finta di tornare a casa"
"You then pretended that you were going home"
"Ed ero molto contento che stessi tornando a casa"
"And I was very glad you were going home"
"Perché ti sei reso molto sgradevole"
"Because you had made yourself very disagreeable"
"E ora sei proprio nella mia camera da letto"
"And now you are actually in my bedroom"
"Ti stai chinando sul seno nudo di mia moglie"
"You are bending over the naked bosom of my wife"
"Devi aver avuto qualche piano malvagio"
"You must have had some evil plan"
"E ora fai finta di salvarmi la vita"
"And now you pretend you are saving my life"
"Ma non credo che tu voglia salvarmi la vita"
"But I don't believe you want to save my life"
"Credo che tu voglia distruggere la castità di mia moglie"
"I believe you want to destroy my wife's chastity"
L'amico del principe sapeva come stavano le cose.
The prince's friend knew how things looked.

"Oh, non nutrire tali pensieri nella tua mente"

"Oh, do not harbor such thoughts in your mind"

"Per favore, non pensare male di me"

"Please do not think badly against me"

"Gli dei sanno cosa ho fatto"

"The gods know what I have done"

"Sanno che l'ho fatto per salvarti la vita"

"They know I did it to save your life"

"Vedresti la ragionevolezza della mia condotta"

"You would see the reasonableness of my conduct"

"Ma non ho la libertà di spiegare le mie ragioni"

"But I don't have liberty to state my reasons"

Il principe gli chiese di spiegarsi.

The prince asked him to explain himself.

"E perché non sei libero?"

"And why are you not at liberty?"

«Chi ha messo un sigillo sulla tua bocca?»

"Who has put a seal upon your mouth?"

E l'amico del principe rispose.

And the prince's friend answered.

"Il destino ha messo un sigillo sulla mia bocca"

"Destiny has put a seal upon my mouth"

"Se te lo dicessi, mi trasformerei in marmo"

"If I told you, I would be transformed into marble"

Il principe si arrabbiò sempre di più con il suo amico.

The prince grew angrier with his friend.

"Dovresti trasformarti in una statua di marmo!"

"You should be transformed into a marble statue!"

"Devi prendermi per un sempliciotto"

"You must take me to be a simpleton"

"Non puoi aspettarti che io creda a queste sciocchezze "

"You can't expect me to believe this nonsense"

Il figlio del ministro fece un'ultima richiesta.

The minister's son made one last request.

"Vuoi dunque, amico, che te lo dica?

"Do you wish me then, friend, for me to tell you?

"Faresti diventare di pietra il tuo amico?"

"You would make your friend turn into stone?"
Il principe voleva sapere il motivo.
The prince wanted to hear the reason.
Non gli importavano le conseguenze.
He did not care about the consequences.
"Dimmi, altrimenti sei un uomo morto"
"Tell me, or else you are a dead man"
L'amico del principe voleva riabilitare il suo nome.
The prince's friend wanted to clear his name.
Non voleva che gli venissero mosse accuse infami.
He wanted no foul accusations brought against him.
E ritenne suo dovere rivelare il segreto.
And he deemed it his duty to reveal the secret.
Anche se questo mettesse a rischio la sua vita.
Even if this would put his life at risk.
Ammonì nuovamente il principe di non chiederglielo.
He again warned the prince not to ask him.
Ma il principe rimase inesorabile.
But the prince remained inexorable.
L'amico del principe gli svelò quindi il suo segreto.
The prince's friend then told him his secret.
"Una notte mentre dormivo sotto un albero alto"
"While sleeping under a lofty tree one night"
"Ho sentito per caso una conversazione tra due uccelli.
"I overheard a conversation between two birds.
"Gli uccelli profeti Bihangama e Bihangami"
"The prophesizing birds Bihangama and Bihangami"
"Bihangama ha predetto tutti i pericoli della tua vita"
"Bihangama predicted all the dangers in your life"
"Prima l'uccello predisse che tuo padre avrebbe mandato un elefante"
"First the bird predicted your father would send an elephant"
"L'uccello ha detto che saresti caduto dall'elefante"
"The bird said you would fall from the elephant"
"E l'uccello disse che saresti morto per la caduta"
"And the bird said you would die from the fall"

A questo punto le gambe del figlio del ministro si trasformarono in pietra.

At this point the minister's son's legs turned to stone.

"Vedi? Le mie gambe si sono già trasformate in pietra"

"See? my legs have already turned to stone"

«Continua con la tua storia», disse il principe.

"Go on with your story," said the prince.

E l'amico del principe continuò il racconto.

And the prince's friend continued the story.

"L'uccello disse che la porta dei leoni sarebbe stata decorata allegramente"

"The bird said the lion-gate would be gaily decorated"

"E l'uccello disse che la porta del leone ti sarebbe crollata addosso"

"And the bird said the lion-gate would collapse on you"

"Se la porta dei leoni ti fosse caduta addosso, saresti morto"

"If the lion-gate had fallen on you, you would have died"

A questo punto il torso del figlio del ministro si trasformò in pietra.

At this point the minister's son's torso turned to stone.

Ma il principe ha insistito affinché il figlio del ministro continuasse.

But the prince insisted the minister's son continues.

«Continua con la tua storia», disse il principe.

"Go on with your story," said the prince.

"L'uccello disse che ci sarebbe stata la testa di un pesce"

"The bird said there would be the head of a fish"

"E l'uccello predisse che saresti soffocato con il pesce"

"And the bird predicted you would choke on the fish"

Ora la sua testa era l'unica cosa che non era di pietra.

Now his head was the only thing not of stone.

"Vedi? Tutto il mio corpo si è trasformato in pietra"

"See? my whole body has turned to stone"

"Se continuo, diventerò un uomo di pietra"

"If I continue, I will become a man of stone"

"Vuoi che ti racconti il resto?"

"Do you wish me to tell the rest"

«Continua con la tua storia», disse il principe.
"Go on with your story," said the prince.
"Va bene, andrò fino in fondo"
"Very well, I will go on to the end"
"Ma potrai pentirti dopo che te lo avrò detto"
"But you may repent after I tell you"
"E potresti desiderare di riportarmi in vita"
"And you may wish to restore me to life"
"Ti dirò come invertire l'incantesimo"
"I will tell you how to reverse the spell"
"Tra pochi mesi la principessa darà alla luce un bambino"
"In a few months the princess will bear a child"
"Aspetta la nascita del bambino"
"Wait for the birth of the child"
"Imbrattate la mia statua con il sangue del bambino"
"Besmear my statue with the infant's blood"
"Solo allora sarò riportato in vita"
"Only then will I be restored back to life"
L'ultima parola gli uscì dalle labbra e lui si trasformò in pietra.
The last word left his lips, and he turned to stone.
La principessa saltò giù dal letto.
The princess jumped out of bed.
Aprì il contenitore per prendere foglie di betel e spezie.
She opened the vessel for betel-leaves and spices.
E vide i pezzi di un serpente.
And she saw the pieces of a serpent.
Il principe e la principessa erano ormai convinti.
The prince and the princess were now convinced.
Hanno visto la buona fede del loro amico defunto.
They saw the good faith of their departed friend.
Videro la benevolenza delle sue azioni.
They saw the benevolence of his actions.
Andarono alla statua di marmo.
They went to the marble statue.
Ma la statua del loro amico era senza vita.
But the statue of their friend was lifeless.

Emisero un forte grido di lamento.
They let out a loud cry of lamentation.
Ma le loro grida non servirono a nulla.
But their cries were to no purpose.
Perché la statua non si è commossa per le lacrime.
Because the statue was not moved by tears.
Il principe e la principessa sapevano cosa dovevano fare.
The prince and princess knew what they had to do.
Nascosero la figura di marmo in un luogo sicuro.
They concealed the marble figure in a safe place.
E aspettarono la nascita del loro bambino.
And they waited for the birth of their child.
Col passare del tempo giunse l'ora.
In process of time the hour came.
Il travaglio della principessa era arrivato.
The princess's travail had arrived.
La principessa diede alla luce un bellissimo bambino.
The princess bore a beautiful boy.
Il bambino era l'immagine perfetta di sua madre.
The child was the perfect image of his mother.
La bellezza del loro bambino era impressionante.
The beauty of their child was striking.
E ne erano in soggezione.
And they were in awe of him.
Gli avrebbero risparmiato la vita.
They would have spared his life.
Ma si ricordarono del loro migliore amico.
But they remembered their best friend.
Ricordavano tutto quello che aveva fatto per loro.
They remembered all he had done for them.
Ma ora era una pietra senza vita.
But now he was a lifeless stone.
E si ricordarono dei voti che avevano fatto.
And they remembered the vows they had made.
E tagliarono il bambino in due.
And they cut the child into two.
Hanno imbrattato la statua con il sangue del bambino.

They besmeared the statue with the child's blood.
E il loro amico tornò in vita.
And their friend became animated back to life.
Erano felici di vederlo di nuovo vivo.
They were glad to see him alive again.
Ma l'amico del principe era sopraffatto dal dolore.
But the prince's friend was overwhelmed with grief.
Perché vide il neonato in una pozza di sangue.
Because he saw the new-born in a pool of blood.
Così raccolse il neonato morto.
So he picked up the dead infant.
Avvolse con cura il bambino in un asciugamano.
He carefully wrapped the child in a towel.
E decise di far tornare in vita il bambino.
And he resolved to get the child restored to life.
Consultò tutti i medici del paese.
He consulted all the physicians of the country.
Tutti gli dissero la stessa cosa.
They all told him the same thing.
Per ogni malattia è possibile trovare una cura.
A cure can be found for any illness.
Ma la vita ha bisogno della scintilla della vita.
But life requires the spark of life.
Quando la scintilla si spegne, la questione è al di fuori della loro giurisdizione.
When the spark is gone, it is beyond their jurisdiction.
E così dovettero continuare a vivere.
And so they had to go on with their lives.

Alla fine l'amico del principe tornò dalla moglie.
Eventually the prince's friend returned to his wife.
Era una devota adoratrice della dea Kali.
She was a devoted worshipper of the goddess kali.
Lei era l'unica che poteva restituire la vita.
She was the only one who could return life.
Sua moglie viveva in una città lontana.
His wife was living in a distant town.

Così partì per un viaggio verso la città.
So he set out on a journey to the town.
Sua moglie viveva ancora nella casa del padre.
His wife still lived in her father's house.
Adiacente alla casa c'era un giardino.
Adjoining the house there was a garden.
E nel giardino c'era un albero.
And in the garden there was a tree.
Il bambino era stato conservato su quell'albero.
The child had been stored in that tree.
La moglie era felicissima di rivedere il marito.
His wife was overjoyed to see her husband.
Non lo vedeva da molto tempo.
She had not seen him for a long time.
Ma quando lo vide rimase sorpresa.
But she was surprised when she saw him.
Quel giorno suo marito era molto malinconico.
Her husband was very melancholy that day.
Parlava molto poco con la moglie.
He spoke very little to his wife.
E sua moglie sapeva che lui non era più lui.
And his wife knew that he was not himself.
Stava rimuginando su qualcosa nella sua mente.
He was brooding over something in his mind.
Gli chiese il motivo della sua malinconia.
She asked the reason for his melancholy.
Ma lui rimase in silenzio e non glielo disse.
But he kept quiet, and wouldn't tell her.
Una notte erano sdraiati insieme a letto.
One night they were lying together in bed.
La moglie si alzò e lasciò il letto coniugale.
The wife got up and left the marital bed.
Aprì la porta ed entrò in giardino.
She opened the door and went into the garden.
Suo marito non era riuscito a dormire bene.
Her husband had not been able to sleep well.
Perciò si svegliò a causa del movimento della moglie.

Therefore he awoke from the movement of his wife.
La sentì andarsene nel cuore della notte.
He heard her leave in the dead of the night.
Ed era determinato a seguirla.
And he was determined to follow her.
Ma era anche determinato a non farsi notare.
But he was also determined not to be noticed.
Andò al tempio della dea Kali.
She went to a temple of the goddess kali.
Il tempio non era molto lontano dalla sua casa.
The temple was at no great distance from her house.
Adorava la dea con i fiori.
She worshipped the goddess with flowers.
E adorò la dea con profumo di sandalo.
And she worshiped the goddess with sandal-wood perfume.
"Oh madre Kali! Abbi pietà di me"
"Oh mother kali! have mercy upon me"
"Liberami da tutti i miei guai"
"Deliver me out of all my troubles"
La dea rispose alla donna.
The goddess replied to the woman.
"Perché, che altro motivo hai di lamentarti?
"Why, what further grievance have you?
"Hai pregato a lungo per il ritorno di tuo marito"
"You long prayed for the return of your husband"
"E le tue preghiere sono state esaudite"
"And your prayers have been answered"
"Tuo marito è tornato da te"
"Your husband has returned to you"
"Allora, cosa ti succede adesso?"
"So then, what ails thee now?"
La donna rispose alla dea.
The woman answered the goddess.
"È vero, oh madre, mio marito è venuto da me"
"True, oh mother, my husband has come to me"
"Ma lui è venuto da me in uno stato d'animo malinconico"
"But he has come to me in a melancholy mood"

"Non mi parla quasi mai quando gli parlo"
"He hardly speaks to me when I speak to him"
"Non prova alcun piacere in me quando è con me"
"He takes no delight in me when he is with me"
"Tutto quello che fa è sedersi malinconico in un angolo"
"All he does is sit melancholy in a corner"
La dea rispose al suo devoto.
The goddess replied to her devotee.
"Chiedi a tuo marito perché si sente malinconico"
"Ask your husband why he feels melancholy"
"Quando te lo dirà, fammi sapere il motivo"
"When he tells you, let me know the reason"
Il figlio del ministro ha sentito la conversazione.
The minister's son overheard the conversation.
Ma la dea non lo notò.
But he stayed unnoticed by the goddess.
E nemmeno sua moglie lo notò.
And his wife did not notice him either.
Si allontanò silenziosamente davanti alla moglie.
He quietly slunk away before his wife.
E lui tornò a letto prima di lei.
And he returned back to bed before her.
Il giorno dopo la moglie chiese al marito.
The following day the wife asked her husband.
"Caro marito, perché sei di umore malinconico?"
"My dear husband, why are you in a melancholy mood?"
Suo marito raccontò tutta la storia.
Her husband retold the whole story.
Le raccontò del serpente gioiello.
He told her about the jewel serpent.
Le raccontò del palazzo sotterraneo.
He told her about the subterranean palace.
Le raccontò che la principessa era stata catturata.
He told her about the princess being captured.
Le raccontò come aveva liberato la principessa.
He told her how he freed the princess.
E le raccontò di Bihangama e Bihangami.

And he told her about Bihangama and Bihangami.
Le raccontò come si era trasformato in pietra.
He told her how he had turned to stone.
E le raccontò come era tornato in vita.
And he told her how he was returned back to life.
Così le raccontò anche dell'uccisione del bambino.
So he told her also about the killing of the child.
Quella notte la moglie si alzò di nuovo dal letto.
That night his wife left the bed again.
E tornò al tempio della dea Kali.
And she returned to the goddess kali's temple.
E raccontò alla dea la malinconia del marito.
And she told the goddess of her husband's melancholy.
La dea ascoltò attentamente ciò che veniva detto.
The goddess listened intently to what was said.
"Portate qui il bambino e io lo riporterò in vita"
"Bring the child here and I will restore it to life"
La notte successiva lasciò di nuovo il letto coniugale.
The next night she left the marital bed again.
Andò all'albero nel giardino.
She went to the tree in the garden.
E prese il bambino dall'albero.
And she took the child from the tree.
E portò il bambino alla dea Kali.
And she took the child to the goddess kali.
E la dea Kali riportò in vita il bambino.
And the goddess kali returned the child back to life.
L'amico del principe era incantato dalla gioia.
The prince's friend was entranced with joy.
Prese in braccio il bambino rianimato.
He picked up the reanimated child.
E corse più veloce che poté verso il suo amico.
And he ran as fast as he could to his friend.
E gli diede suo figlio, vivo e vegeto.
And he gave him his child, alive and well.
Tutti si rallegrarono di grandissima gioia.
They all rejoiced with exceedingly great joy.

E vissero insieme felici e contenti fino al giorno della loro morte.
And they lived together happily till the day of their death.

Il Brahmano indignato
The Indignant Brahman

C'era una volta un povero Brahmano.
There was once a poor Brahman.
Questo povero bramino aveva una moglie.
This poor Brahman had a wife.
E aveva anche quattro figli.
And he also had four children.
Era un uomo molto povero.
He was a very poor man.
E non aveva risorse al mondo.
And he had no resources in the world.
Viveva della carità altrui.
He lived from the charity of others.
Durante i matrimoni guadagnava bene.
During marriages he earned well.
E guadagnava bene durante i funerali.
And he earned well during funerals.
Ma i suoi parrocchiani non si sposavano tutti i giorni.
But his parishioners did not marry daily.
E non morivano tutti i giorni.
And they did not die every day either.
Era difficile far quadrare i conti.
It was difficult to make the two ends meet.
Sua moglie lo rimproverava spesso.
His wife often rebuked him.
"Perché non puoi sostenermi?"
"Why can you not support me?"
"I nostri bambini corrono nudi"
"Our children run around naked"
"E soffrono la fame"
"And they suffer from hunger"
Sebbene povero, era un brav'uomo.
Though poor, he was a good man.
Ed era diligente nelle sue devozioni.
And he was diligent in his devotions.

Ogni giorno recitava le sue preghiere.

Every day he said his prayers.

Pregava ogni giorno alla stessa ora.

He prayed at the same time each day.

La sua divinità tutelare era la dea Durga.

His tutelary deity was the Goddess Durga.

È la consorte di Shiva.

She is the consort of Shiva.

Lei è l'energia creativa dell'universo.

She is the creative energy of the universe.

Ogni giorno scriveva il nome di Durga.

Every day he wrote the name of Durga.

Scrisse il nome con inchiostro rosso.

He wrote the name in red ink.

Almeno centotto volte.

At least one hundred and eight times.

Non bevve né mangiò finché non fece questo.

He did not drink or eat till he did this.

durante il giorno recitava preghiere.

throughout the day he uttered prayers.

"O Durga! Abbi pietà di me"

"O Durga! have mercy upon me"

Pregava ogni volta che si sentiva ansioso.

He prayed whenever he felt anxious.

E spesso si sentiva ansioso.

And he often felt anxious.

Perché viveva in povertà.

Because he lived in poverty.

Pregava quando le sue preoccupazioni erano troppo forti.

He prayed when his worries were too much.

E c'erano molte cose di cui si preoccupava.

And there were many things he worried about.

Era preoccupato per la moglie e i figli.

He worried about his wife and children.

E lui si preoccupava di sostenerli.

And he worried about supporting them.

Un giorno era molto triste.
One day he was very sad.
Quel giorno andò in una foresta.
On this day he went to a forest.
La foresta era molto lontana dal villaggio.
The forest was far outside the village.
Lasciò uscire tutto il suo dolore.
He let out all his grief.
E pianse lacrime amare.
And he wept bitter tears.
"O Durga! O Madre Bhagavati!"
"O Durga! O Mother Bhagavati!"
"Per favore, metti fine alla mia miseria?"
"Please put an end to my misery?"
"Vorrei essere solo al mondo"
"I wish I were alone in the world"
"Allora la mia povertà non mi preoccuperebbe"
"Then my poverty wouldn't worry me"
"Ma tu mi hai dato una moglie"
"But thou hast given me a wife"
"E mia moglie mi ha dato dei figli"
"And my wife has given me children"
"O Madre, ti prego"
"O Mother, I beg of you"
"Dammi i mezzi per sostenerli"
"Give me the means to support them"
Shiva e sua moglie Durga si trovavano lì.
Shiva and his wife Durga happened to be there.
Stavano facendo la loro passeggiata mattutina.
They were taking their morning walk.
La dea Durga vide il Brahman da lontano.
The Goddess Durga saw the Brahman at a distance.
"O Signore di Kailas, vedi quel Brahman?"
"O Lord of Kailas, do you see that Brahman?"
"Pronunzia sempre il mio nome sulle labbra"
"He is always taking my name on his lips"
"Prega che io lo liberi dai suoi guai"

"He prays I deliver him from his troubles"
"Non possiamo fare qualcosa per il povero Brahman?"
"Can we not do something for the poor Brahman?"
"Egli è oppresso da molte preoccupazioni"
"He is oppressed with many cares"
"E si prende profondamente cura della sua famiglia in crescita"
"And he deeply cares for his growing family"
"Dovremmo rendere la sua vita più comoda"
"We should make his life more comfortable"
"Perché il povero non ha mai abbastanza da mangiare"
"Because the poor man never has enough to eat"
"E anche la sua famiglia non ha abbastanza da mangiare"
"And his family doesn't have enough to eat either"
"Diamogli una pentola"
"Let us give him a pot"
"Una pentola con una scorta infinita di murukku"
"A pot with an infinite supply of murukku"
La consorte divina aveva ragione.
The divine consort was right.
Il Signore di Kailas acconsentì alla proposta.
The Lord of Kailas agreed to the proposal.
In quel momento creò un vaso magico.
On the spot he created a magical pot.
Durga andò dal povero Brahmano.
Durga went to the poor Brahman.
"O Brahman! Mio fedele devoto"
"O Brahman! My loyal devotee"
"Ho pensato spesso al tuo pietoso caso"
"I have often thought of your pitiable case"
"Le tue ripetute preghiere hanno mosso la mia compassione"
"Your repeated prayers have moved my compassion"
"Ecco una pentola per te"
"Here is a pot for you"
"Devi capovolgere la pentola"
"You must turn the pot upside down"
"E poi devi scuotere la pentola"

"And then you must shake the pot"
"Il miglior murukku verrà versato"
"The finest murukku will pour out"
"Il murukku continuerà a riversarsi per sempre"
"The murukku will keep pouring out forever"
"Finché non rimetti la pentola in posizione verticale"
"Until you put the pot upright again"
"Puoi mangiare tutto il murukku che vuoi"
"You can eat as much murukku as you like"
"Tua moglie e i tuoi figli non avranno più fame"
"Your wife and children will hunger no more"
"E se vuoi puoi vendere il murukku"
"And you can sell the murukku if you like"
Il Brahmano era felicissimo oltre ogni dire.
The Brahman was delighted beyond measure.
Aveva ricevuto un tesoro davvero prezioso.
He had received a truly valuable treasure.
Rese il suo più profondo omaggio alla dea.
He made his deepest obeisance to the goddess.
Ed espresse la sua eterna gratitudine.
And he expressed his eternal gratefulness.

Il Brahmano aveva iniziato a camminare verso casa.
The Brahman had started walking home.
Ma prima doveva mettere alla prova il suo vaso magico.
But first he had to test his magical pot.
Voleva vedere se la pentola funzionava davvero.
He wanted to see if the pot really worked.
Capovolse la pentola.
He turned the pot upside down.
E scosse la pentola, come gli era stato ordinato.
And he shook the pot, as instructed.
Ed ecco fatto! Il vaso ha funzionato davvero.
Lo and behold! The pot really did work.
Il murukku più pregiato cadde a terra.
The finest murukku fell to the ground.
Legò il dolcetto nel lenzuolo.

He tied the sweetmeat in his sheet.
E continuò a camminare verso il suo villaggio.
And he walked on, towards his village.
A mezzogiorno il Brahmano aveva fame.
By noon the Brahman had gotten hungry.
Ma non poteva mangiare senza le abluzioni.
But he could not eat without his ablutions.
Per prima cosa, doveva dire le sue preghiere.
First, he had to say his prayers.
Lungo il cammino c'era una locanda.
There was an inn on his way.
Vicino alla locanda c'era una cisterna d'acqua.
Close to the inn there was a water tank.
Quindi aveva intenzione di fermarsi lì.
So, he intended to halt there.
Per fare il bagno e dire le sue preghiere.
In order to bathe and say his prayers.
Dopodiché poté mangiare tutti i murukku.
After this he could eat all the murukku.
Il Brahmano sedeva nella bottega dell'oste.
The Brahman sat at the innkeeper's shop.
Il negoziante stava fumando tabacco.
The shopkeeper was smoking tobacco.
Mise la pentola vicino al negoziante.
He put the pot near the shopkeeper.
E gli chiese di badare alla pentola.
And he asked him to look after the pot.
"Per favore, prenditi cura di questo vaso in modo speciale"
"Please take special care of this pot"
"Devo fare il bagno e dire le mie preghiere"
"I must bathe and say my prayers"
"Per favore, prenditi cura di questa pentola per me"
"Please look after this pot for me"
"Assicurati che non accada nulla a questa pentola"
"Make sure nothing happens to this pot"
Pensò che fosse una richiesta strana.
He thought it was a strange request.

Ma lui accettò di prendersi cura della pentola.
But he agreed to look after the pot.
E il Brahmano gli diede il vaso.
And the Brahman gave him the pot.
Si spalmò il corpo di olio di senape.
He besmeared his body with mustard oil.
E andò a fare le abluzioni.
And he went to do his ablutions.
L'oste cominciò a interessarsi alla pentola.
The innkeeper grew curious about the pot.
"Questo vaso deve contenere qualcosa di prezioso"
"This pot must have something valuable in it"
"Altrimenti perché sarebbe così cauto?"
"Why else would he be so careful?"
La sua curiosità era stata stimolata.
His curiosity had been excited.
Così aprì il vaso.
So, he opened the pot.
Con sua sorpresa, il vaso era vuoto.
To his surprise the pot was empty.
"Quale può essere il significato di tutto questo?"
"What can be the meaning of this?"
"Perché gli importa tanto di un vaso vuoto?"
"Why does he care so much for an empty pot?"
Iniziò a esaminare il vaso più attentamente.
He began to examine the pot more carefully.
Durante l'ispezione capovolse il vaso.
During his inspection he turned the pot upside down.
E poi il murukku più pregiato cadde dal vaso.
And then the finest murukku fell out from the pot.
E il murukku non smetteva di cadere.
And the murukku didn't stop falling out.
L'oste chiamò la moglie e i figli.
The innkeeper called his wife and children.
Voleva che fossero testimoni di ciò che era accaduto.
He wanted them to witness what had happened.
Un colpo di fortuna inaspettato!

An unexpected stroke of good fortune!
La pentola emise abbondanti piogge di riso zuccherato.
The pot gave copious showers of sugared paddy.
Riempì tutti i suoi vasi e barattoli.
He filled all his pots and jars.
Sapeva che doveva avere quella pentola.
He knew he had to have this pot.
Così sostituì il vaso con un altro.
So, he replaced the pot with another one.
Aveva un vaso della stessa dimensione e dello stesso colore.
He had a pot of the same size and color.

Il Brahmano aveva terminato le sue abluzioni.
The Brahman had finished his ablutions.
Aveva compiuto tutte le sue devozioni.
He had performed all of his devotions.
Tornò al negozio con i vestiti bagnati.
He came back to the shop in wet clothes.
Continuava a recitare i testi sacri dei Veda.
He was still reciting holy texts of the Vedas.
Rimise i vestiti asciutti.
He put back on his dry clothes.
Scrisse il nome di Durga con inchiostro rosso.
In red ink he wrote the name of Durga.
Scrisse il suo nome centotto volte.
He wrote her name one hundred and eight times.
Dopo aver fatto ciò, ruppe il digiuno.
After doing this he broke his fast.
E mangiò il murukku che aveva nel lenzuolo.
And he ate the murukku he had in his sheet.
Si sentì ristorato dal pasto.
He was refreshed from the meal.
Ora poteva riprendere il viaggio verso casa.
Now he could resume his journey home.
Allora chiamò l'oste.
So he called to the innkeeper.
"Per favore, potrei riavere indietro la mia erba?"

"Please could I get my pot back"
L'oste gli restituì la pentola.
The innkeeper gave him back his pot.
"Ecco, signore, ecco la sua pentola"
"There, sir, here is your pot"
"Il vaso è esattamente dove l'avevi messo"
"The pot is exactly where you had put it"
"Il tuo vaso è esattamente come lo hai lasciato"
"Your pot is just as you left it"
"Mi sono assicurato che nessuno avesse toccato la tua pentola"
"I made sure no one has touched your pot"
Il Brahmano non sospettava nulla.
The Brahman didn't suspect a thing.
Prese la pentola.
He picked up the pot.
E continuò il suo viaggio verso casa.
And he proceeded on his journey home.

Durante il suo viaggio dovette pensare.
On his journey he had to think.
Si congratulò per la sua buona sorte.
He congratulated his good fortune.
"Mia moglie sarà piacevolmente sorpresa!"
"My wife will be most pleasantly surprised!"
"I bambini divoreranno il murukku!"
"The children will devour the murukku!"
"Presto diventerò ricco"
"I shall soon become rich"
"Potrò alzare la testa in alto"
"I will be able to lift my head up high"
Le sofferenze del viaggio erano state ridotte.
The pains of travelling had been reduced.
Ora i suoi problemi erano molto più piacevoli.
Now his problems were much more pleasant.
Solo l'attesa rendeva il viaggio difficile.
Only anticipation made the journey difficult.

Finalmente raggiunse di nuovo casa.
He finally reached his home again.
Chiamò la moglie e i figli.
He called to his wife and children.
"Guarda cosa ho portato"
"Look at what I have brought"
"Questo vaso è una fonte inesauribile di ricchezza".
"This pot is an unfailing source of wealth".
"Non dovremo mai più lottare"
"We will never have to struggle again"
"Rovescerò la pentola"
"I will turn the pot upside down"
"E poi vedrai qualcosa.
"And then you will see something.
"Qualcosa che non hai mai visto prima"
"Something you've never seen before"
"Un flusso del miglior murukku scorrerà"
"A stream of the finest murukku will flow"
Potete immaginare cosa stesse pensando sua moglie.
You can imagine what his wife was thinking.
"Mio marito è impazzito", pensò.
"My husband has gone mad," she thought.
La sua opinione fu presto confermata.
She was soon confirmed in her opinion.
Come promesso, non è caduto nulla dal vaso.
Nothing fell from the pot, as promised.
Capovolse la pentola più e più volte.
He turned the pot upside down again and again.
Il Brahmano fu sopraffatto dal dolore.
The Brahman was overwhelmed with grief.
Si rese conto di essere stato ingannato.
He realized that he had been tricked.
L'oste deve aver scambiato la pentola.
The innkeeper must have swapped the pot.
Deve aver rubato la pentola di Durga.
He must have stolen Durga's pot.
E deve aver sostituito la pentola con una normale.

And he must have replaced the pot with a normal one.
Il giorno dopo tornò dall'oste.
He went back to the innkeeper the next day.
E lo accusò di aver cambiato pentola.
And he accused him of having changed his pot.
All'inizio l'oste si mostrò sorpreso.
At first the innkeeper acted surprised.
Poi finse di essere arrabbiato per l'accusa.
Then he pretended to be angry at the accusation.
Alla fine lo cacciò fuori dal negozio.
Finally, he chased him out of his shop.

Non aveva modo di riavere indietro la pentola.
He had no way of getting the pot back.
Il Brahmano sapeva cosa doveva fare.
The Brahman knew what he had to do.
Andò di nuovo a trovare la dea Durga.
He went to see the goddess Durga again.
Siva e Durga lo onorarono con la loro presenza.
Siva and Durga honored him with their presence.
Durga parlò al povero Brahmano.
Durga spoke to the poor Brahman.
"Quindi hai perso il vaso che ti ho dato"
"So, you have lost the pot I gave you"
"Mi dispiace per la tua situazione"
"I take pity on your situation"
"Ecco un altro vaso magico"
"Here is another magical pot"
"Prendi questa pentola e fanne buon uso"
"Take this pot, and make good use of it"
Il Brahmano era euforico di gioia.
The Brahman was elated with joy.
Si inchinò alla coppia divina.
He made obeisance to the divine couple.
E portò con sé la pentola.
And he took the pot with him.
Di nuovo doveva vedere se la pentola funzionava.

Again he had to see if the pot worked.

Capovolse la pentola.

He turned the pot upside down.

E scosse la pentola come prima.

And he shook the pot as before.

E aspettò che il murukku cadesse.

And he waited for the murukku to fall out.

Ma no, orrore degli orrori!

But no, horror of horrors!

Murukku non cadde dal vaso.

Murukku did not fall from the pot.

Invece dei murukku, saltarono fuori i demoni.

Instead of murukku, demons jumped out.

Cominciarono a picchiare lo stupito Brahmano.

They began to beat the astonished Brahman.

Il Brahmano ricevette pugni e calci.

The Brahman received punches and kicks.

Ma mantenne la sua presenza di spirito.

But he kept his presence of mind.

Girò la pentola nel verso giusto.

He turned the pot the right way up.

E ricoprì di nuovo la pentola.

And he covered the pot up again.

Fortunatamente la sua prontezza di riflessi funzionò.

Fortunately his quick thinking worked.

Non appena ebbe fatto questo, i demoni scomparvero.

The demons disappeared as soon as he did this.

Il Brahmano cercò di capire cosa significasse.

The Brahman tried to understand what this meant.

Deve essere per punire l'oste!

It must be to punish the innkeeper!

Così andò di nuovo dall'oste.

So he went to the innkeeper again.

Gli diede la pentola nuova.

He gave him the new pot.

Lo pregò di badare alla pentola.

He begged of him to look after the pot.

Proprio come aveva fatto prima.

Just like he had done before.

Andò a fare le abluzioni e a pregare.

He went for his ablutions and prayers.

L'oste era felicissimo.

The innkeeper was delighted.

Gli era stata concessa una seconda manna dal cielo.

He had been given a second godsend.

Accettò di prendersi la massima cura del vaso.

He agreed to take the greatest care of the pot.

Aspettò che il Brahmano se ne andasse.

He waited for the Brahman to go.

E chiamò la moglie e i figli.

And he called his wife and children.

"Questo è un altro vaso del Brahman"

"This is another pot from the Brahman"

"Questa volta spero che non sia murukku"

"This time I hope it is not murukku"

"Spero che questa pentola sia piena di sandesa"

"I hope this pot is full of sandesa"

"Venite, preparate i cestini"

"Come, be ready with the baskets"

"Rovescerò la pentola"

"I will turn the pot upside down"

"E poi scuoterò la pentola"

"And then I will shake the pot"

E fece ciò che aveva detto che avrebbe fatto.

And he did what he said he would do.

Ma la stanza non si riempì di cibo.

But the room did not fill with food.

Questa volta la stanza si riempì di demoni.

This time the room filled with demons.

I demoni afferrarono il locandiere.

The demons caught hold of the innkeeper.

E i demoni catturarono anche la sua famiglia.

And the demons also caught his family.

E i demoni li picchiarono senza pietà.

And the demons beat them mercilessly.
Avrebbero distrutto completamente il negozio.
They would have completely destroyed the shop.
Ma le vittime corsero dal Brahman.
But the victims ran to the Brahman.
Il Brahmano era tornato dalle abluzioni.
The Brahman had returned from his ablutions.
Il Brahmano mostrò loro misericordia.
The Brahman showed mercy to them.
E lui accettò la loro richiesta.
And he accepted their request.
Ma il suo aiuto era soggetto a una condizione.
But there was one condition to his help.
"Ti aiuterò solo se mi restituiranno la mia erba"
"I will only help if I get my pot back"
L'oste non aveva molta scelta.
The innkeeper didn't have much choice.
Dovette accettare le condizioni del Brahmano.
He had to accept the Brahman's conditions.
Il Brahmano rimise il vaso in posizione verticale.
The Brahman put the pot upright again.
E mise il coperchio sulla pentola.
And he put the lid on the pot.
Riprese la sua pentola dalle mani dell'oste.
He took his pot back from the innkeeper.
E tornò al suo villaggio.
And he returned back to his village.
Ora il Brahmano aveva due vasi magici.
Now the Brahman had two magical pots.
Il Brahmano chiuse la porta della sua casa.
The Brahman shut the door of his house.
E chiamò di nuovo la sua famiglia.
And he called his family again.
Capovolse il murukku-pot.
He turned the murukku-pot upside down.
E scosse il murukku-pot come prima.
And he shook the murukku-pot as before.

Questa volta la pentola magica ha funzionato.
This time the magic pot worked.
Un flusso infinito del miglior murukku.
An endless stream of the finest murukku.
La famiglia divorò il dolce.
The family devoured the sweetmeat.
Mangiarono a sazietà.
They ate to their hearts' content.
Tutte le pentole e le padelle erano piene.
All the pots and pans were filled.

Il giorno dopo il Brahmano divenne pasticcere.
The next day the Brahman became confectioner.
Aprì un negozio nella sua casa.
He opened a shop in his house.
E vendeva il miglior murukku.
And he sold the best murukku.
Tutto il villaggio si recò alla casa del Brahmano.
The whole village came to the Brahman's house.
Volevano tutti comprare il meraviglioso murukku.
They all wanted to buy the wonderful murukku.
Non avevano mai visto un simile murukku in vita loro.
They had never seen such murukku in their life.
Era il murukku più delizioso che avessero mai mangiato.
It was the most delicious murukku they ever had.
Nessuno aveva mai preparato un dessert simile.
No one had ever made anything like this dessert.
La fama del murukku del Brahmano si diffuse.
The reputation of the Brahman's murukku spread.
Presto arrivarono persone da fuori città.
Soon people from outside the city came.
Ogni giorno venivano venduti carri pieni di dolciumi.
Cartloads of the sweetmeat were sold every day.
Il Brahmano divenne rapidamente molto ricco.
The Brahman quickly became very rich.
Costruì una grande casa in mattoni.
He built a large brick house.

E visse come un nobile della terra.
And he lived like a nobleman of the land.
Una volta, però, la sua fortuna stava per cambiare.
Once, however, his luck almost changed.
I suoi figli avevano preso la pentola sbagliata.
His children had taken the wrong pot.
Un gran numero di demoni uscì.
A large number of demons came out.
E afferrarono la moglie del Brahmano.
And they caught hold of the Brahman's wife.
E catturarono anche i suoi figli.
And they also caught his children.
Li colpivano senza pietà.
They were striking them mercilessly.
Fortunatamente il Brahmano tornò in casa.
Fortunately the Brahman came back into the house.
Rimise la pentola nella posizione corretta.
He turned the pot back to its proper position.
Voleva impedire una catastrofe simile.
He wanted to prevent a similar catastrophe.
Così il Brahmano fece costruire una stanza privata.
So the Brahman had a private room built.
E mise la pentola in un posto segreto.
And he put the pot in a secret place.
I mortali, tuttavia, non hanno la fortuna degli dei.
Mortals, however, do not have the luck of Gods.
La loro fortuna non è una prosperità ininterrotta.
Uninterrupted prosperity is not their fortune.
Il vaso del demone era stato tolto di mezzo.
The demon-pot had been put out of the way.
Ma perché un incidente potrebbe non capitare al vaso murukku?
But why might accident not befall the murukku pot?
Un giorno il bramino e sua moglie erano assenti.
One day the Brahman and his wife were absent.
I bambini decisero di scuotere il vaso.
The children decided to shake the pot.

Ognuno di loro voleva fare gli onori di casa.
Each of them wanted to do the honors.
Quindi ci fu una lotta per accaparrarsi la pentola.
So there was a fight to get the pot.
Nella lotta il vaso cadde a terra.
In the struggle the pot fell to the ground.
Come ogni altro vaso di terracotta, si ruppe.
Like any other earthen pot, it broke.
Alla fine Braham tornò a casa.
Eventually the Braham came back home again.
Potete immaginare quanto la notizia lo abbia addolorato.
You can imagine how the news grieved him.
Naturalmente i bambini vennero ben bastonati.
Of course the children were well cudgeled.
Ma la rabbia non poteva sostituire la pentola.
But anger could not replace the pot.
Dopo alcuni giorni tornò nella foresta.
After some days he went to the forest again.
Offrì molte preghiere per ottenere il favore di Durga.
He offered many a prayer for Durga's favor.
Alla fine gli apparvero Siva e Durga.
At last Siva and Durga appeared to him.
Ascoltarono come il vaso era stato rotto.
They listened to how the pot had been broken.
Durga decise di dargli un altro vaso.
Durga decided to give him another pot.
Ma questa pentola era accompagnata da un avvertimento.
But this pot was accompanied with a caution.
"Brahman, prenditi cura di questo vaso"
"Brahman, take care of this pot"
"Non rompere o perdere di nuovo questo vaso"
"Do not break or lose this pot again"
"La prossima volta non ti darò un altro vaso"
"Next time I will not give you another pot"
Il Brahmano rese omaggio agli Dei.
The Brahman made obeisance to the Gods.
E tornò subito a casa sua.

And he went straight back to his house.
Questa volta non si fermò dal locandiere.
This time he did not halt at the innkeeper's.
Chiuse la porta di casa.
He shut the door of his house.
Chiamò a sé la sua famiglia.
He called his family to him.
E capovolse la pentola.
And he turned the pot upside down.
E poi cominciò a scuotere la pentola.
And then he began to shake the pot.
Si aspettavano solo murukku.
They were only expecting murukku.
Ma questa volta non si trattava di murukku.
But this time it was not murukku.
Ne sgorgò un fiume di meravigliosa sandesa.
A stream of beautiful sandesa poured out.
Era la sandesa più buona che si possa immaginare.
It was the finest sandesa you can imagine.
Era davvero il cibo degli Dei.
It truly was the food of Gods.
Il Brahmano aprì un altro negozio.
The Brahman set up another shop.
Adesso vendeva sandesa.
Now he was selling sandesa.
La fama del suo negozio attirò presto grandi folle.
The fame of his shop soon drew large crowds.
La gente proveniva da tutto il Paese.
People came from all over the country.
In tutte le feste e i banchetti nuziali.
At all festivals and marriage feasts.
E a tutte le celebrazioni funebri della zona.
And at all funeral celebrations in the area.
Nessuno comprò nessun'altra sandesa.
No one bought any other sandesa.
Per tutto il giorno la pentola produsse sandesa.
All day long the pot produced sandesa.

Enormi barattoli erano pieni di dolciumi.
Gigantic jars were filled with sweet.
E i barattoli vennero spediti in tutto il Paese.
And the jars were sent all over the country.

La ricchezza del Brahmano rese geloso lo Zemindar.
The Brahman's wealth made the Zemindar jealous.
A quei tempi tutti i villaggi avevano uno Zemindar.
In these days all villages had a Zemindar.
Aveva sentito cose strane sulla sandesa.
He had heard strange things about the sandesa.
Aveva sentito dire che il dessert proveniva da una pentola magica.
He heard the dessert came from a magic pot.
Così escogitò un piano per procurarsi questa pentola.
So he devised a plan to get this pot.
Suo figlio stava per sposarsi.
His son was going to get married.
Per festeggiare si tenne una grande festa.
To celebrate there was a great feast.
Furono invitate centinaia di persone.
Many hundreds of people were invited.
Erano necessarie montagne di sandesa.
Mountain-loads of sandesa were required.
Lo Zemindar fece una proposta al Brahmano.
The Zemindar made a proposal to the Brahman.
"Porta il vaso magico a casa mia"
"Bring the magical pot to my house"
Inizialmente il Brahmano si rifiutò di portare la pentola.
At first the Brahman refused to bring the pot.
Ma lo Zemindar insistette.
But the Zemindar insisted.
"Avrò centinaia di ospiti"
"I will have hundreds of guests"
"Avrò bisogno di montagne di sandesa"
"I will need mountains of sandesa"
"Più sandesa di quanta ne puoi trasportare"

"More sandesa than you can carry"
"Porta la nave a casa mia"
"Bring the vessel to my house"
"Sarà più facile per te e per me"
"It will be easier for you and me"
Alla fine il Brahmano acconsentì.
Eventually the Brahman agreed.
Le montagne dell'Himalaya di sandesa vennero scosse.
Himalayas of sandesa were shaken out.
Ma lo Zemindar si impadronì del vaso.
But the Zemindar got hold of the pot.
Lo Zemindar insultò il Brahmano.
The Zemindar insulted the Brahman.
E lo cacciò fuori di casa.
And he chased him out of his house.
Il Brahmano non diede sfogo alla rabbia.
The Brahman didn't give vent to anger.
Invece tornò tranquillamente a casa sua.
Instead, he quietly went back to his house.
Andò nella stanza privata.
He went to the private room.
E tirò fuori il vaso del demonio.
And he took out the demon-pot.
Tornò alla casa di Zemindar.
He came back to the Zemindar's house.
E andò alla porta dello Zemindar.
And he went to the door of the Zemindar.
Capovolse la pentola.
He turned the pot upside down.
E poi scosse il vaso magico.
And then shook the magical pot.
Cento demoni caddero dal vaso.
A hundred demons fell out of the pot.
Era impossibile descrivere il caos.
The chaos was impossible to describe.
I visitatori ultraterreni invasero la festa.
The unearthly visitors flooded the party.

Hanno catturato centinaia di ospiti.
They caught hundreds of the guests.
E i demoni li picchiarono senza pietà.
And the demons beat them mercilessly.
Le donne venivano trascinate per i capelli.
The women were dragged by their hair.
Lo Zemindar venne inseguito da una stanza all'altra.
The Zemindar was chased from room to room.
La cattiveria dei demoni stava diventando incontrollabile.
The demons' mischief was getting out of hand.
Qualcuno doveva porre fine ai loro misfatti.
Someone had to put an end to their mischief.
Altrimenti tutti gli uomini sarebbero stati uccisi.
Else all the men would have been killed.
E la casa sarebbe stata rasa al suolo.
And the house would have been torn to the ground.
Lo Zemindar cadde ai piedi del Brahmano.
The Zemindar fell at the feet of the Brahman.
E implorò che gli fosse usata misericordia.
And he begged to be shown mercy.
Il Brahmano gli mostrò grande misericordia.
The Brahman showed him great mercy.
E rimise i demoni nella pentola.
And he put the demons back in the pot.
Lo Zemindar non disturbò mai più il Brahmano.
The Zemindar never disturbed the Brahman again.
E nessun altro lo disturbava.
Nor was he disturbed by anyone else.
E visse molti anni felici.
And he lived for many happy years.

La storia dei Rakshasa
The Story of the Rakshasas

C'era una volta un povero e stupido Brahmano.
There was once a poor dimwitted Brahman.
Quest'uomo stupido aveva una moglie, ma nessun figlio.
This dimwitted man had a wife, but no children.
Ma il fatto che non avesse figli era probabilmente la cosa migliore.
But him not having children was probably for the best.
Perché riusciva a malapena a soddisfare i propri bisogni.
Because he was barely able to meet his own needs.
E non riusciva a dare abbastanza per sua moglie.
And he could hardly supply enough for his wife.
Ma la sua stupidità non era nemmeno il suo problema più grande.
But his dimwittedness was not even his biggest problem.
Questo stupido era anche un uomo piuttosto pigro!
This dimwitted man was also a rather lazy man!
Era contrario a fare lunghi viaggi.
He was averse to making any long journeys.
Se avesse viaggiato più a lungo, forse ne avrebbe avuto abbastanza.
Had he travelled further he might have had enough.
Avrebbe potuto ricevere regali da uomini ricchi.
He could have got presents from rich men.
Ciò avrebbe permesso loro di vivere comodamente.
This would have enabled them to live comfortably.
C'era un grande re in un paese vicino.
There was a great king in a neighbouring country.
La madre del grande re era appena morta.
The mother of the great king had just died.
Quindi questo re stava celebrando le esequie funebri.
So this king was celebrating the funeral obsequies.
E il funerale fu celebrato con grande pompa.
And the funeral was celebrated with great pomp.
Brahmani e mendicanti provenivano da terre lontane.

Brahmans and beggars were coming from faraway lands.
Tutti si aspettavano di ricevere ricchi regali.
They all came expecting to receive rich presents.
La moglie del bramino chiese anche a lui di andare.
The Brahman's wife requested him to also go.
"Cogli questa opportunità e procuraci un po' di soldi"
"Seize this opportunity and get us a little money"
Ma la sua ignavia costituzionale lo ostacolava.
But his constitutional indolence stood in the way.
La donna, tuttavia, non diede tregua al marito.
The woman, however, gave her husband no rest.
Alla fine gli estorse la promessa.
Finally she extorted from him the promise.
Promise alla moglie che sarebbe andato.
He promised his wife that he would go.
La brava donna, di conseguenza, tagliò un platano.
The good woman, accordingly, cut down a plantain tree.
E bruciò il platano fino a ridurlo in cenere.
And she burnt the plantain tree to ashes.
Con la cenere pulì i vestiti del marito.
With the ashes she cleaned the clothes of her husband.
E rese i suoi vestiti bianchi come non mai.
And she made his clothes as white as any cleaner could.
Suo marito stava andando al palazzo di un grande re.
Her husband was going to the palace of a great king.
Il re non poteva essere avvicinato da uomini vestiti di stracci.
The king could not be approached by men in rags.
Inoltre, i Brahman sono destinati ad apparire puliti e ordinati.
Besides, Brahman are bound to appear neat and clean.
Finalmente una mattina il Brahmano lasciò la sua casa.
At last, one morning the Brahman left his house.
E si diresse verso il palazzo del gran re.
And he made his way to the palace of the great king.
Ho già detto che era un uomo stupido.
I have already mentioned he was a dimwitted man.

Non chiese quale strada avrebbe dovuto prendere.
He did not inquire which road he should take.
Invece continuò a camminare senza indicazioni.
Instead, he walked on and on without directions.
E seguiva ovunque il suo naso lo indirizzasse.
And he followed wherever his nose pointed him.
Inutile dire che non era sulla strada giusta.
I don't need to say he was not on the right road.
Le regioni in cui vagava diventavano sempre meno abitate.
The regions he wandered became less and less inhabited.
Ben presto non incontrò più alcun essere umano per molti chilometri.
Soon he met no human being for many miles.
Ma c'erano molte altre cose che vide lì.
But there were many other things he saw there.
Cose che non aveva mai visto in tutta la sua vita.
Things he had never seen in all his life.
Vide collinette di cipree ai lati della strada.
He saw hillocks of cowries on the roadside.
Le cipree erano conchiglie usate a quei tempi come moneta di scambio.
Cowries were shells used as money in those times.
Continuò ad andare e vide montagne di gioielli.
He kept going and saw hillocks of jewels.
Poi vide montagne di pezzi da quattro anna.
Next, he saw hillocks of four-anna pieces.
Più avanti c'erano collinette di pezzi da otto anna.
Further along were hillocks of eight-anna pieces.
E ancora più in là c'erano montagne di rupie.
And further yet were hillocks of rupees.
Ma la sorpresa del Brahmano non finì qui.
But the Brahman's surprise did not end there.
Poi c'era una collina di mohurs dorati e bruniti.
Next there was a hill of burnished gold-mohurs.
I mohurs dorati brillavano intensamente.
The burnished gold-mohurs were shining brightly.
Perché i gold-mohurs erano appena stati coniati.

Because the gold-mohurs had been freshly minted.
Vicino alla collina dei mohurs dorati c'era una grande casa.
Close to the hill of gold-mohurs was a large house.
La casa sembrava il palazzo di un potente re.
The house looked like the palace of a powerful king.
Sulla porta c'era una signora di squisita bellezza.
At the door stood a lady of exquisite beauty.
La signora, vedendo il Brahmano, disse:
The lady, seeing the Brahman, said;
"Vieni a me, mio amato sposo"
"Come to me, my beloved husband"
"Mi hai sposato quando ero giovane"
"You married me when I was young"
"Ma non sei mai tornato dopo il nostro matrimonio"
"But you never came back after our marriage"
"Sebbene ti aspettassi ogni giorno"
"Though I have been daily expecting you"
«Sia benedetto questo giorno», disse la signora.
"Blessed be this day," said the lady.
"In questo giorno vedo il volto di mio marito"
"On this day I see the face of my husband"
«Vieni, tesoro mio, entra», gli chiese.
"Come, my sweet, come in," she asked of him.
"Devi essere stanco per il lungo viaggio"
"You must be fatigued from your long journey"
"Lavatevi i piedi, riposatevi, mangiate e bevete"
"Wash your feet and rest, and eat and drink"
"E dopo faremo festa"
"And after that we shall make ourselves merry"
Il Brahmano era oltremodo stupito.
The Brahman was astonished beyond measure.
Non ricordava di essersi sposato due volte.
He had no recollection marrying twice.
Ricordava di aver sposato la moglie che aveva lasciato a casa.
He remembered marrying the wife he left at home.
Ma non ricordava di aver sposato quella donna.
But he did not remember marrying this lady.

Ma si ricordò di essere un Kulin Brahman.
But he remembered that he was a Kulin Brahman.
Forse suo padre lo fece sposare quando era bambino.
Perhaps his father got him married as a child.
Ma ciò che pensava non aveva molta importanza.
But what he thought did not matter much.
La donna era certa che fosse suo marito.
The woman was certain he was her husband.
E non aveva motivo di dire che non era suo marito.
And he had no reason to say he was not her husband.
**Perché la sua bellezza era più di quanto lui potesse
immaginare.**
Because her beauty was more than he could fathom.
Belle come le Dee del paradiso di Indra.
As beautiful as the Goddesses of Indra's heaven.
Ed era sicuro che anche lei fosse ricca.
And he was sure that she was wealthy too.
Questi pensieri attraversarono la mente del Brahmano.
These thoughts went through the Brahman's mind.
Ma la signora interruppe il flusso dei suoi pensieri.
But the lady interrupted his flow of thought.
"Hai dubbi che io sia tua moglie?"
"Are you doubting whether I am your wife?"
"Hai perso tutti i ricordi di quel lieto evento?
"Have you lost all memories of that happy event?
"Tutta la pompa e la circostanza delle nostre nozze"
"All the pomp and circumstance of our nuptials"
"Entra, mio diletto, questa è la tua casa"
"Come in, beloved; this is your house"
"Perché tutto ciò che è mio è anche tuo"
"Because whatever is mine is thine also"
La bella dama persuase facilmente il Brahmano.
The fair lady easily persuaded the Brahman.
E lui cedette alle sue amorevoli suppliche.
And he succumbed to her loving entreaties.
Ed entrò nella casa della signora.
And he went into the house of the lady.

La casa non era una casa qualunque.
The house was not an ordinary one.
La casa era in realtà un magnifico palazzo.
The house was in fact a magnificent palace.
Tutti gli appartamenti erano grandi e alti.
All the apartments were large and lofty.
Ogni stanza del palazzo era riccamente arredata.
Every room in the palace was richly furnished.
Ma una cosa sorprese molto il Brahmano.
But one thing surprised the Brahman very much.
Non c'era nessun'altra persona in tutta la casa.
There was no other person in all the house.
L'unica presente era la signora stessa.
The only one there was the lady herself.
Non riusciva a spiegare lo strano fenomeno.
He could not account for the strange phenomenon.
Anche durante le loro passeggiate incontrano qualcuno.
They meet anyone on their walks either.
Il fatto è che la signora non era un essere umano.
The fact was that the lady was not a human being.
La donna in realtà era una Rakshasi.
What the lady really was was a Rakshasi.
Aveva divorato il re e la regina.
She had eaten up the king and queen.
E aveva mangiato tutti i membri della famiglia reale.
And she had eaten all the members of the royal family.
E gradualmente aveva mangiato anche i loro servi.
And gradually she had eaten their servants too.
Ecco perché non c'erano esseri umani in giro per il mondo.
This was why there were no humans far and wide.
Ora il Rakshasi e il Brahman vivevano insieme.
The Rakshasi and the Brahman now lived together.
Dopo una settimana il primo disse al secondo:
After a week the former said to the latter;
"Sono molto ansioso di vedere mia sorella"
"I am very anxious to see my sister"
"Come sai, mia sorella è la tua altra moglie "

"As you know, my sister is your other wife"
"Devi andare a prendere mia sorella, la tua altra moglie"
"You must go and fetch my sister; your other wife"
"Allora vivremo tutti insieme felici"
"Then we shall all live together happily"
"Domani mattina presto devi andare a prenderla"
"You must go to get her early tomorrow"
"Ti darò vestiti e gioielli per lei"
"I will give you clothes and jewels for her"
La mattina seguente il Brahmano partì per tornare a casa.
Next morning the Brahman set out for his home.
Era fornito di abiti pregiati.
He was furnished with fine clothes.
E portava attorno ai polsi costosi ornamenti.
And he wore around his wrists costly ornaments.

La povera donna era in grande difficoltà.
The poor woman was in great distress.
La cerimonia funebre della madre del re era terminata.
The funeral ceremony of the king's mother was over.
Tutti i Brahmani e i Pandit erano tornati.
All the Brahmans and Pandits had returned.
Ed erano carichi di donazioni.
And they were loaded with donations.
Ma suo marito non era tornato.
But her husband had not returned.
Nessuno sapeva dargli notizie.
No one could give any news of him.
Perché nessuno lo aveva visto lì.
Because no one had seen him there.
La donna, quindi, non poté che giungere a una sola conclusione.
The woman therefore could only come to one conclusion.
Deve essere stato assassinato sulla strada dai banditi.
He must have been murdered on the road by highwaymen.
Era in preda a una terribile suspense.
She was in this terrible suspense.

Ma poi un giorno sentì delle voci.
But then one day she heard some rumors.
La gente del suo villaggio parlava di suo marito.
People in her village were talking about her husband.
Hanno detto di averlo visto tornare indietro.
They said they saw him coming back.
E dicevano che indossava abiti eleganti.
And they said he was dressed in fine clothes.
E dicevano che aveva dei gioielli preziosi per sua moglie.
And they said he had fine jewels for his wife.
E infatti il Brahman apparve presto.
And sure enough the Brahman soon appeared.
E portava con sé dei gioielli preziosi per sua moglie.
And he was carrying fine jewels for his wife.
Nel vedere sua moglie, il Brahmano la apostrofò così;
On seeing his wife the Brahman thus accosted her;
"Vieni con me, mia carissima moglie"
"Come with me, my dearest wife"
"Ho trovato la mia prima moglie"
"I have found my first wife"
"Vive in un palazzo signorile"
"She lives in a stately palace"
"Vicino al suo palazzo ci sono collinette di rupie"
"Near her palace are hillocks of rupees"
"E c'è una grande collina di muli d'oro"
"And there is a large hill of gold-mohurs"
"Perché dovresti languire nella miseria?"
"Why should you pine away in wretchedness?"
"Perché vorresti restare in questo posto orribile?"
"Why would you stay in this horrible place?"
"Vieni con me a casa della mia prima moglie"
"Come with me to the house of my first wife"
"Là vivremo tutti insieme felici"
"There we shall all live together happily"
All'inizio pensò che il suo uomo mezzo scemo fosse impazzito.
At first, she thought her half-witted man had gone mad.

Non riusciva a immaginare le montagne di rupie.
She could not imagine the hillocks of rupees.
E non riusciva a immaginare una collina di mohurs dorati.
And she could not imagine a hill of gold-mohurs.
Ma poi vide quanto era vestito splendidamente.
But then she saw how he was beautifully dressed.
Splendidi abiti di seta e raso pregiati.
Beautiful clothes of exquisite silks and satins.
Ornamenti incastonati con diamanti e pietre preziose.
Ornaments set with diamonds and precious stones.
Abiti adatti alla regina della terra.
Clothes fit for the queen of the land.
Abiti che solo le principesse avevano l'abitudine di indossare.
Clothes only princesses were in the habit of putting on.
Giunse alla conclusione che qualcosa non andava:
She concluded in her mind that something was amiss:
Il suo stupido marito deve essere stato ingannato.
Her stupid husband must have been tricked.
Deve essere caduto nelle grinfie di un Rakshasi.
He must have fallen into the meshes of a Rakshasi.
Il bramino, tuttavia, insistette affinché sua moglie andasse con lui.
The Brahman, however, insisted his wife went with him.
"Sentitevi liberi di restare qui e di consumarvi nella povertà"
"Feel free to stay here and pine away in poverty"
"Quanto a me, tornerò al palazzo della mia prima moglie"
"As for me, I will return to the palace of my first wife"
La brava donna fece del suo meglio per fermare il marito.
The good woman did her best to stop her husband.
Ma alla fine decise di andare con lui.
But in the end she resolved to go with him.
Forse avrebbe potuto valutare meglio la questione a palazzo.
Perhaps she could judge the matter better at the palace.

Partirono di conseguenza la mattina successiva.

They set out accordingly the next morning.
Percorsero la stessa strada percorsa dal Brahmano.
They went the same road the Brahman had travelled.
La donna rimase non poco sorpresa da ciò che vide.
The woman was not a little surprised by what she saw.
Vide le collinette di cipree e di gioielli.
She saw the hillocks of cowries and of jewels.
E vide montagne di pezzi da otto anna.
And she saw hillocks of eight-anna pieces.
E vide anche le montagne di rupie.
And she saw the hillocks of rupees too.
E infine vide un'alta collina di murene dorate.
And last of all she saw a lofty hill of gold-mohurs.
Vide anche una donna estremamente bella.
She saw also an exceedingly beautiful lady.
La dama di palazzo si stava affrettando verso di lei.
The lady of the palace was hastening towards her.
La donna cadde sul collo della donna brahmana.
The lady fell on the neck of the Brahman woman.
E pianse lacrime di gioia e disse:
And she wept tears of joy, and said:
"Benvenuta, amata sorella!"
"Welcome, beloved sister!"
"Questo è il giorno più felice della mia vita!"
"This is the happiest day of my life!"
"Vedo di nuovo il volto della mia cara sorella!"
"I see the face of my dearest sister again!"
Il marito e le sue due mogli entrarono nel palazzo.
The husband and his two wives entered the palace.
Ora era alloggiato in una maestosa dimora.
Now he was lodged in a stately mansion.
Come per incanto apparve il cibo più delizioso.
The most delectable food appeared, as if by enchantment.
Fu accarezzato e amato dalle sue due mogli.
He was caressed and endeared by his two wives.
Entrambe le mogli fecero del loro meglio per renderlo felice.
Both wives did their best to make him happy.

Entrambe le mogli fecero del loro meglio per metterlo a suo agio.

Both wives did their best to make him comfortable.

Le sue due mogli erano in competizione per il suo amore.

His two wives were competing for his love.

Il Brahmano si divertiva un mondo.

The Brahman had a jolly time of it.

Era immerso in un oceano di piacere.

He was steeped in an ocean of enjoyment.

Il Brahmano viveva in questo stato di piacere elisio.

The Brahman lived in this state of Elysian pleasure.

Trascorse in questo modo circa quindici o sedici anni.

Some fifteen or sixteen years he spent this way.

Durante questo periodo le sue due mogli gli diedero due figli.

During this time his two wives presented him with two sons.

Il figlio del Rakshasi era il più anziano.

The Rakshasi's son was the elder.

Sembrava più un dio che un essere umano.

He looked more like a god than a human being.

Fu chiamato Sahasra-Dal.

He was named Sahasra-Dal.

Il suo nome significava "dai mille rami".

His name meant the thousand-branched.

Il figlio della donna brahmana era più giovane di un anno.

The son of the Brahman woman was a year younger.

Fu chiamato Champa-Dal

He was named Champa-Dal

Il suo nome significava ramo di un albero champaka.

His name meant the branch of a champaka tree.

I due fratelli si amavano profondamente.

The two brothers loved each other dearly.

Furono entrambi mandati nella stessa scuola.

They were both sent to the same school.

La scuola distava diverse miglia dal palazzo.

The school was several miles distant from the palace.

Ogni giorno andavano a scuola a cavallo dei loro due piccoli pony.
Every day they rode their two little ponies to school.
La donna brahmana era sempre stata sospettosa.
The Brahman woman had always been suspicious.
Mille piccole circostanze le fornirono degli indizi.
A thousand little circumstances gave her clues.
Sapeva che sua cognata non era un essere umano.
She knew her sister-in-law was not a human being.
Era sicura che sua cognata fosse una Rakshasi.
She was sure her sister-in-law was a Rakshasi.
Ma il suo sospetto non si era ancora trasformato in certezza.
But her suspicion had not yet ripened into certainty.
Perché i Rakshasi esercitavano un grande autocontrollo.
Because the Rakshasi exercised great self-restraint.
Non ha mai fatto nulla che gli esseri umani non facessero.
She never did anything which human beings did not do.
Ma non poteva nascondere per sempre la sua natura demoniaca.
But she couldn't hide her demonic nature forever.
La sua natura demoniaca alla fine si sarebbe rivelata.
Her demonic nature was eventually going to reveal itself.

Il Brahmano aveva ben poco da fare.
The Brahman had little to keep him busy.
Per passare il tempo andava a caccia.
In order to pass his time he went hunting.
Il primo giorno tornò con un'antilope.
The first day he returned with an antelope.
L'antilope fu deposta nel cortile del palazzo.
The antelope was laid in the courtyard of the palace.
Il Rakshasi vide l'antilope con grande interesse.
The Rakshasi saw the antelope with great interest.
Alla vista della carne cruda le venne l'acquolina in bocca.
At the sight of the raw meat her mouth began to water.
L'antilope non è mai stata portata in cucina.
The antelope was never taken to the kitchen.

Invece, il Rakshasi portò l'antilope in un'altra stanza.

Instead, the Rakshasi took the antelope to another room.

In questa stanza cominciò a divorare l'antilope.

In this room she began devouring the antelope.

La donna brahmana vedeva tutto da una stanza segreta.

The Brahman woman saw everything from a secret room.

La sorella Rakshasi strappò una zampa all'antilope.

Her Rakshasi sister tore a leg off the antelope.

Vide come spalancò la sua enorme mascella.

She saw how she opened her tremendous jaw.

E in un boccone inghiottì la gamba.

And in one mouthful she swallowed up the leg.

Gli altri arti vennero divorati nello stesso modo.

The other limbs were devoured in the same manner.

E aprendo ancora di più la mascella, inghiottì il corpo.

And opening her jaw even further, she swallowed the body.

Solo una piccola parte della carne veniva conservata per la cucina.

Only a little bit of the meat was kept for the kitchen.

Il secondo giorno il Brahman catturò un'altra antilope.

On the second day the Brahman caught another antelope.

Il terzo giorno il Brahmano catturò un'altra antilope.

On the third day the Brahman caught another antelope.

La Rakshasi non riuscì a frenare il suo appetito.

The Rakshasi was unable to restrain her appetite.

La carne cruda faceva emergere la sua natura demoniaca.

The raw flesh brought out her demonic nature.

E divorò ogni antilope come se fosse stata la precedente.

And she devoured each antelope like the last.

Il terzo giorno la donna brahmana espresse la sua sorpresa.

On the third day the Brahman woman expressed her surprise.

"Sono scomparse quasi tre antilopi intere"

"Nearly three whole antelopes have disappeared"

"Tutto ciò che resta è un po' di carne"

"All that is left is a little bit of meat"

Il Rakshasi non apprezzò l'accusa.

The Rakshasi did not appreciate the accusation.

"Mangio carne cruda?" chiese con tono feroce.

"Do I eat raw flesh?" she asked fiercely.

"Forse mangi carne cruda", rispose la donna brahmana.

"Perhaps you do eat raw flesh," replied the Brahman woman.

"Non ho nulla per dimostrare il contrario"

"I have nothing to prove the contrary"

Il Rakshasi sapeva che era stata scoperta.

The Rakshasi knew she had been discovered.

I suoi occhi diventarono ancora più feroci di prima.

Her eyes became even fiercer than before.

E giurò di vendicarsi.

And she vowed to get her revenge.

La donna brahmana concluse che il suo destino era segnato.

The Brahman woman concluded her fate was sealed.

Pensava che suo marito avrebbe incontrato la stessa sorte.

She thought her husband would meet the same fate.

Non si aspettava che anche suo figlio venisse risparmiato.

She did not expect her son to be spared either.

Quella notte non dormì quasi per niente.

That night she hardly slept at all.

Il Rakshasi le aveva impedito di vedere il marito.

The Rakshasi had prevented her from seeing her husband.

La mattina presto Champa-Dal andò a scuola.

Early next morning Champa-Dal went to school.

Prima che andasse a scuola, diede a suo figlio una bottiglia d'oro.

Before he went to school she gave her son a golden bottle.

Nella bottiglia dorata c'era il suo latte materno.

In the golden bottle was her own breast milk.

"Osserva attentamente il colore del latte"

"Carefully watch the colour of the milk"

"Se il latte diventa rosso, tuo padre è stato ucciso"

"If the milk turns red, your father has been killed"

"Se il latte diventa più rosso, allora sono stato ucciso"

"If the milk turns redder, then I have been killed"

"Se il latte diventa rosso devi galoppare via"

"If the milk turns red you must gallop away"

"Galoppa più veloce che puoi con il tuo cavallo"
"Gallop as fast as your horse can carry you"
"Se non scappi, verrai divorato"
"If you do not run away, you will be devoured"
Quella mattina la Rakshasi fece una proposta al marito.
That morning the Rakshasi made a suggestion to her husband.
"Facciamo il bagno nel fiume stamattina"
"Let us bathe in the river this morning"
Non avrebbe accettato un no come risposta.
She would not take no for an answer.
Il fiume era a una certa distanza dal palazzo.
The river was some distance from the palace.
Il Brahmano la seguì docilmente come un agnello.
The Brahman followed her as meekly as a lamb.
La donna brahmana vide che la sua fine era vicina.
The Brahman woman saw that her doom was near.
Ma evitare la catastrofe era al di là delle sue possibilità.
But it was beyond her power to avert the catastrophe.
Il Brahman e il Rakshasi raggiunsero effettivamente il fiume.
The Brahman and the Rakshasi did indeed reach the river.
Poco dopo la Rakshasi assunse le sue dimensioni reali.
Soon after the Rakshasi changed into her real dimensions.
Lei strappò il Brahman arto per arto.
She tore the Brahman limb from limb.
Lo divorò come aveva divorato l'antilope.
She devoured him like she had devoured the antelope.
Poi corse di nuovo al suo palazzo.
Then she ran back to her palace.
Il destino della moglie fu lo stesso del Brahmano.
The wife's fate was the same as the Brahman's.

Il giovane Champ Dal aveva fatto come gli aveva ordinato sua madre.
Young Champ Dal had done as his mother instructed.
Osservava attentamente la bottiglia dorata.
He was diligently observing the golden bottle.

Prestò particolare attenzione al colore del latte.
He paid special attention to the colour of the milk.
Rimase inorridito quando vide che il latte era diventato leggermente rosso.
He was horror-struck to find the milk redden a little.
«Mio padre è stato ucciso», gridò.
"My father has been killed," he cried.
Poco dopo il latte diventò completamente rosso.
Soon after the milk completely reddened.
«Adesso hanno ucciso anche mia madre», gridò.
"Now my mother has been killed too," he cried.
Si precipitò rapidamente a montare sul suo pony.
Quickly he rushed to mount his pony.
Il suo fratellastro, Sahasra-Dal, rimase sorpreso.
His half-brother, Sahasra-Dal, was surprised.
"Dove stai andando, Champa?"
"Where are you going, Champa?"
"Perché piangi, fratello?"
"Why are you crying, brother?"
"Lasciami accompagnarti ovunque tu vada"
"Let me accompany you to wherever you are going"
Ma Champa-Dal ora temeva suo fratello.
But Champa-Dal now feared his brother.
«Oh! Non venire da me», obiettò.
"Oh! do not come to me," he objected.
"Tua madre ha divorato mio padre e mia madre"
"Your mother has devoured my father and mother"
"Non venire a divorarmi"
"Don't you come and devour me"
«Non ti divorerò», promise al fratello.
"I will not devour you," he promised his brother.
"Ti salverò", promise al fratello.
"I'll save you," he promised his brother.
E galoppò dietro a suo fratello Champa-Dal.
And he galloped after his brother, Champa-Dal.
Poco dopo, sua madre, la Rakshasi, apparve in lontananza.
Soon his mother, the Rakshasi, appeared at a distance.

Chiese a Champa-Dal di andare da lei.

She demanded Champa-Dal to come to her.

Ma Champa-Dal sapeva che era meglio non rivolgersi al Rakshasi.

But Champa-Dal knew better than to go to the Rakshasi.

"Champa-Dal non verrà da te, ma io sì"

"Champa-Dal will not come to you, but I will"

E invece Sahasra-Dal andò da sua madre.

And instead, Sahasra-Dal went to his mother.

Il giovane principe portava sempre con sé una spada.

The young prince always carried a sword with him.

Con la sua spada tagliò la testa della madre.

With his sword he cut off his mother's head.

Champa-Dal non era rimasto ad assistere a tutto questo.

Champa-Dal had not stayed to witness this.

Aveva galoppato fin dove il suo pony glielo consentiva.

He had galloped off as far as his pony could carry him.

Perché stava correndo per salvarsi la vita.

Because he was running for his life.

Ma Sahasra-Dal raggiunse presto il fratello.

But Sahasra-Dal soon caught up with his brother.

E gli disse che sua madre non c'era più.

And he told him that his mother was no more.

Questa fu una magra consolazione per Champa-Dal.

This was small consolation to Champa-Dal.

Il Rakshasi aveva già divorato entrambi i suoi genitori.

The Rakshasi had already devoured both his parents.

Ma non poteva ancora fidarsi dell'amicizia di Sahasra-Dal.

But he could still not trust Sahasra-Dal's friendship.

Entrambi cavalcavano il più velocemente possibile.

They both rode as fast as their horses could carry them.

E i loro cavalli potevano portarli molto lontano.

And their horses could carry them very far.

Perché i loro cavalli erano cavalli Pakshirajes.

Because their horses were Pakshirajes horses.

I cavalli Pakshirajes sono i re degli uccelli.

Pakshirajes horses are the kings of birds.

Viaggiarono per centinaia di miglia a cavallo.
On their horses they travelled over hundreds of miles.
Un'ora o due prima del tramonto raggiunsero un villaggio.
An hour or two before sundown they reached a village.
Qui divennero ospiti di una rispettabile famiglia.
Here they became the guests of a respectable family.
Ma i due fratelli videro che la famiglia era depressa.
But the two brothers saw the family was in gloom.
Qualcosa agitava molto la famiglia.
Something was agitating the family very much.
Alcuni membri della famiglia hanno tenuto delle consulenze private.
Some of the family held private consultations.
E gli altri membri della famiglia piangevano.
And others in the family were weeping.
La madre era la donna più anziana della casa.
The mother was the eldest lady in the house.
"Andrò io, perché sono la maggiore", disse.
"I will go, as I am the eldest," she said.
"Ho vissuto abbastanza a lungo"
"I have lived long enough"
"Al massimo la mia vita verrebbe accorciata di un anno o due"
"At most my life would be cut short by a year or two"
Il membro più giovane della casa era una bambina.
The youngest member of the house was a little girl.
"Andrò, perché sono giovane", disse.
"I will go, as I am young," she said.
"Sono inutile per la famiglia"
"I am useless to the family"
"Se muoio, nessuno sentirà la mia mancanza"
"If I die, I shall not be missed"
Il capo della casa era il figlio della vecchia signora.
The head of the house was the son of the old lady.
"Sono il rappresentante della famiglia", ha affermato.
"I am the representative of the family," he said.
"È ragionevole che io rinunci alla mia vita"

"It is but reasonable that I should give up my life"
Aveva anche un fratello minore.
He also had a younger brother.
"Sei il pilastro della famiglia", ha detto.
"You are the pillar of the family," he said.
"Se vai, tutta la famiglia è rovinata"
"If you go the whole family is ruined"
"Non è ragionevole che tu vada"
"It is not reasonable that you should go"
"Andrò, perché non mancherò molto"
"I will go, as I shall not be much missed"
I due sconosciuti ascoltarono tutta questa conversazione.
The two strangers listened to all this conversation.
Potete immaginare che la loro curiosità non fosse poca.
You can imagine their curiosity was not little.
Si chiedevano su cosa potesse vertere la discussione.
They wondered what the discussion could be about.
Sahasra-Dal si assunse il rischio di essere considerato un ficcanaso.
Sahasra-Dal took the risk of being thought meddlesome.
"Qual è l'oggetto delle vostre consultazioni?"
"What is the subject of your consultations?"
"Qual è la ragione della tua profonda infelicità?"
"What is the reason for your deep miserable?"
"Perché le tue parole sono piene di volti?"
"Why are your words full of countenances?"
Il capo della casa diede la seguente risposta.
The head of the house gave the following answer.
"C'è qualcosa che dovete sapere, miei degni ospiti"
"There is something you must know, me worthy guests"
"Queste terre sono infestate da un terribile Rakshasi"
"These lands are infested by a terrible Rakshasi"
"Questo Rakshasi ha spopolato tutte le regioni qui"
"This Rakshasi has depopulated all the regions here"
"Anche questa città sarebbe stata spopolata"
"This town, too, would have been depopulated"
"Ma il nostro re divenne supplice del Rakshasi"

"But that our king became suppliant to the Rakshasi"
"La pregò di usare misericordia verso di noi, il suo popolo"
"He begged her to show mercy to us his people"
Il Rakshasi rispose al re.
The Rakshasi replied to the king.
"Accettiamo di usare misericordia verso i tuoi sudditi"
"I will consent to show mercy to your subjects"
"Ma c'è una condizione per la mia misericordia"
"But there is one condition for my mercy"
"Ogni notte pretendo un essere umano"
"Every night I demand one human being"
"Non mi importa se è maschio o femmina"
"I don't mind if it is a male or a female"
"Metti l'essere umano in un tempio perché io possa banchettare"
"Put the human being in a temple for me to feast"
"Se ogni notte ricevessi un essere umano, riposerei soddisfatto"
"If I get a human being every night, I will rest satisfied"
"Promettimi questo e non commetterò ulteriori depredazioni"
"Promise me this and I will commit no further depredations"
"I tuoi sudditi saranno risparmiati dalla mia fame vorace"
"Your subjects will be spared from my ravenous hunger"
"Il nostro re non aveva altra alternativa che accettare"
"Our king had no other alternative than to agree"
"Quale essere umano potrà mai sperare di competere con un Rakshasi?"
"What human can ever hope to contend against a Rakshasi?"
"Da quel giorno il re fece una nuova legge"
"From that day the king made a new law"
"Ogni famiglia deve mandare un membro al tempio"
"Every family has to send one member to the temple"
"Per placare l'ira del terribile Rakshasi"
"To appease the wrath of the terrible Rakshasi"
"Per soddisfare la fame infinita dei Rakshasi"
"To satisfy the endless hunger of the Rakshasi"

"Tutte le famiglie di questo quartiere hanno avuto il loro turno"
"All the families in this neighbourhood have had their turn"
"Questa sera è il turno della nostra famiglia"
"This night it is the turn of our family"
"Uno di noi deve dedicarsi alla distruzione"
"One of us is to devote ourself to destruction"
"Stiamo quindi discutendo su chi dovrebbe andare al Rakshasi"
"We are therefore discussing who should go to the Rakshasi"
"Ora puoi percepire la causa della nostra angoscia"
"You can now perceive the cause of our distress"
I due amici si consultarono per qualche minuto.
The two friends consulted together for a few minutes.
Dopo questo periodo conclusero la consultazione.
After this time they concluded their consultation.
Sahasra-Dal era il portavoce dei fratelli.
Sahasra-Dal was the spokesman for the brothers.
"Degnissimo ospite, non essere più triste"
"Most worthy host, do not any longer be sad"
"Siete stati molto gentili con noi"
"You have been very kind to us"
"Abbiamo deciso di ricambiare la vostra ospitalità"
"We have resolved to requite your hospitality"
"Andremo noi al tempio al posto tuo"
"We will go to the temple instead of you"
"Andremo come vostri rappresentanti"
"We shall go as your representatives"
"Diventeremo il cibo dei Rakshasi"
"We will become the food of the Rakshasi"
Tutta la famiglia protestò contro la proposta.
The whole family protested against the proposal.
Dichiaravano che gli ospiti erano come degli dei.
They declared that guests were like gods.
"L'ospite deve garantire il comfort degli ospiti"
"The host must ensure the comfort of the guests"
"Gli ospiti non devono soffrire per l'ospite"

"The guests must not suffer for the host"
Ma i due sconosciuti non si lasciarono convincere.
But the two strangers could not be persuaded.
"Ci faremo portavoce della tua famiglia"
"We will stand as proxies for your family"
La proposta suscitò molte obiezioni.
There was a great deal of objection to the proposal.
Ma alla fine gli ospiti convinsero i padroni di casa.
But eventually the guests persuaded their hosts.
Alla fine gli ospiti acconsentirono all'accordo.
Finally the hosts consented to the arrangement.

Sahasra-Dal e Champa-Dal partirono a cavallo.
Sahasra-Dal and Champa-Dal rode off on their horses.
Subito dopo la luce delle candele giunsero al tempio.
Immediately after candle light they reached the temple.
Entrarono nel tempio e chiusero la porta.
They went into the temple, and shut the door.
Sahasra disse al fratello di andare a dormire.
Sahasra told his brother to go to sleep.
"Custodirò il tuo sonno"
"I will guard over your sleep"
"Starò attento al terribile Rakshasi"
"I will watch out for the terrible Rakshasi"
Champa si addormentò presto.
Champa was soon in a fine sleep.
Sahasra giaceva sveglio, aspettando il Rakshasi.
Sahasra lay awake, waiting for the Rakshasi.
Nelle prime ore della notte non accadde nulla.
Nothing happened during the early hours of the night.
Ma poi risuonò il gong della campana del re.
But then the gong of the king's bell sounded.
Era mezzanotte, l'ora morta della notte.
It was midnight, the dead hour of the night.
Sahasra udì il suono come di una tempesta impetuosa.
Sahasra heard the sound as of a rushing tempest.
Utilizzò la conoscenza che aveva dei Rakshasa.

He used the knowledge he had of Rakshasas.

Concluse che il Rakshasi era vicino.

He concluded the Rakshasi was nigh.

Si udì un forte bussare alla porta.

A thundering knock was heard at the door.

Le seguenti parole accompagnarono il bussare alla porta:

The following words accompanied the knock at the door:

"Come, falcia, khow! Sento odore di essere umano"

"How, mow, khow! A human being I smell"

"Chi fa la guardia all'interno di questo tempio?"

"Who keeps guard inside this temple?"

A questa domanda Sahasra-Dal diede la seguente risposta:

To this question Sahasra-Dal made the following reply:

"Sahasra-Dal fa la guardia all'interno di questo tempio"

"Sahasra-Dal keeps guard inside this temple"

"Champa-Dal fa la guardia all'interno di questo tempio"

"Champa-Dal keeps guard inside this temple"

"Due cavalli alati fanno la guardia all'interno di questo tempio"

"Two winged horses keep guard inside this temple"

Nelle vene di Sahasra-Dal scorreva sangue Rakshasa.

Rakshasa blood flowed through Sahasra-Dal's veins.

I Rakshasi sapevano che Sahasra-Dal non era umano.

The Rakshasi knew Sahasra-Dal was not human.

E così il Rakshasi si voltò con un gemito.

And so the Rakshasi turned away with a groan.

Dopo un'ora il Rakshasi tornò al tempio.

After an hour the Rakshasi returned to the temple.

Il Rakshasi tuonò di nuovo alla porta.

The Rakshasi thundered at the door again.

"Come, falcia, khow! Sento odore di essere umano"

"How, mow, khow! A human being I smell"

"Chi fa la guardia all'interno di questo tempio?"

"Who keeps guard inside this temple?"

A questa domanda Sahasra-Dal rispose nuovamente:

To this question Sahasra-Dal again replied:

"Sahasra-Dal fa la guardia all'interno di questo tempio"

"Sahasra-Dal keeps guard inside this temple"
"Champa-Dal fa la guardia all'interno di questo tempio"
"Champa-Dal keeps guard inside this temple"
**"Due cavalli alati fanno la guardia all'interno di questo
tempio "**
"Two winged horses keep guard inside this temple"
Il Rakshasi gemette di nuovo e se ne andò.
The Rakshasi again groaned and went away.
Alle due il Rakshasi riapparve.
At two o'clock the Rakshasi appeared once more.
E alle tre tornò il Rakshasi.
And at three o'clock the Rakshasi came again.
Ogni volta il Rakshasi faceva la stessa domanda.
Each time the Rakshasi made the same inquiry.
E ogni volta il Rakshasi se ne andava con un gemito.
And each time the Rakshasi left with a groan.
Dopo le tre, tuttavia, Sahasra-Dal si sentì molto assonnato.
After three o'clock, however, Sahasra-Dal felt very sleepy.
Non riusciva più a restare sveglio.
He could not any longer keep awake.
Perciò svegliò Champa.
He therefore roused Champa.
E gli ordinò di fare la guardia al tempio.
And he told him to keep guard over the temple.
"Il Rakshasi tornerà tra un'ora"
"The Rakshasi will come again in an hour"
"Il Rakshasi chiederà chi fa la guardia qui"
"The Rakshasi will ask who keeps guard here"
"Devi menzionare prima il nome di Sahasra"
"You must mention Sahasra's name first"
Dopo aver dato queste istruzioni andò a dormire.
Having given these instructions he went to sleep.
Alle quattro il Rakshasi fece di nuovo la sua comparsa.
At four o'clock the Rakshasi again made her appearance.
Il Rakshasi tuonò alla porta e disse:
The Rakshasi thundered at the door, and said:
"Come, falcia, khow! Sento odore di essere umano"

"How, mow, khow! A human being I smell"
"Chi fa la guardia all'interno di questo tempio?"
"Who keeps guard inside this temple?"
Champa-Dal era terribilmente spaventato.
Champa-Dal was in a terrible fright.
Aveva dimenticato le istruzioni di suo fratello.
He had forgotten the instructions of his brother.
"Champa-Dal fa la guardia all'interno di questo tempio"
"Champa-Dal keeps guard inside this temple"
"Sahasra-Dal fa la guardia all'interno di questo tempio"
"Sahasra-Dal keeps guard inside this temple"
"Due cavalli alati fanno la guardia all'interno di questo tempio"
"Two winged horses keep guard inside this temple"
Il Rakshasi emise un grido di esultanza.
The Rakshasi uttered a shout of exultation.
E il Rakshasi rise come solo i demoni sanno ridere.
And the Rakshasi laughed how only demons can laugh.
Con un rumore terribile la porta si spalancò.
With a dreadful noise the door broke open.
Il rumore svegliò Sahasra dal suo sonno.
The noise roused Sahasra from his sleep.
Dopo un attimo balzò in piedi.
Within a moment he sprung to his feet.
Non portava con sé la spada solo di giorno.
He had his sword with him not only by day.
Anche di notte portava con sé la spada.
He had his sword with him by night too.
La sua spada era flessibile come una foglia di palma.
His sword was as supple as a palm-leaf.
E tagliò la testa del Rakshasi.
And he cut off the head of the Rakshasi.
L'enorme montagna di corpi cadde a terra.
The huge mountain of a body fell to the ground.
Il corpo fece un gran rumore quando cadde.
The body made a great noise when it fell.
E il corpo copriva molti acri circostanti.

And the body covered many surrounding acres.
Sahasra-Dal ha conservato la testa mozzata del Rakshasi.
Sahasra-Dal kept the severed head of the Rakshasi.
E si addormentò di nuovo con la testa vicina.
And he slept again with the head near him.

La mattina presto arrivarono alcuni taglialegna.
Early in the morning some wood-cutters came.
I taglialegna passavano vicino al tempio.
The wood-cutters were passing near the temple.
I taglialegna videro l'enorme corpo a terra.
The wood-cutters saw the huge body on the ground.
Così si diressero verso il tempio.
So they walked towards the temple.
Ben presto si accorsero che si trattava di una carcassa.
Soon they saw that it was a carcass.
La carcassa del terribile Rakshasi.
The carcass of the terrible Rakshasi.
I Rakshasi che avevano quasi spopolato la terra.
The Rakshasi that had nearly depopulated the land.
C'era una taglia per questo Rakshasi.
There had been a bounty for this Rakshasi.
Il re offrì la mano di sua figlia.
The king offered the hand of his daughter.
E il re aveva offerto metà del regno.
And the king had offered half the kingdom.
Avrebbe barattato tutto per la testa del Rakshasi.
He would trade it all for the head of the Rakshasi.
I taglialegna non videro nessun pretendente in giro.
The wood-cutters saw no claimant at hand.
Così andarono a prendere la ricompensa.
So they went to get the reward.
Ogni taglialegna tagliò un ramo al Rakshasi.
Each wood-cutter cut off a limb from the Rakshasi.
E ogni taglialegna andò dal re.
And each wood-cutter went to the king.
E ogni taglialegna cercò di reclamare la ricompensa.

And each wood-cutter tried to claim the reward.
"Io sono il distruttore del grande mangiatore di uomini"
"I am the destroyer of the great man eater"
"Sono venuto a reclamare la mia ricompensa"
"I have come to claim my reward"
Il re sapeva che poteva esserci un solo eroe.
The king knew there could only be one hero.
Così chiese al suo ministro.
So he made an inquiry with his minister.
"Quale famiglia era il turno ieri sera?"
"What family's turn was it last night?"
"E chi è il capo di quella famiglia?"
"And who is the head of that family?"
Il ministro del re partì alla ricerca della famiglia.
The king's minister set out to find the family.
Portò il capofamiglia al cospetto del re.
He brought the head of the family to the king.
E il capofamiglia raccontò dei suoi ospiti.
And the head of the family told of his guests.
"Ieri sera sono venuti da me due giovani viaggiatori"
"Last night two youthful travelers came to me"
"Ci siamo offerti di ospitarli per la notte"
"We offered to be their hosts for the night"
"Presto scoprirono il problema che avevamo"
"Soon they discovered the problem we had"
"E si sono offerti volontari per prendere il nostro posto"
"And they volunteered to take our place"
"Sono andati al tempio, invece di uno di noi"
"They went to the temple, instead of one of us"
Il re condusse i suoi uomini al tempio.
The king took his men to the temple.
La porta del tempio era sfondata.
The door of the temple was broken open.
Trovarono i due fratelli che dormivano.
They found the two brothers sleeping.
E anche i cavalli erano al sicuro nel tempio.
And the horses were safe in the temple too.

E c'era anche il capo del Rakshasi.
And the head of the Rakshasi was there too.
Non c'erano dubbi su chi avesse ucciso il mostro.
There was no doubt about who had killed the monster.
Il vero eroe era stato scoperto.
The real hero had been discovered.
E il re mantenne la parola data.
And the king kept true to his word.
Diede la mano di sua figlia a Sahasra-Dal.
He gave the hand of his daughter to Sahasra-Dal.
E gli diede anche metà del suo regno.
And he gave him half his kingdom too.
Champa-Dal rimase con il suo amico.
Champa-Dal remained with his friend.
E si rallegrò della prosperità di Sahasra-Dal.
And he rejoiced in Sahasra-Dal's prosperity.
E vissero insieme felici e contenti per un certo periodo.
And they lived together happily for some time.

Ma un giorno tra loro sorse un malinteso.
But one day a misunderstanding arose between them.
La regina madre aveva una certa cameriera.
The queen-mother had a certain maid-servant.
Questa domestica era la più utile.
This maid-servant was the most useful domestic.
Era in grado di svolgere qualsiasi compito.
She could turn her hand to any task.
E aveva una forza insolita per una donna.
And she had uncommon strength for a woman.
Anche la sua intelligenza non le mancava.
Her intelligence was not lacking either.
E aveva una quantità di energia notevole.
And she had a remarkable amount of energy.
La sua assenza a palazzo sarebbe stata presto notata.
She would have been quickly missed in the palace.
La zenana dipendeva completamente da lei.
The zenana was completely dependent on her.

Per questo motivo i suoi servizi erano molto apprezzati.
Hence her services were highly valued.
La regina madre la apprezzava molto.
The queen-mother appreciated her very much.
E anche le dame di palazzo la stimavano.
And the ladies of the palace valued her too.
Ma questa donna preziosa non era una donna.
But this valuable woman was not a woman.
Questa donna era una Rakshasi.
What this woman was was a Rakshasi.
Aveva assunto l'aspetto di una donna.
She had put on the appearance of a woman.
Aveva le sue nefande ragioni per farlo.
She had her own nefarious reasons for doing this.
E poi entrò a servizio nella casa reale.
And then she took service in the royal household.
Di notte assumeva la sua vera forma.
At night she used to assume her own real form.
Quando tutti nel palazzo dormivano.
When everyone in the palace was asleep.
E poi andò in giro alla ricerca di cibo.
And then she went about in search of food.
Perché la sua fame non era stata saziata a palazzo.
Because her hunger was not satisfied at the palace.
Un Rakshasi ha bisogno di molto più cibo di un uomo o di una donna.
A Rakshasi needs much more food than a man or woman.
A quel tempo Champa-Dal non aveva moglie.
At this time Champa-Dal had no wife.
Perciò spesso dormiva fuori dalla zenana.
So he often slept outside the zenana.
Non era lontano dal cancello esterno del palazzo.
He was not far from the outer gate of the palace.
E da lì poteva osservarla.
And from there he could observe her.
La vide divorare diverse capre e pecore.
He saw her devouring sundry goats and sheep.

E la vide divorare cavalli ed elefanti.
And he saw her devouring horses and elephants.
Naturalmente questo non era un bene per la cameriera.
This of course was not good for the maid-servant.
Champa-Dal le stava ostacolando la cena.
Champa-Dal was in the way of her supper.
Perciò era decisa a sbarazzarsi di lui.
So she was determined to get rid of him.
Un giorno andò dalla regina madre.
One day she went to the queen-mother.
«Regina madre», le disse.
"Queen-mother," she said to her.
"Non posso più lavorare a palazzo"
"I can no longer work in the palace"
"Perché?" chiese la regina madre.
"Why?" asked the queen-mother.
"Cosa c'è che non va, Dasi?" voleva sapere.
"What is the matter, Dasi" she wanted to know.
"Come posso andare avanti senza di te?"
"How can I go on without you?"
"Dimmi i motivi per cui te ne vai"
"Tell me your reasons for leaving"
La cameriera spiegò la sua situazione.
The maid-servant explained her situation.
"Non sono altro che una povera donna in questo palazzo"
"I am but a poor woman in this palace"
"Una donna come me non può preservare il suo onore qui"
"A woman like me can't preserve her honor here"
"Tuo genero ha un amico, Champa-Dal"
"Your son-in-law has a friend, Champa-Dal"
"Mi fa sempre battute indecenti"
"He always cracks indecent jokes with me"
"Preferirei chiedere il mio riso piuttosto che perdere il mio onore"
"I would rather beg for my rice than to lose my honor"
"Se Champa-Dal rimane nel palazzo, devo andarmene"
"If Champa-Dal remains in the palace I must go away"

La cameriera era irripetibile a palazzo.
The maid-servant was irreplicable in the palace.
La regina madre sapeva quale sacrificio fare.
The queen-mother knew what sacrifice to make.
Champa-Dal avrebbe dovuto lasciare il palazzo.
Champa-Dal was going to have to leave the palace.
E raccontò a Sahasra-Dal tutte le sue ragioni.
And she told Sahasra-Dal all her reasons.
"Champa-Dal è un uomo cattivo"
"Champa-Dal is a bad man"
"Il suo carattere e la sua morale sono lassisti"
"His character and morals are loose"
"Deve lasciare questo palazzo immediatamente"
"He must leave this palace at once"
Sahasra-Dal fece del suo meglio per convincerla del contrario.
Sahasra-Dal did his best to persuade her otherwise.
Supplicò con fervore per il suo amico.
He earnestly pleaded on behalf of his friend.
Ma i suoi sforzi furono vani.
But his efforts were in vain.
La regina madre aveva preso una decisione.
The queen-mother had made up her mind.
Dovette essere cacciato dal palazzo.
He had to be driven out of the palace.
Sahasra-Dal non ebbe il coraggio di dirlo al suo amico.
Sahasra-Dal had not the courage to tell his friend.
Per questo gli scrisse una lettera.
He therefore wrote a letter to him.
Nella lettera è stato vago sul motivo.
In the letter he was vague about the reason.
Ma in ogni caso, avrebbe dovuto andarsene.
But either way, he was going to have to leave.
Champa-Dal andò a fare un bagno.
Champa-Dal went to have a bath.
E la lettera fu messa nella sua stanza.
And the letter was put in his room.

Champa-Dal si addolorò leggendo la lettera.
Champa-Dal was grieved upon reading the letter.
Montò a cavallo la sua flotta.
He mounted his fleet of horses.
E sui suoi cavalli lasciò il palazzo.
And on his horses, he left the palace.

I cavalli di Champa erano insolitamente veloci.
Champa's horses were uncommonly fleet.
Ben presto percorse migliaia di chilometri.
Soon he had traversed thousands of miles.
E alla fine raggiunse una nuova città.
And eventually he reached a new city.
Si trovava all'ingresso di un magnifico palazzo.
He stood at the gateway of a magnificent palace.
Smontò da cavallo.
He dismounted from his horse.
Ed entrò nel palazzo.
And he entered the palace.
Ma nel palazzo non incontrò alcuna creatura.
But in the palace he met not a single creature.
Andava da un appartamento all'altro.
He went from apartment to apartment.
Tutte le stanze erano riccamente arredate.
All the rooms were richly furnished.
Ma nessuna delle stanze era abitata.
But none of the rooms were lived in.
Ma alla fine arrivò in un'altra stanza.
But in the end he came to a different room.
In questa stanza c'era una giovane donna.
In this room there was a young lady.
La giovane donna era di una bellezza paradisiaca.
The young lady was of heavenly beauty.
E lei era sdraiata su uno splendido letto.
And she was lying down on a splendid bedstead.
La bella signorina dormiva.
The beautiful young lady was asleep.

Champa-Dal guardò la bella addormentata.

Champa-Dal looked upon the sleeping beauty.

Era affascinato da ciò che vedeva.

He was captivated by what he was seeing.

Non aveva mai visto una donna così bella.

He had not seen any woman so beautiful.

Sul letto c'erano due bastoni.

Upon the bed there were two sticks.

I due bastoni erano vicini alla testa della donna.

The two sticks were near the woman's head.

Uno dei bastoncini era d'argento.

One of the sticks was made of silver.

E l'altro bastone era d'oro.

And the other stick was made of gold.

Champa prese in mano il bastoncino d'argento.

Champa took the silver stick into his hand.

E con il bastone toccò il corpo della signora.

And with the stick he touched the body of the lady.

Ma nel suo sonno non si percepiva alcun cambiamento.

But no change was perceptible to her sleep.

Poi prese il bastone d'oro.

He then took up the gold stick.

E con il bastone toccò il corpo della signora.

And with the stick he touched the body of the lady.

Questa volta la giovane donna si svegliò.

This time the young lady did awake.

Osservando lo straniero, gli chiese chi fosse.

Eyeing the stranger, she inquired who he was.

"Io sono Champa-Dal", le disse.

"I am Champa-Dal," he told her.

"C'era una volta un povero bramino stupido"

"There was once a poor dimwitted Brahman"

"Quest'uomo stupido aveva una moglie, ma nessun figlio"

"This dimwitted man had a wife, but no children"

"Ma il fatto che non avesse figli era probabilmente la cosa migliore"

"But him not having children was probably for the best"

"Perché era a malapena in grado di soddisfare i propri bisogni"

"Because he was barely able to meet his own needs"

"E non riusciva a fornire abbastanza per sua moglie"

"And he could hardly supply enough for his wife"

"Ma la sua stupidità non era nemmeno il suo problema più grande"

"But his dimwittedness was not even his biggest problem"

E continuò la storia così come l'abbiamo seguita.

And he continued the story as we have followed it.

"Mia madre concluse che il suo destino era segnato"

"My mother concluded her fate was sealed"

"E pensava che mio padre avrebbe incontrato la stessa sorte"

"And she thought my father would meet the same fate"

"E non si aspettava nemmeno che venissi risparmiato"

"And she did not expect me to be spared either"

"Quella notte non dormì quasi per niente"

"That night she hardly slept at all"

"Il Rakshasi le aveva impedito di vedere mio padre"

"The Rakshasi had prevented her from seeing my father"

"La mattina presto sono andato a scuola"

"Early next morning I went to school"

"Prima che andassi a scuola mi ha dato una bottiglia d'oro"

"Before I went to school she gave me a golden bottle"

"Nella bottiglia d'oro c'era il suo latte materno"

"In the golden bottle was her own breast milk"

"Mi è stato detto di osservare attentamente il colore del latte"

"I was told to carefully watch the colour of the milk"

E continuò la storia così come l'abbiamo seguita.

And he continued the story as we have followed it.

"Ci faremo portavoce della tua famiglia"

"We will stand as proxies for your family"

"C'erano molte obiezioni alla nostra proposta"

"There was a great deal of objection to our proposal"

"Ma alla fine abbiamo convinto i nostri ospiti"

"But eventually we persuaded our hosts"

"Alla fine gli ospiti acconsentirono all'accordo"
"Finally the hosts consented to the arrangement"
E continuò la storia così come l'abbiamo seguita.
And he continued the story as we have followed it.
"Così spesso dormivo fuori dalla zenana"
"So I often slept outside the zenana"
"Non ero lontano dal cancello esterno del palazzo"
"I was not far from the outer gate of the palace"
"E da lì potevo osservarla"
"And from there I could observe her"
"L'ho vista divorare diverse capre e pecore "
"I saw her devouring sundry goats and sheep"
"E la vidi divorare cavalli ed elefanti"
"And I saw her devouring horses and elephants"
E continuò la storia così come l'abbiamo seguita.
And he continued the story as we have followed it.
"Un giorno mi hanno messo una lettera nella stanza"
"One day a letter was put in my room"
"Mi sono addolorato leggendo la lettera"
"I was grieved upon reading the letter"
"Ho montato la mia flotta di cavalli"
"I mounted my fleet of horses"
"E sui miei cavalli lasciò il palazzo"
"And on my horses he left the palace"
"I miei cavalli sono insolitamente veloci"
"My horse are uncommonly fleet"
"Presto avevo percorso migliaia di miglia"
"Soon I had traversed thousands of miles"
"E alla fine ho raggiunto una nuova città"
"And eventually I reached a new city"
E continuò la storia così come l'abbiamo seguita.
And he continued the story as we have followed it.
"Gli ho preso in mano il bastoncino d'argento"
"I took the silver stick into his hand"
"E con il bastone ho toccato il tuo corpo"
"And with the stick I touched your body"
"Ma nessun cambiamento è stato percepibile nel tuo sonno"

"But no change was perceptible to your sleep"
"Poi presi il bastone d'oro"
"I then took up the gold stick"
E con il bastone toccò il tuo corpo.
And with the stick he touched your body.
"Questa volta ti sei svegliato dal sonno"
"This time you did awake from your sleep"
La giovane donna aveva ascoltato la storia di Champa-Dal.
The young lady had listened to Champa-Dal's story.
La giovane donna era in realtà una principessa.
The young lady was in fact a princess.
"Infelice! Perché sei venuto qui?"
"Unhappy man! why have you come here?"
"Questo è il paese dei Rakshasa"
"This is the country of Rakshasas"
"Non meno di settecento Rakshasa vivono qui"
"No less than seven hundred Rakshasas live here"
"Ogni mattina i Rakshasa se ne vanno"
"Every morning the Rakshasas leave"
"Vanno dall'altra parte dell'oceano"
"They go to the other side of the ocean"
"E lì cercano provviste"
"And they search for provisions there"
"E prima del tramonto ritornano di nuovo"
"And before dusk they return again"
"Mio padre era re in queste regioni"
"My father was king in these regions"
"Il suo regno aveva milioni di sudditi"
"His kingdom had millions of subjects"
"Vivevano in città e paesi fiorenti"
"They lived in flourishing towns and cities"
"Ma alcuni anni fa i Rakshasa invasero"
"But some years ago the Rakshasas invaded"
"E divorarono tutti i sudditi del regno"
"And they devoured all the subjects of the kingdom"
"I Rakshasa divorarono mio padre e mia madre"
"The Rakshasas devoured my father and my mother"

"I Rakshasa hanno divorato i miei fratelli e sorelle"
"The Rakshasas devoured my brothers and sisters"
"E divorarono tutto il bestiame del paese"
"And they devoured all the cattle of the country"
"Non c'è nessun essere umano vivente in queste regioni"
"There is no living human being in these regions"
"Sono l'ultimo essere umano rimasto in vita"
"I am the last human living left"
"Anch'io sarei stato divorato molto tempo fa"
"I too would have been devoured long ago"
"Ma un vecchio Rakshasi mi prese in simpatia"
"But an old Rakshasi took a liking to me"
"Lei impedisce agli altri Rakshasa di mangiarmi"
"She prevents the other Rakshasas from eating me"
"Vedi quei bastoncini d'argento e d'oro?"
"Do you see those sticks of silver and gold?"
"Ogni mattina mi uccide con il bastone d'argento"
"Every morning she kills me with the silver stick"
"Ogni sera mi rianima con il bastoncino d'oro"
"Every evening she re-animates me with the gold stick"
"Non so come consigliarti"
"I do not know how to advise you"
"Se i Rakshasa ti vedono, sei un uomo morto"
"If the Rakshasas see you, you are a dead man"
Poi parlarono in modo molto affettuoso.
Then they talked in a very affectionate manner.
E posarono le loro teste l'una sull'altra.
And they laid their heads together.
E pensarono di escogitare un modo per fuggire.
And they thought to devise a means of escape.
Un modo per sfuggire alle mani dei Rakshasa.
Some way to get out of the hands of the Rakshasas.

L'ora del ritorno dei Rakshasa stava arrivando.
The hour of the return of the Rakshasas was coming.
I settecento mangiatori di carne sarebbero presto tornati.
The seven hundred flesh-eaters were soon returning.

Keshavati chiamò Champa-Dal.
Keshavati called out to Champa-Dal.
(Perché quello era il nome della principessa)
(Because that was the name of the princess)
"Nasconditi tra i cumuli del sacro trifoglio"
"Hide yourself in the heaps of the sacred trefoil"
Ma prima Champ Dal raccolse il bastone d'argento.
But first Champ Dal picked up the silver stick.
Toccò Keshavati con il bastone d'argento.
He touched Keshavati with the silver stick.
E non appena la toccò, lei morì.
And as soon as he touched her, she died.
Poi si recò al centro del tempio di Shiva.
Then he went to the center of the temple of Siva.
E si nascose sotto i cumuli di trifoglio sacro.
And he hid beneath the heaps of sacred trefoil.
Dal suo nascondiglio udì il rumore del vento che soffiava.
From his hiding place he heard the sound of wind rushing.
Poi udì dei rumori terribili nel palazzo.
Then he heard terrible noises in the palace.
I Rakshasa erano tornati a casa dalla caccia.
The Rakshasas had come home from their hunt.
Si erano riempiti lo stomaco di carne.
They had filled their stomachs with meat.
Varie capre, pecore, mucche, cavalli, bufali.
Sundry goats, sheep, cows, horses, buffaloes.
E avevano divorato anche gli elefanti.
And they had devoured elephants too.
Anche il vecchio Rakshasi tornò a palazzo.
The old Rakshasi returned to the palace too.
Andò nella stanza della principessa addormentata.
She went to the room of the sleeping princess.
E la svegliò con il bastone d'oro.
And she woke her with the stick made of gold.
"Hye, mye, khye! Sento odore di essere umano"
"Hye, mye, khye! A human being I smell"
"Sono l'unico essere umano qui", disse la principessa.

"I am the only human being here," said the princess.
"Mangiami pure se vuoi", aggiunse Keshavati.
"Eat me if you like," added Keshavati.
A questo il Rakshasi rispose:
To this the Rakshasi replied:
"Lasciami mangiare i tuoi nemici"
"Let me eat up your enemies"
"Perché dovrei mangiarti?" chiese alla principessa.
"Why should I eat you?" she asked the princess.
Si sdraiò a terra.
She laid herself down on the ground.
Era lunga e alta quanto le colline Vindhya.
She was as long and high as the Vindhya Hills.
E in questa posizione si addormentò.
And in this position she fell asleep.
Anche gli altri Rakshasa e Rakshasi si addormentarono presto.
The other Rakshasas and Rakshasis soon fell asleep too.
Perché erano stanchi del loro lavoro gigantesco.
Because they were tired from their gigantic labor.
Anche Keshavati si preparò a dormire.
Keshavati also composed herself to sleep.
Ma Champa non osò uscire da sotto le foglie.
But Champa did not dare to come out from under the leaves.
E fece del suo meglio per pregare il dio del riposo.
And he tried his best to pray to the god of repose.

All'alba tutti i settecento Rakshasa si alzarono di nuovo.
At daybreak all seven hundred Rakshasas got up again.
Si lanciarono nella loro solita escursione predatoria.
They went on their usual predatory excursion.
E con loro se ne andò anche il vecchio Rakshasi.
And along with them went the old Rakshasi.
Ma prima il vecchio Rakshasi raccolse il bastone d'argento.
But first the old Rakshasi picked up the silver stick.
E toccò Keshavati con il bastone d'argento.
And she touched Keshavati with the silver stick.

Ben presto la strada fu libera per Champa-Dal.
Soon the coast was clear for Champa-Dal.
E osò uscire da sotto il mucchio di foglie.
And he dared to come out from under the pile of leaves.
Tornò nella stanza della principessa.
He walked back into the room of the princess.
E la toccò con il bastone d'oro.
And he touched her with the golden stick.
E la principessa tornò in vita dalla sua morte.
And the princess revived from her death again.
Passeggiavano nei giardini.
They sauntered about in the gardens.
Si godevano la brezza fresca del mattino.
They enjoyed the cool breeze of the morning.
Si bagnarono in una pozza d'acqua limpida.
They bathed in a lucid pool of water.
E mangiarono e bevvero cibo nel palazzo.
And they ate and drank food in the palace.
E trascorsero la giornata in dolce conversazione.
And they spent the day in sweet converse.
E escogitarono un piano per la loro liberazione.
And they concocted a plan for their deliverance.
Keshavaity stava per parlare con il vecchio Rakshasi.
Keshavaity was going to speak to the old Rakshasi.
Voleva chiedere da cosa dipendesse la vita di un Rakshasa.
She was going to ask on what a Rakshasa's life depended.
E con quel segreto avrebbero agito di conseguenza.
And with that secret they were going to act accordingly.

L'ora del ritorno dei Rakshasa stava per giungere.
The hour of the return of the Rakshasas was coming again.
E gli eventi si svolsero come la sera prima.
And events unfolded as they had the evening before.
I settecento mangiatori di carne stavano tornando al palazzo.
The seven hundred flesh-eaters were returning to the palace.
Champ Dal toccò Keshavati con il bastone d'argento.
Champ Dal touched Keshavati with the silver stick.

Morì come era morta la notte prima.
She died like the had died the night before.
Champa-Dal si recò al centro del tempio di Siva.
Champa-Dal went to the center of the temple of Siva.
Si nascose di nuovo sotto i cumuli di trifoglio sacro.
He hid beneath the heaps of sacred trefoil again.
Sentì il rumore del vento che soffiava.
He heard the sound of wind rushing.
E udì dei rumori terribili nel palazzo.
And he heard terrible noises in the palace.
I Rakshasa erano tornati a casa dalla caccia.
The Rakshasas had come home from their hunt.
Si erano riempiti lo stomaco di carne.
They had filled their stomachs with meat.
Varie capre, pecore, mucche, cavalli, bufali.
Sundry goats, sheep, cows, horses, buffaloes.
E avevano divorato anche gli elefanti.
And they had devoured elephants too.
Anche il vecchio Rakshasi tornò a palazzo.
The old Rakshasi returned to the palace too.
Andò nella stanza della principessa addormentata.
She went to the room of the sleeping princess.
E la svegliò con il bastone d'oro.
And she woke her with the stick made of gold.
"Hye, mye, khye! Sento odore di essere umano"
"Hye, mye, khye! A human being I smell"
"Sono l'unico essere umano qui", disse la principessa.
"I am the only human being here," said the princess.
"Mangiami pure se vuoi", aggiunse Keshavati.
"Eat me if you like," added Keshavati.
A questo il Rakshasi rispose:
To this the Rakshasi replied:
"Lasciami mangiare i tuoi nemici"
"Let me eat up your enemies"
"Perché dovrei mangiarti?" chiese alla principessa.
"Why should I eat you?" she asked the princess.
Si sdraiò a terra.

She laid herself down on the ground.
E sembrava una parte delle montagne dell'Himalaya.
And she looked like a part of the Himalaya mountains.
Keshavati aveva una fiala di olio di senape riscaldato.
Keshavati had a phial of heated mustard oil.
E si avvicinò ai piedi del Rakshasi.
And she approached the foot of the Rakshasi.
"Mamma, i tuoi piedi sono doloranti per aver camminato"
"Mother, your feet are sore from walking"
"Lasciami massaggiare i tuoi piedi doloranti con l'olio"
"Let me rub your sore feet with oil"
E cominciò a strofinare con l'olio i piedi del Rakshasi.
And she began to rub with oil the Rakshasi's feet.
Poi qualche lacrima cadde dagli occhi della principessa.
Then a few tear-drops fell from the eyes of the princess.
E le lacrime caddero sulle gambe del mostro.
And the tear-drops landed on the monster's legs.
La Rakshasi assaggiò le lacrime con le sue labbra.
The Rakshasi tasted the tear-drops with her lips.
E scoprì che le lacrime avevano un sapore salato.
And she found the tear-drops tasted briny.
"Perché piangi, tesoro?" chiese il Rakshasi.
"Why are you weeping, darling?" asked the Rakshasi.
"Cosa ti prende?" voleva sapere.
"What aileth thee?" she wanted to know.
La principessa cercò di trattenersi dal piangere.
The princess tried to stop herself from crying.
"Mamma, piango perché sei vecchia"
"Mother, I am weeping because you are old"
"Quando morirai uno dei Rakshasa mi divorerà"
"When you die one of the Rakshasas will devour me"
"Quando morirò?! Non essere sciocca, ragazza"
"When I die?! Don't be foolish, girl"
"Non sai che i Rakshasa non muoiono mai?"
"Don't you know that Rakshasas never die?"
"Non siamo immortali per natura"
"We are not naturally immortal"

"C'è un segreto nella nostra forza"
"There is a secret to our strength"
"Ma nessun essere umano può svelare questo segreto"
"But no human can unravel this secret"
"Ma lascia che ti sveli il segreto"
"But let me tell you the secret"
"Affinché siate un po' consolati"
"So that you are comforted a little"
"Vedi la pozza d'acqua nel palazzo?"
"Do you see the pool of water in the palace?"
"In quella pozza d'acqua c'è uno Sphatikasthamba"
"In that pool of water is a Sphatikasthamba"
"Lo Sphatikasthamba è profondo nell'acqua"
"The Sphatikasthamba is deep in the water"
"E sullo Sphatikasthamba ci sono due api"
"And on the Sphatikasthamba are two bees"
"Un essere umano dovrebbe tuffarsi nell'acqua"
"A human being would have to dive into the water"
"L'essere umano dovrebbe portare le api sulla terraferma "
"The human being would have to bring the bees onto dry land"
"Allora l'essere umano dovrebbe uccidere le due api"
"Then the human being would have to kill the two bees"
"Ma nemmeno una goccia del loro sangue deve toccare terra"
"But not a drop of their blood must touch the ground"
"Solo allora un essere umano può uccidere un Rakshasa"
"Only then can a human kill a Rakshasa"
"Ma se il sangue tocca il suolo, mille Rakshasa sorgeranno"
"But if the blood touches the ground, a thousand Rakshasas will rise"
"Ma quale essere umano scoprirà questo segreto?"
"But what human will find out this secret?"
"E quale essere umano può realizzare questa impresa?"
"And what human can achieve this feat?"
"Nessun essere umano conosce il segreto della vita di un Rakshasa"

"No human knows the secret to the life of a Rakshasa"
"E nessun essere umano può realizzare un'impresa simile"
"And no human can achieve such a feat"
"Quindi non c'è motivo di essere triste, tesoro mio"
"So there is no reason to be sad, my darling"
"Sono praticamente immortale", ha confermato.
"I am practically immortal," she confirmed.
Keshavati custodiva gelosamente il segreto nella sua memoria.
Keshavati treasured the secret in her memory.
E poi tornò a dormire.
And then she went back to sleep.

La mattina dopo i Rakshasa, come al solito, se ne andarono.
Next morning the Rakshasas, as usual, went away.
Champa uscì dal suo nascondiglio.
Champa came out of his hiding-place.
E svegliò Keshavati dal suo sonno.
And he roused Keshavati from her sleep.
La principessa gli raccontò il segreto che aveva scoperto.
The princess told him the secret she had learnt.
Champa-Dal iniziò subito a prepararsi.
Champa-Dal immediately started to prepare himself.
Portò in piscina un coltello.
He brought to the pool a knife.
E portò una grande quantità di cenere.
And he brought a quantity of ashes.
Si tolse i vestiti pesanti.
He took off his heavy clothes.
Mise una o due gocce di olio di senape in ogni orecchio.
He put a drop or two of mustard oil into each ear.
Per evitare che l'acqua entri nelle orecchie.
To prevent water from entering into his ears.
Nuotò verso il centro dell'acqua.
He swam out into the middle of the water.
E da lì si tuffò nella piscina.
And from there he dove down into the pool.

Presto raggiunse la cima del pilastro di cristallo.

Soon he reached the top of the crystal pillar.

E su Sphatikasthamba c'erano le due api.

And on Sphatikasthamba were the two bees.

Afferrò le due api che aveva trovato lì.

He caught hold of the two bees he found there.

E risalì a nuoto con un unico respiro.

And he swam up again in a singular breath.

Prese il coltello che aveva lasciato sul bordo dell'acqua.

He took the knife he had left at the edge of the water.

E sopra la cenere tagliò le api.

And over the ashes he cut up the bees.

Dalle api caddero una o due gocce di sangue.

A drop or two of the blood fell from the bees.

Ma il loro sangue non toccò terra.

But their blood did not touch the ground.

Invece, il loro sangue finì sulle ceneri.

Instead, their blood landed on the ashes.

Si udì un urlo terribile in lontananza.

A terrible scream was heard at a distance.

L'urlo era il lamento dei Rakshasa.

The scream was the wailing of the Rakshasas.

Correvano tutti verso casa il più velocemente possibile.

They were all running home as fast as they could.

Volevano impedire che le api venissero uccise.

They wanted to prevent the bees from being killed.

Ma non riuscirono a raggiungere il palazzo in tempo.

But they could not reach the palace in time.

Perché le api erano già morte.

Because the bees had already perished.

Nel momento in cui le api furono uccise, morirono tutti i Rakshasa.

The moment the bees were killed, all the Rakshasas died.

Le loro carcasse caddero esattamente nel punto in cui si trovavano.

Their carcasses fell on the very spot they were standing.

Le loro carcasse ora bloccavano l'ingresso del palazzo.

Their carcasses now blocked the gateway of the palace.
In questo modo vennero distrutti i settecento Rakshasa.
In this manner the seven hundred Rakshasas were destroyed.

In seguito Champa-Dal e Keshavati si sposarono.
Afterwards Champa-Dal and Keshavati got married.
Hanno fatto il tradizionale scambio di ghirlande di fiori.
They made the traditional exchange of garlands of flowers.
La principessa non era mai uscita di casa.
The princess had never been out of the house.
Quindi espresse naturalmente il desiderio di vedere il mondo esterno.
So she naturally expressed a desire to see the outer world.
Ogni mattina e ogni sera facevano lunghe passeggiate.
Every morning and evening they went on long walks.
C'era un grande fiume in cui Keshavati desiderava fare il bagno.
There was a large river Keshavati wished to bathe in.
Mentre faceva il bagno, a Keshavati cadde un capello.
As she bathed one of Keshavati's hairs came off.
A quei tempi c'era un'usanza particolare.
There was a special custom in those times.
Una donna non ha mai buttato via un capello da sola.
A woman never threw away a hair away by itself.
Una conchiglia galleggiava nell'acqua.
A sea-shell was floating in the water.
Così Keshavati legò la ciocca di capelli alla conchiglia.
So Keshavati tied the strand of hair to the sea-shell.
E poi la coppia tornò a palazzo.
And then the couple returned to the palace.
Nel frattempo la conchiglia galleggiava lungo il fiume.
Meanwhile the sea-shell floated down the stream.
E a tempo debito la conchiglia raggiunse un altro punto balneare.
And in due time the sea-shell reached another bathing spot.
Questo era il luogo in cui andava Sahasra-Dal per fare il bagno.

This was the bathing spot Sahasra-Dal went to.
Qui il fratello di Champa-Dal eseguì le sue abluzioni.
Here Champa-Dal's brother performed his ablutions.
Quel giorno Sahasra-Dal era in acqua.
On this day Sahasra-Dal was in the water.
Stava facendo il bagno e nuotando con i suoi amici.
He was bathing and swimming with his friends.
E così la conchiglia passò fluttuando oltre gli uomini.
And so the sea-shell floated past the men.
Quel giorno gli uomini erano di umore giocoso.
The men were in a playful mood that day.
"Chi arriva per primo alla conchiglia vince"
"Whoever gets to the sea-shell first wins"
E così nuotarono tutti verso la conchiglia.
And so they all swam towards the sea-shell.
Sahasra-Dal era il nuotatore più forte tra i suoi amici.
Sahasra-Dal was the strongest swimmer among his friends.
E così fu il primo a raggiungere la conchiglia.
And so he was the first the reach the sea-shell.
Esaminando la conchiglia, trovò un capello legato ad essa.
Examining the seashell, he found a hair tied to it.
Ma era un capello di lunghezza straordinaria.
But it was a hair of extraordinary length.
Non aveva mai visto dei capelli così lunghi.
He had never seen such a long hair.
Il capello era lungo esattamente sette cubiti.
The strand of hair was exactly seven cubits long.
"Questa ciocca di capelli deve appartenere a una donna"
"This strand of hair must belong to a woman"
"E questa donna deve essere davvero straordinaria"
"And this woman must be very remarkable"
"Devo vedere chi è questa donna straordinaria"
"I must see who this remarkable woman is"
Sahasra-Dal era determinato a trovare la donna straordinaria.
Sahasra-Dal was determined to find the remarkable woman.
Tornò a casa dal fiume pensieroso.

He went home from the river in a pensive mood.
E non andò alla zenana per la colazione.
And he did not proceed to the zenana for breakfast.
Invece rimase nella parte esterna del palazzo.
Instead he remained in the outer part of the palace.
La regina madre venne a conoscenza della malinconia di Sahasra-Dal.
The queen-mother heard about Sahasra-Dal's melancholy.
E sentì che non era venuto a colazione.
And she heard he had not come to breakfast.
Allora andò da lui e gli chiese il motivo.
So she went to him and asked the reason.
Le mostrò la ciocca di capelli che aveva trovato.
He showed her the strand of hair he had found.
"Devo vedere la donna che ha in testa questa ciocca di capelli adornata"
"I must see the woman who's head this strand of hair adorned"
La regina madre fu felice di aiutare il genero.
The queen-mother was happy to help her son-in-law.
«Va bene», gli disse.
"Very well," she said to him.
"Presto avrai quella signora a palazzo"
"You shall soon have that lady in the palace"
"Ti prometto che la porterò qui"
"I promise you to bring her here"
La regina madre aveva già un piano.
The queen mother already had a plan.
La sua domestica preferita sarebbe brava a svolgere quel lavoro.
Her favourite maid-servant would be good at the job.
Perché questa domestica era molto intraprendente.
Because this maid-servant was very resourceful.
Naturalmente la regina madre non conosceva veramente la sua cameriera.
Of course the queen-mother did not really know her maid.
Non sapeva che la sua cameriera preferita era una Rakshasi.

She did not know her favourite maid was a Rakshasi.
"Per favore, trovate il proprietario di questa ciocca di capelli", chiese.
"Please find the owner of this strand of hair," she asked.
E la sua cameriera acconsentì più che gentilmente.
And her maid-servant more than politely agreed.
"Sarebbe un piacere per me trovare questa donna"
"It would my pleasure to find this woman"
"Presto la porterò a palazzo"
"I will soon bring her to the palace"
"Avrei bisogno di una barca costruita con il legno di Hajol"
"I will need a boat build from Hajol wood"
"I remi della barca devono essere fatti di legno Mon-Paban"
"The oars of the boat must be made from Mon-Paban wood"
I costruttori di barche costruirono presto la barca.
The boat makers soon made the boat.
E la barca fu varata sul fiume.
And the boat was launched on the stream.
La cameriera salì a bordo della barca.
The maid-servant went on board of the boat.
Con sé portò anche dei cestini di vimini.
With her she took some baskets of wicker.
I cesti di vimini erano di curiosa fattura.
The baskets of wicker were of curious workmanship.
Portò con sé anche dei dolciumi.
She also took with her some sweetmeats.
Nei dolciumi era stato mescolato del veleno.
Into the sweetmeats some poison had been mixed.
Schioccò le dita tre volte.
She snapped her fingers thrice.
E poi pronunciò il seguente incantesimo:
And then she uttered the following charm:
"Barca di Hajol! Remi di Mon Paban!"
"Boat of Hajol! Oars of Mon Paban!"
"Portami al Ghat",
"Take me to the Ghat,"
"Il Ghat in cui si bagna Keshavati"

"The Ghat in which Keshavati bathes"
La barca obbedì al suo comando.
The boat heeded to her command.
E la barca volò come un fulmine sulle acque.
And the boat flew like lightning over the waters.
E la barca lasciò dietro di sé molti paesi e città.
And the boat left many towns and cities behind.
Alla fine la barca si fermò in un luogo balneare.
At last the boat stopped at a bathing-place.
La serva Rakshasi aveva raggiunto il suo obiettivo.
The Rakshasi maid-servant had reached her goal.
Concluse che si trattava del ghat balneare di Keshavati.
She concluded it was the bathing ghat of Keshavati.
Atterrò con i dolciumi in mano.
She landed with the sweetmeats in her hand.
Andò al cancello del palazzo e gridò ad alta voce:
She went to the gate of the palace, and cried aloud:
"Oh Keshavati! Keshavati! Sono tua zia"
"Oh Keshavati! Keshavati! I am your aunt"
"Oh Keshavati, sono la sorella di tua madre"
"Oh Keshavati, I am your mother's sister"
"Sono venuto a trovarti, tesoro mio"
"I have come to see you, my darling"
"Sono tornato dopo tanti anni"
"I have come after so many years"
"Sei a casa, Keshavati?" chiese.
"Are you home, Keshavati?" she asked.
La principessa udì le parole della falsa zia.
The princess heard the words of the false-aunt.
Uscì dalla sua stanza e si diresse all'ingresso del palazzo.
She came out of her room and to the entrance of the palace.
Non aveva dubbi che si trattasse davvero di sua zia.
She had no doubt that it was really her aunt.
E abbracciò e baciò la zia.
And she embraced and kissed her aunt.
Entrambi piansero fiumi di gioia.
They both wept rivers of joy.

Anche se dovresti sapere che il Rakshasi pianse per primo.
Although you should know the Rakshasi wept first.
Keshavati pianse con lei per empatia.
Keshavati wept with her out of empathy.
Anche Champa-Dal credeva che la Rakshasi fosse sua zia.
Champa-Dal also believed the Rakshasi to be her aunt.
Tutti mangiarono, bevvero e si godettero la lieta occasione.
They all ate and drank and enjoyed the happy occasion.
E poi si riposarono a metà giornata.
And then they took rest in the middle of the day.
E la sera festeggiarono di nuovo.
And they celebrated again in the evening.

Il giorno dopo i festeggiamenti continuarono a colazione.
The next day the celebrations continued at breakfast.
Champa-Dal aveva l'abitudine di dormire dopo colazione.
Champa-Dal had a habit of sleeping after breakfast.
Verso pomeriggio, la presunta zia disse a Keshavati:
Towards afternoon, the supposed aunt said to Keshavati:
"Andiamo entrambi al fiume e laviamoci:
"Let us both go to the river and wash ourselves:
Keshavati rispose: "Come possiamo andare adesso?"
Keshavati replied, "How can we go now?"
«Mio marito sta dormendo», spiegò.
"My husband is sleeping," she explained.
"Non preoccuparti per il sonno di tuo marito", disse la zia.
"Do not worry about your husband's sleep," said the aunt.
"Lasciatelo dormire quanto vuole"
"Let him sleep as much as he likes"
"Lasciami mettere questi dolciumi vicino al suo comodino"
"Let me put these sweetmeats near his bedside"
"Così, quando si sveglia, ha qualcosa da mangiare"
"That way, when he awakes, he has something to eat"
Poi andarono sulla riva del fiume.
Then they then went to the river-side.
Si avvicinarono al punto in cui si trovava la barca.
They went close to the spot where the boat was.

Da lontano Keshavati vide i cesti di vimini.
From a distance Keshavati saw the baskets of wicker-work.
"Zia, che belle cose sono quelle!"
"Aunt, what beautiful things are those!"
"Vorrei poter avere alcuni di quei cestini di vimini"
"I wish I could get some of those wicker baskets"
La zia la accontentò volentieri.
Her aunt happily obliged her.
"Vieni, figlio mio, e guarda i cesti di vimini"
"Come, my child, and look at the wicker baskets"
"Puoi avere tutti i cestini che vuoi"
"You can have as many baskets as you like"
Inizialmente Keshavati si rifiutò di salire sulla barca.
Keshavati at first refused to go into the boat.
Ma sua zia era molto persuasiva.
But her aunt was very persuasive.
E infine salì sulla barca.
And finally she went onto the boat.
Ma una volta sulla barca, la zia fece una cosa strana.
But once on the boat her aunt did a strange thing.
La zia schioccò le dita tre volte e disse:
The aunt snapped her fingers thrice and said:
"Barca di Hajol! Remi di Mon-Paban!"
"Boat of Hajol! Oars of Mon-Paban!"
"Portami al Ghat",
"Take me to the Ghat,"
"Il Ghat in cui si bagna Sahasra-Dal"
"The Ghat in which Sahasra-Dal bathes"
E la barca obbedì al suo comando.
And the boat heeded to her command.
E la barca volava come una freccia sulle acque.
And the boat flew like an arrow over the waters.
Keshavati si spaventò e cominciò a piangere.
Keshavati was frightened and began to cry.
Ma la barca continuò a navigare nonostante il suo pianto.
But the boat went on despite her crying.
E la barca lasciò dietro di sé molti paesi e città.

And the boat left behind many towns and cities.
In un attimo la barca giunse a destinazione.
In a trice the boat reached its destination.
Il ghat dove Sahasra-Dal era solito fare il bagno.
The ghat where Sahasra-Dal was in the habit of bathing.
Keshavati fu condotta al palazzo.
Keshavati was taken to the palace.
Sahasra-Dal ammirava la sua bellezza e la lunghezza dei suoi capelli.
Sahasra-Dal admired her beauty and the length of her hair.
E le dame del palazzo fecero del loro meglio per confortarla.
And the ladies of the palace tried their best to comfort her.
Ma lei lanciò un forte grido di protesta.
But she set up a loud cry of protest.
E voleva essere riportata da suo marito.
And she wanted to be taken back to her husband.
Alla fine si accorse che era stata fatta prigioniera.
Finally she saw that she had been taken captive.
Così parlò alle dame di palazzo.
So she spoke to the ladies of the palace.
"Al momento del matrimonio ho fatto un voto a mio marito"
"Upon marriage I made a vow to my husband"
"Ho promesso di non guardare in faccia nessun altro uomo"
"I promised not to look upon the face of any other man"
"Ho promesso di mantenere questo voto per sei mesi"
"I promised to uphold this vow for six months"
Fu quindi alloggiata lontano dagli altri nel palazzo.
She was then lodged away from the others in the palace.
E le fu data una piccola casa in cui vivere.
And she was given a small house to live in.
La finestra della casa dava sulla strada.
The window of the house overlooked the road.
Lì trascorse l'intera giornata.
There she spent the livelong day.
E lì trascorse l'intera notte.
And there she spent the livelong night.
Perché aveva dormito pochissimo.

Because she had very little sleep.
Perché il suo tempo lo passava sospirando e piangendo.
Because her time was spent in sighing and weeping.

Nel frattempo Champa-Dal si svegliò dal sonno.
In the meantime Champa-Dal awoke from his sleep.
Era distratto dal dolore di non aver trovato sua moglie.
He was distracted with the grief of not finding his wife.
I suoi sospetti si rivolsero alla zia di Keshavati.
His suspicions turned to the aunt of Keshavati.
Sapeva che era una truffatrice e un'impostora.
He knew she was a cheat and an impostor.
Deve essere stata lei a rapire Keshavati.
It must have been her who carried away Keshavati.
Non mangiò i dolciumi che gli erano stati lasciati.
He did not eat the sweetmeats left for him.
Perché sospettava che i dolci fossero avvelenati.
Because he suspected the sweets to have been poisoned.
Lanciò uno dei dolci a un corvo.
He threw one of the sweets to a crow.
Nel momento in cui il corvo mangiò il dolce, cadde morto.
The moment the crow ate the sweet, it dropped down dead.
Ciò confermò i suoi sospetti sulla finta zia.
This confirmed his suspicion of the pretend aunt.
Impazzito dal dolore, corse fuori di casa.
Maddened with grief, he rushed out of the house.
Era determinato ad andare ovunque lo portassero i suoi piedi.
He was determined to go wherever his feet took him.
Come un pazzo, balbettò: "Oh Keshavati! Oh Keshavati!"
Like a madman he blubbered, "Oh Keshavati! Oh Keshavati!"
Viaggiava a piedi giorno dopo giorno.
He travelled on foot day after day.
E seguiva la strada che i suoi piedi gli portavano.
And he followed whatever way his feet took him.
Trascorse sei mesi viaggiando in questo modo estenuante.
Six months he spent travelling in this wearisome manner.

Dopo sei mesi raggiunse la capitale di Sahasra-Dal.
After six month he reached the capital of Sahasra-Dal.
Passò davanti al cancello del palazzo.
He passed by the gate of the palace.
E dalla strada poteva vedere una piccola casa.
And from the road he could see a small house.
E dalla casa si sentivano dei sospiri.
And from in the house he could hear sighs.
Champa-Dal riconobbe subito sua moglie.
Champa-Dal instantly recognized his wife.
E Keshavita riconobbe immediatamente suo marito.
And Keshavita instantly recognized her husband.
Keshavita raccontò al marito tutto quello che era successo.
Keshavita told her husband everything that had happened.
"La donna ha chiesto di andare a fare il bagno dopo colazione"
"The woman asked to go bathing after breakfast"
"Al fiume c'era una barca"
"At the river there was a boat"
"La donna mi ha convinto a salire sulla barca"
"The woman persuaded me onto the boat"
"E poi la barca ci ha portato in questo posto"
"And then the boat took us to this place"
"Mi resi conto che ero stato fatto prigioniero"
"I realized that I had been made captive"
"Così ho raccontato loro i miei voti a te"
"So I told them of my vows to you"
"Ma domani sarà la fine del sesto mese"
"But tomorrow will be the end of six month"
A quei tempi c'era un'usanza.
There was a custom in those days.
L'adempimento dei voti veniva recitato pubblicamente.
The fulfilments of vows were publicly recited.
Questo compito veniva normalmente assolto da un Brahmano istruito.
This was normally fulfilled by a learned Brahman.

Avevano pianificato che Champa-Dal assumesse questo ruolo.
They planned for Champa-Dal to take on this role.
E così quella sera il tamburo del palazzo venne suonato.
And so that evening the palace drum was beat.
Il re voleva che un bramino colto recitasse una preghiera.
The king wanted a learned Brahman to make a recitation.
La storia di Keshavati e del compimento del suo voto.
The story of Keshavati on the fulfilment of her vow.
Champa-Dal toccò il tamburo e si offrì volontario.
Champa-Dal touched the drum and volunteered.
"Reciterò i voti di Keshavita"
"I will make the recitation of Keshavita's vows"
La mattina seguente tutti si radunarono nel cortile.
The next morning all assembled in the courtyard.
Il vecchio re e la regina madre.
The old king and the queen mother.
Sahasra-Dal e sua moglie erano lì.
Sahasra-Dal and his wife were there.
Tutti i cortigiani e i dotti bramini del paese.
All the courtiers and the learned Brahmans of the country.
Tutti i reali erano sotto un enorme baldacchino di seta.
All royalty was under a huge canopy of silk.
Anche Keshavati era lì, ma dietro un velo.
Keshavati was also there, but behind a veil.
Per non esporla allo sguardo maleducato della gente.
So that she wouldn't be exposed to the rude gaze of people.
Champa-Dal, il recitatore, sedeva su un palco.
Champa-Dal, the reciter, sat on a dais.
E cominciò a raccontare la storia di Keshavati.
And he began to tell the story of Keshavati.
"C'era una volta un povero bramino stupido"
"There was once a poor dimwitted Brahman"
"Quest'uomo stupido aveva una moglie, ma nessun figlio"
"This dimwitted man had a wife, but no children"
"Ma il fatto che non avesse figli era probabilmente la cosa migliore"

"But him not having children was probably for the best"
"Perché era a malapena in grado di soddisfare i propri bisogni"
"Because he was barely able to meet his own needs"
"E non riusciva a fornire abbastanza per sua moglie"
"And he could hardly supply enough for his wife"
"Ma la sua stupidità non era nemmeno il suo problema più grande"
"But his dimwittedness was not even his biggest problem"
E continuò la storia così come l'abbiamo seguita.
And he continued the story as we have followed it.
E a volte si girava verso Keshavati.
And sometimes he turned around to Keshavati.
E le chiese se stava raccontando la storia correttamente.
And he asked her if he was telling the story correctly.
E lei gli disse che stava raccontando la storia correttamente.
And she told him he was telling the story correctly.
"La donna brahmana concluse che il suo destino era segnato"
"The Brahman woman concluded her fate was sealed"
"E pensava che suo marito avrebbe incontrato la stessa sorte"
"And she thought her husband would meet the same fate"
"E non si aspettava che anche suo figlio venisse risparmiato"
"And she did not expect her son to be spared either"
"Quella notte non dormì quasi per niente"
"That night she hardly slept at all"
"Il Rakshasi le aveva impedito di vedere suo marito"
"The Rakshasi had prevented her from seeing her husband"
"La mattina presto Champa-Dal andò a scuola"
"Early next morning Champa-Dal went to school"
"Prima che andasse a scuola, diede a suo figlio una bottiglia d'oro"
"Before he went to school, she gave her son a golden bottle"
"Nella bottiglia d'oro c'era il suo latte materno"
"In the golden bottle was her own breast milk"
"Osserva attentamente il colore del latte "

"Carefully watch the colour of the milk"
Durante la recitazione la serva Rakshasi impallidì.
During the recitation the Rakshasi maid-servant grew pale.
Si rese conto che il suo vero carattere sarebbe stato scoperto.
She perceived that her real character was going to be discovered.
E Sahasra-Dal rimase stupito dalla conoscenza del recitatore.
And Sahasra-Dal was astonished at the knowledge of the reciter.
Il narratore raccontò chiaramente la storia della vita del principe.
The reciter clearly told the history of the prince's life.
"Una o due gocce di sangue caddero dalle api"
"A drop or two of the blood fell from the bees"
"Ma il loro sangue non toccò terra"
"But their blood did not touch the ground"
"Invece, il loro sangue finì sulle ceneri"
"Instead, their blood landed on the ashes"
"Un urlo terribile si udì in lontananza"
"A terrible scream was heard at a distance"
"L'urlo era il lamento dei Rakshasa"
"The scream was the wailing of the Rakshasas"
"Correvano tutti verso casa il più velocemente possibile"
"They were all running home as fast as they could"
"Volevano impedire che le api venissero uccise"
"They wanted to prevent the bees from being killed"
"Ma non riuscirono a raggiungere il palazzo in tempo"
"But they could not reach the palace in time"
"Perché le api erano già state uccise"
"Because the bees had already been killed"
"Nel momento in cui le api furono uccise, tutti i Rakshasa morirono"
"The moment the bees were killed, all the Rakshasas died"
"Le loro carcasse caddero proprio nel punto in cui si trovavano"
"Their carcasses fell on the very spot they were standing"
"Le loro carcasse ora bloccavano il cancello del palazzo"

"Their carcasses now blocked the gateway of the palace"
"In questo modo i settecento Rakshasa furono distrutti"
"In this manner the seven hundred Rakshasas were destroyed"
Tutti erano affascinati dalla storia dei Rakshasa.
All where enthralled by the story of the Rakshasas.
Perché la storia veniva raccontata da un vero narratore.
Because the story was being told by a true storyteller.
A tutti è piaciuta la storia, tranne alla cameriera.
All enjoyed the story except for the maid-servant.
Perché il suo vero carattere sarebbe stato sicuramente scoperto.
Because her real character was bound to be discovered.
"Champa-Dal toccò il tamburo e si offrì volontario.
"Champa-Dal touched the drum and volunteered.
"Reciterò i voti di Keshavita"
"I will make the recitation of Keshavita's vows"
"La mattina dopo tutti riuniti nel cortile"
"The next morning all assembled in the courtyard"
"Il vecchio re e la regina madre"
"The old king and the queen mother"
"Sahasra-Dal e sua moglie erano lì"
"Sahasra-Dal and his wife were there"
"Tutti i cortigiani e i dotti brahmani del paese"
"All the courtiers and the learned Brahmans of the country"
"Tutta la famiglia reale era sotto un enorme baldacchino di seta"
"All royalty was under a huge canopy of silk"
"Anche Keshavati era lì, ma dietro un velo"
"Keshavati was also there, but behind a veil"
"Per non esporla allo sguardo maleducato della gente"
"So that she wouldn't be exposed to the rude gaze of people"
"Champa-Dal, il recitatore, sedeva su un palco"
"Champa-Dal, the reciter, sat on a dais"
"E cominciò a raccontare la storia di Keshavati"
"And he began to tell the story of Keshavati"
Sahasra-Dal balzò in piedi dal suo posto.

Sahasra-Dal jumped up from his seat.
E abbracciò il narratore della storia.
And he embraced the reciter of the story.
"Non puoi essere altri che mio fratello Champa-Dal"
"You can be none other than my brother Champa-Dal"
Allora il principe si infiammò di rabbia.
Then the prince was inflamed with rage.
Ordinò alla serva di presentarsi al suo cospetto.
He ordered the maid-servant to come into his presence.
Nel terreno venne scavata una buca alta quanto un uomo.
A hole the height of a man was dug in the ground.
E la serva fu messa nella buca, in piedi.
And the maid-servant was put into the hole, standing.
Intorno a lei si ammucchiavano spine pungenti.
Prickly thorns were heaped around her.
Era ricoperta di spine fino alla sommità del capo.
Up to the crown of her head she was covered in thorns.
In questo modo la serva venne sepolta viva.
In this way the maid-servant was buried alive.
Dopodiché vissero tutti felici e contenti per molti anni.
After this all lived happily together for many years.
Sahasra-Dal e la sua principessa, e Champa-Dal e Keshavati.
Sahasra-Dal and his princess, and Champa-Dal and Keshavati.

La storia di Swet e Bachanta
The Story of Swet and Bachanta

C'era una volta un ricco mercante.
There was once upon a time a rich merchant.
Questo ricco mercante aveva un solo figlio.
This rich merchant had only one son.
E amava moltissimo il suo unico figlio.
And he loved his only son very much.
Diede a suo figlio tutto ciò che voleva.
He gave to his son whatever he wanted.
Naturalmente suo figlio desiderava una bella casa.
Of course his son wanted a beautiful house.
E voleva anche avere un grande giardino.
And he also wanted to have a large garden.
Così gli fu costruita una bellissima casa.
So a beautiful house was built for him.
E anche per lui fu realizzato un bel giardino.
And a fine garden was made for him too.
Il figlio del mercante era soddisfatto del giardino.
The merchant's son was pleased with the garden.
E gli piaceva passeggiare nel giardino.
And he enjoyed walking in the garden.
Un giorno un nido d'uccello catturò la sua attenzione.
One day a bird's nest caught his attention.
Questo uccello si chiama Toontooni.
This bird happens to be called Toontooni.
Mise la mano nel nido del piccolo uccello.
He put his hand into the small bird's nest.
E nel nido trovò un uovo.
And in the nest he found an egg.
Prese l'uovo dal nido.
He took the egg out of its nest.
C'era un almirah nel muro della sua casa.
There was an almirah in the wall of his house.
Così mise l'uovo nell'almirah.
So he put the egg in the almirah.

Chiuse la porta dell'almirah.
He closed the door of the almirah.
E poi non pensò più all'uovo.
And then he thought no more of the egg.
Il figlio del mercante aveva una casa tutta sua.
The merchant's son had a house of his own.
Ma lui aveva una casa senza famiglia.
But he had a house without a household.
Quindi nella sua casa non c'era nessun cuoco.
So in his house there was no cook.
Ma non aveva bisogno di un cuoco personale.
But he had no need for his own cook.
Perché sua madre gli mandava regolarmente del cibo.
Because his mother regularly sent him food.
La mattina dopo gli mandò la colazione.
In the morning she sent him breakfast.
E ogni giorno gli veniva mandata la cena.
And every day she had dinner sent to him.
Un giorno l'uovo nell'armadio scoppiò.
One day the egg in the almirah burst.
Ma non era un uccello quello che usciva dall'uovo.
But it was not a bird that came out of the egg.
Dall'uovo uscì un bellissimo bambino.
Out of the egg came a beautiful infant.
La neonata non era un uccello, ma una bambina umana.
The infant was not a bird, but a human girl.
Ma il figlio del mercante non sapeva nulla dell'accaduto.
But the merchant's son knew nothing of the event.
Aveva dimenticato tutto dell'uovo.
He had forgotten everything about the egg.
La porta dell'almirah era rimasta chiusa.
The door of the wall-almirah had been kept closed.
Tuttavia, il figlio del mercante non chiuse la porta a chiave.
However, the merchant's son did not lock the door.
Il bambino crebbe all'interno dell'almirah.
The child grew up within the wall-almirah.
Non sapeva nulla del figlio del mercante.

She had no knowledge of the merchant's son.

E non conosceva nessun altro.

Nor did she know of anyone else.

Quando il bambino imparò a camminare, la sua curiosità crebbe.

When the child could walk it grew curious.

E spinta dalla curiosità aprì la porta.

And out of curiosity she opened the door.

Anche quel giorno la madre aveva mandato la colazione.

That day, too, the mother had sent breakfast.

E la colazione era stata messa sul pavimento.

And the breakfast had been put on the floor.

Il bambino vide il cibo che era sul pavimento.

The child saw the food that was on the floor.

Naturalmente il bambino mangiò il cibo.

Of course the child ate from the food.

E poi il bambino tornò nel muro.

And then the child returned into the wall.

La madre del mercante preparava sempre molto cibo.

The merchant's mother always made a lot of food.

Era più cibo di quanto potesse mangiare.

It was more food than he could possibly eat.

Quindi non si accorse che mancava del cibo.

So he didn't notice that any food was missing.

La ragazza dell'almirah usciva ogni giorno.

The girl of the wall-almirah came out every day.

E ogni giorno mangiava una parte del cibo.

And every day she ate a part of the food.

Dopo aver mangiato il cibo tornò all'almirah.

After eating the food she returned to the almirah.

Ma col tempo la ragazza invecchiava sempre di più.

But with time the girl got older and older.

E con l'età diventava sempre più grande.

And with age she got bigger and bigger.

E più diventava grande, più aveva fame.

And the bigger she got the hungrier she got.

E cominciò a mangiare sempre più cibo ogni giorno.

And she began to eat more of the food each day.
Alla fine il figlio del mercante si accorse del cibo mancante.
Eventually the merchant's son noticed the missing food.
Ma non aveva modo di sapere dove fosse finito il cibo.
But he had no way of knowing where the food went.
L'ultima cosa che sospettava era una ragazza che viveva all'interno dell'almirah.
The last thing he suspected was a girl from inside the almirah.
E così giunse a una conclusione molto diversa.
And so he came to a very different conclusion.
"Perché la mamma manda così poca roba da mangiare?".
"Why is mother sending such a small quantity of food?".
E fece inviare un messaggio a sua madre.
And he had a message sent to his mother.
"Perché mi viene inviato cibo insufficiente?".
"Why am I being sent insufficient food?".
"E perché il piatto viene servito in modo così sciatto?".
"And why is the dish served so slovenly?".
Naturalmente sappiamo perché il cibo era insufficiente.
Of course we know why the food was insufficient.
E sappiamo perché il cibo è stato presentato in modo sciatto.
And we know why the food was presented slovenly.
La ragazza nel muro mangiò il suo cibo.
The girl from in the wall ate from his food.
E mentre mangiava, assaggiava il riso e il curry.
And as she ate she fingered the rice and curry.
E lei tornava sempre di corsa nella sua cella nel muro.
And she always hurried back into her cell in the wall.
In modo che nessuno la vedesse.
So that she would not be seen by anyone.
Non ebbe il tempo di sistemare il riso nel modo giusto.
She had no time to put the rice in proper order.
La madre rimase sbalordita dalle lamentele del figlio.
The mother was astonished at her son's complaint.
Gli diede più di quanto potesse mangiare.
She gave him more than he could eat.
Il cibo veniva servito su un piatto d'argento.

The food was served up on a silver plate.
E lei stessa sistemò ordinatamente il cibo.
And she neatly arranged the food herself.
Ma suo figlio ripeté la stessa lamentela ancora una volta.
But her son repeated the same complaint again.
Giorno dopo giorno si lamentava delle porzioni piccole.
Day after day he complained of the small portions.
Giorno dopo giorno si lamentava del cibo disordinato.
Day after day he complained of the messy food.
E così sua madre cominciò a sospettare che si trattasse di un gioco sporco.
And so his mother began to suspect foul play.
Disse al figlio di badare al cibo.
She told her son to watch over the food.
"Vedi se qualcuno sta mangiando il tuo cibo".
"See if anyone is eating your food".
Il giorno dopo un servitore portò il cibo.
The next day a servant brought the food.
Il servitore depose il cibo in un posto pulito.
The servant laid the food in a clean place.
Di solito il figlio del mercante faceva il bagno.
Normally the merchant's son took a bath.
Ma quel giorno non andò a fare il bagno.
But this day he did not go for a bath.
Quel giorno, invece, si nascose lì vicino.
Instead, on this day he hid himself nearby.
Dal suo nascondiglio poteva vedere il cibo.
From his hiding place he could see the food.
Il figlio del mercante non dovette aspettare a lungo.
The merchant's son did not have to wait for long.
Presto vide l'almirah aprirsi.
Soon he saw the wall-almirah open.
E vide uscire una bellissima fanciulla.
And he saw a beautiful damsel step out.
Non poteva avere più di sedici anni.
She could not have been more than sixteen.
Si sedette sul tappeto vicino alla colazione.

She sat on the carpet by the breakfast.
E cominciò a mangiare il cibo rimasto sul pavimento.
And she began to eat from the food left on the floor.
Il figlio del mercante uscì dal suo nascondiglio.
The merchant's son came out of his hiding-place.
E la fanciulla non poteva sfuggirgli.
And the damsel could not escape from him.
"Chi sei, bella creatura?".
"Who are you, beautiful creature?".
"Non sembri essere nato sulla Terra".
"You do not seem to be earth-born".
"Sei una delle figlie degli dei?".
"Are you one of the daughters of the gods?".
La ragazza rispose: "Non so chi sono".
The girl replied, "I do not know who I am".
"Ma c'è una cosa che so", continuò la ragazza.
"But there is one thing I do know," the girl continued.
"Un giorno mi sono ritrovato nell'almirah nel muro".
"One day I found myself in the almirah in the wall".
"E da allora vivo nel muro".
"And since then I have been living in the wall".
Il figlio del mercante pensò che la sua storia fosse strana.
The merchant's son thought her story was strange.
Ma poi rifletté ancora un po' sulla storia.
But then he thought a bit more about the story.
E si ricordò di ciò che era accaduto sedici anni prima.
And he remembered what happened sixteen years ago.
Ricordava il nido dell'uccello toontoori.
He remembered the nest of the toontoori bird.
E si ricordò di aver trovato un uovo nel nido.
And he remembered finding an egg in the nest.
E si ricordò di aver messo l'uovo nell'armadio.
And he remembered putting the egg in the almirah.
La ragazza dell'almirah era di una bellezza insolita.
The wall-almirah girl was of uncommon beauty.
E il figlio del mercante rimase colpito dalla sua bellezza.
And the merchant's son was struck by her beauty.

La sua bellezza gli lasciò una profonda impressione.
Her beauty made a deep impression on his mind.
E decise di sposarla.
And he resolved in his mind to marry her.
Da quel momento in poi la ragazza non rimase più nell'almirah.
From then on the girl didn't stay in the almirah.
Le fu assegnata una stanza nella casa del figlio del mercante.
She was given a room in the merchant's son's house.
Il giorno dopo il figlio del mercante scrisse un messaggio.
The next day the merchant's son wrote a message.
E fece inviare il messaggio a sua madre.
And he had the message sent to his mother.
È possibile intuire il tema generale del messaggio.
You can guess the general theme of the message.
Il figlio del mercante disse che gli sarebbe piaciuto sposarsi.
The merchant's son said he would like to get married.
La madre del figlio del mercante si rimproverò.
The mother of the merchant's son reproached herself.
Non aveva provato a trovare una moglie per suo figlio.
She had not tried to find a wife for his son.
Sentiva che avrebbe dovuto pensare al suo matrimonio.
She felt she should have thought of his marriage.
E così rispose prontamente al messaggio del figlio.
And so she promptly replied to her son's message.
Lei e suo padre avrebbero mandato dei ghatak.
She and her father were going to send out ghataks.
I ghatak sarebbero andati in paesi diversi.
The ghataks were going to go to different countries.
Lì sarebbero andati a cercare spose adatte.
There they were going to look for suitable brides.
Ma il figlio del mercante disse che non ce n'era bisogno.
But the merchant's son said there would be no need.
Si era assicurato una bella signorina.
He had secured himself a lovely young lady.
Se non avessero avuto obiezioni, gliela avrebbe presentata.
If they had no objection, he would introduce her to them.

E così la giovane donna fu condotta a casa del mercante.
And so the young lady was taken to the merchant's house.
Il mercante e sua moglie accolsero lo straniero.
The merchant and his wife welcomed the stranger.
E rimasero colpiti anche dalla sua ineguagliabile bellezza.
And they were also struck by her unmatched beauty.
La ragazza era di una bellezza e di una grazia perfette.
The girl was of perfect loveliness and grace.
I genitori non fecero domande sulla sua nascita.
The parents made no questions to her birth.
E le nozze furono celebrate lì e allora.
And the nuptials were celebrated there and then.

Nel corso del tempo il figlio del mercante ebbe due figli.
In the course of time the merchant's son had two sons.
Chiamò il maggiore dei figli Swet.
The elder of the sons he named Swet.
E al figlio più giovane diede il nome di Basanta.
And the younger son he named Basanta.
Dopo un po' di tempo il vecchio mercante morì.
After the passing of more time the old merchant died.
Così il figlio del mercante divenne il mercante stesso.
So the merchant's son now became the merchant.
E dopo qualche tempo morì anche sua madre.
And after some time his mother died too.
Swet e Basanta sono diventati dei bravi ragazzi.
Swet and Basanta grew up to be fine lads.
E il figlio maggiore a tempo debito si sposò.
And the elder son was in due time married.
Qualche tempo dopo il matrimonio di Swet morì anche sua madre.
Sometime after Swet's marriage his mother also died.
La ragazza nel muro non c'era più.
The girl from in the wall was no more.
Il vedovo non perse tempo e si risposò.
The widower lost no time in marrying again.
E aveva una nuova moglie, giovane e bella.

And he had a new young and beautiful wife.
La moglie di Swet era più anziana della sua matrigna.
Swet's wife was older than his stepmother.
Così sua moglie divenne la padrona di casa.
So his wife became the mistress of the house.
La matrigna era come tutte le matrigne.
The stepmother was like all stepmothers are.
Odiava Swet e Basanta con un odio assoluto.
She hated Swet and Basanta with a perfect hatred.
E anche le due signore non si sopportavano.
And the two ladies also couldn't stand each other.
Un giorno accadde che arrivò un pescatore.
It so happened one day that a fisherman came.
Il pescatore portò un pesce al mercante.
The fisherman brought to the merchant a fish.
Questo pesce era di una bellezza singolare e straordinaria.
This fish was of singular and remarkable beauty.
Era diverso da tutti gli altri pesci che erano stati visti prima.
It was unlike any other fish that had been seen.
E il pesce aveva anche altre qualità.
And the fish had other qualities too.
Il pescatore spiegò le meraviglie del pesce.
The fisherman explained the wonders of the fish.
"Se mangi questo pesce succederanno due cose".
"Two things will happen if you eat this fish".
"Quando ridi, ti cadranno delle maniks dalla bocca".
"When you laugh maniks will drop from your mouth".
"E quando piangerai, le perle cadranno dai tuoi occhi".
"And when you weep pearls will drop from your eyes".
Il mercante rimase sbalordito da ciò che aveva sentito.
The merchant was astounded by what he had heard.
E voleva le meravigliose proprietà del pesce.
And he wanted the wonderful properties of the fish.
E così comprò il pesce per mille rupie.
And so he bought the fish at one thousand rupees.
E mise il pesce nelle mani della moglie di Swet.
And he put the fish into the hands of Swet's wife.

Perché la moglie di Swet era la padrona di casa.
Because Swet's wife was the mistress of the house.
Le ordinò rigorosamente di cucinare bene il pesce.
He strictly instructed her to cook the fish well.
E le disse di dare il pesce a lui solo da mangiare.
And he told her to give the fish to him alone to eat.
La madre di casa, tuttavia, conosceva il segreto del pesce.
The house-mother however knew the fish's secret.
Aveva sentito per caso cosa aveva detto il pescatore.
She had overheard what the fisherman had said.
In segreto, nella sua mente, aveva elaborato un piano diverso.
Secretly she made a different plan in her mind.
Avrebbe cucinato il pesce per suo marito.
She was going to cook the fish for her husband.
E lei avrebbe condiviso il pesce con suo fratello.
And she was going to share the fish with his brother.
Per suo suocero avrebbe preparato una rana.
For her father-in-law she was going to prepare a frog.
Presto ebbe finito di cucinare il meraviglioso pesce.
Soon she had finished cooking the marvelous fish.
E aveva finito di cucinare anche una rana.
And she had finished cooking a frog too.
Ma dalla cucina si sentiva un litigio.
But from the kitchen she could hear a squabble.
Riusciva a sentire chi stava discutendo.
She could hear who it was that was arguing.
La suocera e il fratello di suo marito.
Her stepmother-in-law and her husband's brother.
E capì il motivo della discussione.
And she understood the cause of the argument.
Basanta era ancora un ragazzino.
Basanta was still but a young lad.
Ma lui amava appassionatamente i suoi piccioni.
But he was passionately fond of his pigeons.
E addomesticava molto bene i suoi piccioni.
And he tamed his pigeons very well.

Ciononostante, uno dei suoi piccioni era scappato.
Nonetheless, one of his pigeons had escaped.
E il piccione volò nella stanza della matrigna.
And the pigeon flew into his stepmother's room.
La matrigna nascose il piccione tra i suoi vestiti.
His stepmother hid the pigeon in her clothes.
Basanta si precipitò dietro al piccione nella stanza.
Basanta rushed after the pigeon into the room.
E chiese a gran voce di riavere indietro il piccione.
And he loudly demanded to have the pigeon back.
La matrigna negò di aver posseduto il piccione.
His stepmother denied having the pigeon.
Swet, tuttavia, sapeva di avere il piccione.
Swet, however, did know she had the pigeon.
E il fratello maggiore prese l'uccello con la forza.
And the older brother forcibly took the bird.
E liberò il piccione dai suoi vestiti.
And he freed the pigeon from her clothes.
E restituì il piccione al fratello.
And he gave the pigeon back to his brother.
La matrigna imprecò e imprecò, e aggiunse:
The stepmother cursed and swore, and added;
"Aspetta che torni il capofamiglia".
"Wait until the head of the house comes home".
"Non avrà acqua finché non avrà versato il tuo sangue".
"He will get no water till he sheds your blood".
La moglie di Swet chiamò il marito e gli disse:
Swet's wife called her husband and said to him;
"Mio carissimo signore, quella donna è una donna molto malvagia".
"My dearest lord, that woman is a most wicked woman".
"E ha un'influenza sconfinata su mio suocero".
"And she has boundless influence over my father-in-law".
"Lei gli farà fare ciò che ha minacciato".
"She will make him do what she has threatened".
"Tutte le nostre vite sono in pericolo imminente".
"All our lives are in imminent danger".

«Ma prima mangiamo un po'», aggiunse.
"But let us first eat a little," she added.
"E poi scappiamo tutti e tre da questo posto".
"And then let us all three run away from this place".
Swet chiamò subito Basanta.
Swet forthwith called Basanta to him.
E gli raccontò ciò che aveva sentito da sua moglie.
And he told him what he had heard from his wife.
Decisero di scappare prima del tramonto.
They resolved to run away before nightfall.
La donna mise il pesce davanti al marito.
The woman placed before her husband the fish.
E anche suo cognato mangiò il pesce.
And her brother-in-law ate of the fish too.
E mangiarono il pesce con gusto.
And they ate of the fish heartily.
La donna ripose tutti i suoi gioielli in una scatola.
The woman packed up all her jewels in a box.
C'era un solo cavallo nella stalla.
There was only one horse in the stables.
Ma il cavallo era di una rapidità non comune.
But the horse was of uncommon fleetness.
Potrebbero sedersi tutti insieme sul cavallo.
They could all sit on the horse together.
Swet teneva le redini del cavallo.
Swet held the reins of the horse.
La donna sedeva in mezzo al cavallo.
The woman sat in the middle of the horse.
E aveva il portagioie in grembo.
And she had the jewel-box in her lap.
E Basanta sedeva sul retro del cavallo.
And Basanta sat on the rear of the horse.
Il cavallo galoppava con la massima rapidità.
The horse galloped with the utmost swiftness.
Attraversarono molte città semplici e rinomate.
They passed through many a plain and noted town.
Dopo mezzanotte si ritrovarono in una foresta.

After midnight they found themselves in a forest.

E non erano lontani dalle rive di un fiume.

And they were not far from the banks of a river.

Qui si verificò l'evento più spiacevole.

Here the most untoward event took place.

La moglie di Swet cominciò ad avvertire i dolori del parto.

Swet's wife began to feel the pains of child-birth.

Scesero da cavallo senza indugio.

They dismounted from the horse without delay.

E nel giro di un'ora la moglie di Swet diede alla luce un figlio.

And within an hour Swet's wife gave birth to a son.

Cosa dovevano fare i due fratelli in questa foresta?

What were the two brothers to do in this forest?

Sapevano che bisognava accendere un fuoco.

They knew that a fire had to be kindled.

La madre e il neonato avevano bisogno di calore.

The mother and the new-born baby needed warmth.

Ma da dove si poteva prendere il fuoco?

But from where was there fire to be gotten?

Non erano visibili abitazioni umane.

There were no human habitations visible.

Ciononostante, era necessario procurarsi un fuoco.

Nonetheless, a fire had to be procured.

Ed era il mese invernale di dicembre.

And it was the winter month of December.

La madre e il bambino morirebbero sicuramente.

The mother and the baby would certainly perish.

Swet disse a Basanta di sedersi accanto alla moglie.

Swet told Basanta to sit beside his wife.

E partì nell'oscurità della notte.

And he set out in the darkness of the night.

E andò a cercare legna per accendere il fuoco.

And he went in search of wood to make a fire.

Swet camminò per molti chilometri nell'oscurità.

Swet walked many a mile through the darkness.

Ma nonostante la distanza non vide alcuna abitazione umana.
But despite the distance he saw no human habitations.
Ma alla fine i suoi occhi ricevettero un po' di aiuto.
But eventually his eyes were given some help.
La luce geniale di Sukra illuminò in qualche modo il suo cammino.
The genial light of Sukra somewhat illumined his path.
E vide in lontananza quella che sembrava una grande città.
And he saw at a distance what seemed a large city.
Si stava congratulando con se stesso per la fine del suo viaggio.
He was congratulating himself on his journey's end.
E si congratulò con se stesso per aver trovato il fuoco.
And he congratulated himself for finding fire.
L'incendio che avrebbe dovuto portare beneficio alla sua povera moglie.
The fire that was going to benefit his poor wife.
Sua moglie giaceva al freddo nella foresta.
His wife that was lying cold in the forest.
L'incendio che avrebbe salvato il suo bambino appena nato.
The fire that was going to save his new-born child.
Il neonato nato nel freddo.
The new-born baby born into the coldness.
All'improvviso un elefante gli attraversò la strada.
Suddenly an elephant shot across his path.
L'elefante era splendidamente bardato.
The elephant was gorgeously caparisoned.
E l'elefante lo prese delicatamente con la proboscide.
And the elephant gently picked him with his trunk.
Lo mise sulla schiena della ricca howdah.
He placed him on the rich howdah on its back.
Poi l'elefante si diresse rapidamente verso la città.
The elephant then walked rapidly towards the city.
Swet rimase piuttosto sconcertato dagli eventi.
Swet was quite taken aback by the events.
Non capiva le azioni dell'elefante.

He did not understand the elephant's actions.
E si chiese cosa lo aspettasse.
And he wondered what was in store for him.
Una corona è ciò che gli era riservato.
A crown is that which was in store for him.
Veniva condotto nella città principale di un regno.
He was being taken to the chief city of a kingdom.
In questo regno ogni mattina veniva eletto un re.
In this kingdom every morning a king was elected.
Perché i re di questa città durarono solo un giorno.
Because the kings of this city lasted but a day.
Ogni notte il nuovo re raggiungeva la regina nella sua stanza.
Every night the new king joined the queen in her room.
E ogni mattina il re precedente veniva trovato morto.
And every morning the previous king was found dead.
Nessuno sapeva cosa avesse causato la morte dei re.
No one knew what caused the deaths of the kings.
Nemmeno la regina sapeva cosa avesse causato la loro morte.
Not even the queen knew what caused their death.
Quindi questo regno aveva il suo re-maker.
So this kingdom had its own king-maker.
L'elefante che all'improvviso afferrò Swet.
The elephant who suddenly took hold of Swet.
La mattina presto l'elefante vagava in giro.
Early in the morning the elephant roamed about.
A volte l'elefante si recava in luoghi lontani.
Sometimes the elephant went to distant places.
E ogni sera l'elefante tornava con un uomo.
And every evening the elephant returned with a man.
L'uomo sull'elefante divenne il loro re.
The man on the elephant's became their king.
L'elefante marciava maestosamente per le strade.
The elephant majestically marched through the streets.
Una folla di persone accolse il nuovo re.
A crowd of people welcomed their new king.

Ma Swet non capiva ancora il motivo delle loro acclamazioni.
But Swet did not yet understand their cheers.
L'elefante entrò nel palazzo del regno.
The elephant entered the kingdom's palace.
E l'elefante mise Swet sul trono.
And the elephant placed Swet on the throne.
Tra grande gioia fu proclamato re.
Amid much rejoicing he was proclaimed king.
Ma tra la folla si levarono anche lamenti.
But there were lamentations in the crowd too.
Nel corso della giornata venne a conoscenza della maledizione.
In the course of the day he heard of the curse.
La morte notturna di ogni re appena eletto.
The nightly death of every newly elected king.
Ma Swet era dotato di grande discrezione.
But Swet was possessed of great discretion.
E ha avuto il coraggio di non tentare la fuga.
And he had the courage not to try an escape.
Prese tutte le precauzioni possibili.
He took every precaution that he could take.
Ma non sapeva come evitare la catastrofe.
But he did not know how to avert the catastrophe.
E non sapeva quali espedienti adottare.
And he knew not what expedients to adopt.
Perché non conosceva la natura del pericolo.
Because he didn't know the nature of the danger.
Tuttavia decise di fare due cose:
He resolved, however, upon two things;
Stava per entrare armato nella camera da letto.
He was going to go armed into the bedchamber.
E sarebbe rimasto sveglio tutta la notte.
And he was going to stay awake the whole night.
La regina era giovane e di squisita bellezza.
The queen was young and of exquisite beauty.
L'espressione del suo volto era innocente e benevola.

Guileless and benevolent was the expression of her face.
Era impossibile attribuirle alcuna malizia.
It was impossible to attribute her any malice.
Nessuno credeva che fosse stata lei a causare la morte di tutti i re.
No one believed she caused all the kings' deaths.
Nella camera della regina Swet trascorse una piacevole serata.
In the queen's chamber Swet spent an agreeable evening.
Con l'avanzare della notte la regina si addormentò.
As the night advanced the queen fell asleep.
Ma Swet rimase sveglio e all'erta.
But Swet kept awake, and was on the alert.
Osservò ogni angolo e fessura della stanza.
He looked at every creek and corner of the room.
E si aspettava che ogni minuto venisse assassinato.
And he expected every minute to be murdered.
Ma la regina non si alzò per ucciderlo.
But the queen did not rise to murder him.
E nessuno entrò nella stanza per ucciderlo.
And no one entered the room to murder him either.
E non provava altro che sonnolenza.
Nor did he feel anything other than sleepiness.
Ma nel cuore della notte percepì qualcosa.
But in the dead of night he perceived something.
Un filo usciva dalla narice della regina.
A thread was coming out the queen's nostril.
Il filo era così sottile che era quasi invisibile.
The thread was so thin that it was almost invisible.
Lentamente il filo raggiunse diversi metri di lunghezza.
Slowly the thread reached several yards in length.
E alla fine è uscito tutto il filo.
And eventually all the thread came out.
Solo allora il filo cominciò a diventare più spesso.
Only then did the thread begin to grow thicker.
Ben presto il filo assunse la sua vera forma.
Soon the thread took on its real shape.

Il filo era in realtà un enorme serpente.

The thread was in fact a huge serpent.

Immediatamente Swet tagliò la testa del serpente.

Immediately Swet cut off the head of the serpent.

Il corpo del serpente si dimenava violentemente.

The body of the serpent wriggled violently.

Rimase seduto in silenzio nella stanza, aspettandosi altre avventure.

He sat quiet in the room, expecting other adventures.

Ma per il resto della notte non accadde nient'altro.

But nothing else happened the rest of the night.

La regina dormì più a lungo del solito.

The queen slept longer than usual.

Perché era stata liberata dall'enorme serpente.

Because she had been relieved of the huge snake.

La mattina seguente, di buon'ora, arrivarono i ministri.

Early next morning the ministers came.

Si aspettavano di sapere della morte del re.

They were expecting to hear of the king's death.

Le signore della camera da letto bussarono alla porta.

The ladies of the bedchamber knocked at the door.

Ma con loro grande stupore, Swet uscì.

But to their astonishment Swet come out.

Il popolo venne a conoscenza del mistero della morte di tutti i re.

The folk learned the mystery of all the kings' deaths.

E ora il paese festeggiava il suo re permanente.

And now the country rejoiced their permanent king.

Probabilmente avrai notato una cosa strana.

There is a strange thing you probably noticed.

Swet non ricordava più la moglie che aveva lasciato.

Swet did not remember his wife he left behind.

È una cosa strana, ma è vera.

It is a strange thing, nevertheless it is true.

Né si ricordava del neonato indifeso.

Nor did he remember the defenseless new-born babe.

E non si ricordava nemmeno di suo fratello.

And he did not remember his brother either.

Non ebbe il tempo di ricordare quando arrivò l'elefante.

He had no time to remember when the elephant came.

La prima notte dovette preoccuparsi per la propria vita.

On the first night he had to worry for his own life.

E ora la corona gli portò l'oblio.

And now the crown brought on his forgetfulness.

Ma aveva affidato la moglie e il figlio a Basanta.

But he had entrusted his wife and child to Basanta.

E suo fratello rimase seduto ad aspettare per molte ore faticose.

And his brother sat waiting for many weary hours.

Da un momento all'altro si aspettava di vedere Swet tornare con il fuoco.

Every moment he expected to see Swet return with fire.

Ma l'intera notte trascorse senza che lui tornasse.

But the whole night passed away without his return.

All'alba si recò sulla riva del fiume.

At sunrise he went to the bank of the river.

Lì guardò ansiosamente intorno in cerca del fratello.

There he anxiously looked about for his brother.

Ma la sua attesa e la sua ricerca furono vane.

But his waiting and searching were all in vain.

Angosciato oltre ogni dire, pianse sulla riva del fiume.

Distressed beyond measure, he wept at the riverside.

Mentre piangeva, passò una barca.

As he was weeping a boat was passing by.

Sulla barca c'era un mercante che tornava dal suo lavoro.

In the boat a merchant was returning from business.

La barca non era lontana dalla riva.

The boat was not far from the shore.

Così il mercante poté vedere Basanta piangere.

So the merchant could see Basanta weeping.

Qualcosa attirò l'attenzione del commerciante.

Something struck the attention of the merchant.

Accanto all'uomo piangente sembrava esserci un mucchio di perle.

By the weeping man appeared to be a pile of pearls.
Il mercante chiese al barcaiolo di fermarsi.
The merchant requested the boatman to halt.
E il mercante andò dall'uomo che piangeva.
And the merchant went to the weeping man.
Accanto all'uomo piangente c'era in realtà un mucchio di perle.
By the weeping man was in fact a pile of pearls.
E le perle erano della massima qualità.
And the pearls were of the highest quality.
E un'altra cosa stupì il mercante.
And another thing astonished the merchant.
Il mucchio di perle diventava più grande ogni secondo.
The pile of pearls grew larger every second.
Perché l'uomo stava piangendo, ma non lacrime.
Because the man was crying, but not tears.
Perché le sue lacrime si trasformarono in perle sul terreno.
Because his tears turned to pearls on the ground.
Il mercante nascose le perle nella sua barca.
The merchant stowed away the pearls into his boat.
Allora il mercante chiese aiuto ai suoi servi.
Then the merchant got his servants to help him.
E insieme catturarono l'uomo che piangeva.
And together they captured the crying man.
Lo misero a bordo della nave.
They put him on board of the vessel.
E lo legò a uno degli alberi della nave.
And he tied him to one of the ship's masts.
Basanta, naturalmente, fece del suo meglio per resistere.
Basanta, of course, tried his best to resist.
Ma cosa poteva fare contro così tanti marinai?
But what could he do against so many sailors?
Pensò a suo fratello che non era mai tornato.
He thought of his brother who never returned.
Pensò alla cognata nella foresta.
He thought of his sister-in-law in the forest.
E pensò alla sua nipotina appena nata.

And he thought of his newly born niece.

E pianse ancora più amaramente di prima.

And he cried even more bitterly than before.

Il suo pianto piacque moltissimo al mercante.

His weeping mightily pleased the merchant.

Perché altre perle cadevano a terra.

Because even more pearls were falling to the ground.

E il mercante divenne sempre più ricco.

And the merchant became richer and richer.

Alla fine il mercante raggiunse la sua città natale.

Eventually the merchant reached his native town.

Quando arrivarono, rinchiuse Basanta in una stanza.

When they got there he confined Basanta in a room.

Ogni giorno, a orari stabiliti, lo faceva frustare.

At stated hours every day he had him whipped.

Per fargli versare ancora più lacrime.

In order to make him shed yet more tears.

E ogni lacrima si trasformava in una perla luminosa.

And every tear converted into a bright pearl.

Un giorno il mercante disse ai suoi servi:

The merchant one day said to his servants;

"Quel tizio mi sta rendendo ricco con il suo pianto".

"The fellow is making me rich by his weeping".

"Vediamo cosa mi dà ridendo".

"Let us see what he gives me by laughing".

Di conseguenza, cominciò a fare il solletico al suo prigioniero.

Accordingly, he began to tickle his captive.

Dopo essere stato solleticato, Basanta cominciò a ridere.

Upon being tickled Basanta began to laugh.

Naturalmente non rideva di felicità.

Of course he was not laughing out of happiness.

Ma nonostante ciò, dalla sua bocca caddero delle maniks.

But none the less maniks dropped from his mouth.

Dopo questo, Basanta non fu più solo frustato.

After this Basanta was not just whipped anymore.

Ora veniva alternativamente frustato e solleticato.

Now he was alternately whipped and tickled.
Veniva sfruttato per tutto il giorno e fino a notte fonda.
All day and far into the night he was exploited.
La ricchezza del mercante aumentava giorno e notte.
The merchant's wealth increased day and night.
Ben presto divenne l'uomo più ricco del paese.
Soon he became the wealthiest man in the land.
Ma torneremo più avanti sulla sottomissione di Basanta.
But let us return to Basanta's subjugation later.
Ora rivolgiamo la nostra attenzione alla moglie di Swet.
Now let us turn our attention to Swet's wife.

La moglie abbandonata di Swet era ancora nella foresta.
Swet's abandoned wife was still in the forest.
Aveva appena dato alla luce il suo bambino.
She had just given birth to her child.
Ma ora era sola nella foresta.
But now she was alone in the forest.
Per prima cosa, suo marito l'aveva abbandonata.
First her husband had abandoned her.
E ora anche suo cognato l'ha abbandonata.
And now her brother-in-law abandoned her too.
Immaginate quanto si sia sentita sopraffatta dal dolore.
Imagine how overwhelmed with grief she felt.
Solo, in una foresta, lontano dalla civiltà.
Alone, and in a forest, far from civilization.
Il suo caso meritava davvero compassione.
Her case was indeed deserving of sympathy.
Pianse fiumi di lacrime tristi e solitarie.
She wept rivers of sad and lonely tears.
Tuttavia, il dolore eccessivo le portò sollievo.
Excessive grief, however, brought her relief.
Si addormentò con il neonato tra le braccia.
She fell asleep with the new-born in her arms.
Mentre dormiva profondamente accadde un'altra tragedia.
While she was deep in sleep another tragedy took place.
Capitò che il Kotwal stesse passando di lì.

It so happened that the Kotwal was passing by.

Di recente aveva subito la sua stessa disgrazia.

He had recently suffered his own misfortune.

Ma la sua sfortuna era di natura diversa.

But his misfortune was of a different nature.

I figli che sua moglie aveva avuto morirono poco dopo la nascita.

The children his wife bore died shortly after birth.

E ora stava per seppellire l'ultimo neonato.

And he was now going to bury the last infant.

Si stava dirigendo verso le rive del fiume.

He was heading to the banks of the river.

Il luogo in cui furono sepolti gli altri neonati.

The place where the other infants were buried.

Ma poi vide la donna che dormiva nella foresta.

But then he saw the woman sleeping in the forest.

E la vide tenere in braccio un bambino.

And in her arms he saw her holding a baby.

Il neonato era un maschietto vivace e bello.

The infant was a lively and beautiful boy.

La sua vivacità non disturbò il sonno della madre.

His liveliness did not disturb his mother's sleep.

I Kotwal desideravano molto la bella bambina.

The Kotwal wanted the lovely infant very much.

Prese silenziosamente il bambino dalla madre.

He quietly took the child from his mother.

E tra le sue braccia pose il suo bambino morto.

And in her arms he placed his own dead child.

Naturalmente non è questo che poteva dire alla moglie.

Of course this is not what he could tell his wife.

"Pensavamo entrambi che nostro figlio fosse morto".

"We both thought that our son had died".

"E portai il suo corpo sulla riva del fiume".

"And I carried his body to the river bank".

"E fu allora che accadde un miracolo".

"And that was when a miracle occurred".

"Ancora una volta nostro figlio ha aperto i suoi giovani occhi".
"Once more our son opened his young eyes".
"E ora abbiamo un bambino bellissimo e vivace".
"And now we have a beautiful and lively boy".
Ma la moglie di Swet non conosceva la verità sugli eventi.
But Swet's wife did not know the true events.
Quando si svegliò teneva tra le braccia il bambino morto.
When she woke she held the dead child in her arms.
E pensava che fosse suo figlio a essere morto.
And she thought it was her child that had died.
Si può facilmente immaginare la sofferenza della sua mente.
The distress of her mind may easily be imagined.
Il mondo intero divenne oscuro per lei.
The whole world became dark to her.
Era distratta dalla perdita del figlio.
She was distracted by the loss of her child.
E nella sua distrazione prese una decisione.
And in her distraction she formed a resolution.
Aveva deciso di togliersi la vita.
She had resolved to take her own life.
Il fiume non era lontano dal luogo in cui aveva dormito.
The river was not far from where she had slept.
E decise di annegarsi nel fiume.
And she determined to drown herself in the river.
Prese in mano il fascio di gioielli.
She took in her hand the bundle of jewels.
E poi si diresse verso la riva del fiume.
And then she proceeded to the river-side.
Un vecchio bramino non si trovava molto lontano.
An old Brahman was at no great distance.
Il bramino stava eseguendo le abluzioni mattutine.
The Brahman was performing his morning ablutions.
Notò la donna che entrava in acqua.
He noticed the woman going into the water.
Naturalmente pensò che lei stesse per fare il bagno.
Naturally he thought that she was going to bathe.

Ma poi la vide addentrarsi nelle acque profonde.
But then he saw her going into the deep waters.
Qualcosa di simile al sospetto gli attraversò la mente.
Something akin to suspicion arose in his mind.
Il Brahmano interruppe le sue devozioni.
The Brahman discontinued his devotions.
Anche lui si diresse verso la profondità del fiume.
He too waded out towards the river's depth.
E ordinò alla donna di venire da lui.
And he ordered the woman to come to him.
La moglie di Swet sentì il vecchio chiamarla.
Swet's wife heard the old man calling her.
Così tornò sui suoi passi fino al vecchio.
So she retraced her steps to the old man.
"Quali erano le tue intenzioni?" chiese il Braham.
"What were your intentions?" asked the Braham.
E la donna confermò i suoi sospetti.
And the woman confirmed his suspicions.
"Stavo per porre fine alla mia vita".
"I was going to put an end to my life".
E ringraziò il Brahmano per averla salvata.
And she thanked the Brahman for saving her.
"Accetta questi gioielli come segno di apprezzamento".
"Accept these jewels as a sign of appreciation".
Il Brahmano accettò il segno di apprezzamento.
The Brahman accepted the sign of appreciation.
Ma lui era più interessato alla sua storia.
But he was more interested in her story.
E su sua richiesta raccontò la sua storia.
And at his request she related her story.
Era scappata dalla suocera.
She had escaped from her stepmother in law.
Nella foresta diede alla luce un bambino.
In the forest she gave birth to a child.
Per prima cosa suo marito andò a cercare il fuoco.
First her husband went looking for fire.
Ma suo marito non tornò mai più da lei.

But her husband never came back to her.
Poi il cognato cercò il marito.
Then her brother-in-law looked for her husband.
Ma anche il cognato non tornò.
But her brother-in-law did not return either.
Alla fine si addormentò con il suo bambino.
Eventually she fell asleep with her child.
Ma quando si svegliò, il suo bambino era morto.
But when she woke her child was dead.
E fu allora che decise di annegarsi.
And that's when she decided to drown herself.
Provò sollievo nel raccontare il suo destino.
She felt the relieve of telling her fate.
Il bramino invitò la donna a casa sua.
The Brahman invited the woman to his house.
E la donna fu accolta nella sua famiglia.
And the woman was accepted into his family.
La moglie del bramino la trattava come una figlia.
The Brahman's wife treated her like a daughter.
E trascorse anni con la sua nuova famiglia.
And she spent years with her new family.
Swet trascorse quegli anni nel suo regno.
Swet spend those years in his kingdom.
Basanta trascorse quegli anni sotto tortura.
Basanta spent those years being tortured.
E il figlio adottivo dei Kotwal crebbe.
And the adopted son of the Kotwal grew up.
La casa del Brahmano non era lontana da quella del Kotwal.
The Brahman's house was not far from the Kotwal's.
Così il figlio del Kotwal incontrò la figlia adottiva del Brahmano.
So the Kotwal's son met the Brahman's adopted daughter.
E il ragazzo pensò di essersi innamorato di lei.
And the lad thought he fell in love with her.
Parlò della donna al padre.
He spoke to his father about the woman.
E il padre parlò al Brahmano della donna.

And the father spoke to the Brahman about the woman.
La rabbia del Brahmano non conosceva limiti.
The Brahman's rage knew no bounds.
«Che insolenza è questa!» protestò il Brahmano.
"What is this insolence!" the Brahman protested.
"Tuo figlio è figlio di un infedele".
"Your son is the son of an infidel".
"Come può aspirare alla mano della figlia di un Brahmano!?".
"How can he aspire to the hand of a Brahman's daughter!?".
"Un nano potrebbe anche aspirare ad afferrare la luna!".
"A dwarf may as well aspire to catch hold of the moon!".
Ma il figlio di Kotwal decise di rapirla con la forza.
But the Kotwal's son determined to have her by force.
Un giorno scalò il muro della casa del Brahmano.
One day he scaled the wall of the Brahman's house.
Salì sul tetto di paglia della stalla.
He got upon the thatched roof of the cow-house.
E da quella posizione elevata fece una ricognizione.
And from that lofty position he reconnoitered.
E vide due giovani vitelli sotto di lui.
And he saw two young calves below him.
E sentì per caso la conversazione di due giovani vitelli.
And he overheard the conversation of two young calves.
"Gli uomini ci accusano di brutale ignoranza e immoralità".
"Men accuse us of brutish ignorance and immorality".
"Ma secondo me gli uomini sono cinquanta volte peggio".
"But in my opinion men are fifty times worse".
"Cosa ti fa dire questo, fratello?" chiese il vitello.
"What makes you say so, brother?" the calf asked.
"Hai assistito a casi di depravazione umana?".
"Have you witnessed instances of human depravity?".
"Chi è un mostro più grande del figlio di Kotwal?".
"Who is a greater monster than the Kotwal's son?".
"Lo stesso ragazzo in piedi sul tetto di paglia".
"The same lad standing on the thatched roof".
"Il tetto di questa capanna sopra le nostre teste".

"The roof of this hut above our heads".
"Pensavo fosse solo il figlio del nostro Kotwal".
"I thought he was just the son of our Kotwal".
"Non ho mai sentito dire che fosse particolarmente cattivo".
"I never heard that he was exceptionally vicious".
"Forse non hai mai sentito parlare della sua malvagità".
"You may have never heard of his wickedness".
«Ma ora sentirete da me la sua malvagità».
"But now you will hear of his wickedness from me".
"Questo ragazzo malvagio sta ora facendo piani immorali".
"This wicked lad is now making immoral plans".
"Sta cercando di sposare sua madre!".
"He is trying get married to his own mother!".
Poi il Primo Vitello raccontò tutta la storia.
The First Calf then related the whole story.
E il curioso Secondo Vitello ascoltò.
And the inquisitive Second Calf listened.
E il vitello raccontò la storia di Swet e Basanta.
And the calf told Swet's and Basanta's story.
"Un mercante costruì una casa per suo figlio"
"A merchant built a house for his son"
"Nel giardino della casa c'era un uccello Toontooni"
"In the garden of the house was a Toontooni bird"
"Nel nido dell'uccello Toontooni c'era un uovo"
"In the nest of the Toontooni bird was an egg"
"Il figlio del mercante mise l'uovo in un armadio"
"The merchant's son put the egg in an almirah"
"Dall'uovo è uscita una bellissima ragazza"
"Out of the egg came a beautiful girl"
**"Alla fine il figlio del mercante sposò questa bellissima
ragazza"**
"Eventually the merchant's son married this beautiful girl"
"Insieme ebbero due figli: Swet e Basanta"
"Together they had two children; Swet and Basanta"
"Qualche tempo dopo morì il nonno dei bambini"
"Some time later the grandfather of the children died"
"Qualche tempo dopo morì di nuovo anche la loro nonna"

"Some time later again their grandmother died too"
"Al momento giusto, il figlio maggiore, Swet, si sposò"
"At the right time, the oldest son, Swet, got married"
"Sua madre, la donna Toontooni, morì qualche tempo dopo"
"His mother, the Toontooni woman, died sometime later"
"Poco dopo il loro padre sposò una donna più giovane"
"Soon after their father married a younger woman"
"Ma la loro nuova matrigna odiava i suoi figliastri"
"But their new stepmother hated her stepsons"
"E odiava anche la sua nuova nuora"
"And she also hated her new stepdaughter-in-law"
"Un giorno un pescatore si recò per caso dal mercante"
"One day a fisherman happened to visit the merchant"
"Il Pescatore aveva venduto al mercante un pesce magico"
"The Fisherman had sold the merchant a magical fish"
"Chiunque mangiasse il pesce si farebbe una bella risata"
"Whoever ate the fish would laugh maniks"
"E chiunque mangiasse il pesce piangerebbe perle"
"And whoever ate the fish would weep pearls"
"Lo stesso giorno ci fu una discussione per dei piccioni"
"The same day there was an argument over some pigeons"
"La matrigna era terribilmente vendicativa nei confronti dei suoi figliastri"
"The stepmother was terribly vengeful to her stepsons"
"E giurò vendetta ai suoi figliastri "
"And she swore revenge on her stepsons"
"Quel giorno Swet, sua moglie e Basanta fuggirono"
"That day Swet, his wife, and Basanta escaped"
"Ma prima di partire mangiarono il pesce magico"
"But before leaving they ate the magical fish"
"Durante il viaggio la moglie di Swet diede alla luce un bambino"
"On their journey Swet's wife gave birth to a baby boy"
"Swet andò a cercare legna per accendere il fuoco"
"Swet went to look for wood to make a fire"
"Ma fu portato via da un elefante"
"But he was carried away by an elephant"

"Fu portato da una regina infestata da un serpente "
"He was taken to a Queen haunted by a snake"
"Ma egli riuscì a uccidere il serpente"
"But he succeeded in killing the serpent"
"E così divenne re della terra"
"And so he became king of the land"
"Basanta andò a cercare suo fratello"
"Basanta went looking for his brother"
"Ma fu catturato da un mercante"
"But he was captured by a merchant"
"E ora viene frustato e solleticato ogni giorno"
"And now he's flogged and tickled daily"
"E piange perle e ride maniks"
"And he cries pearls and laughs maniks"
"Il figlio del Kotwal era morto quella notte"
"The Kotwal's son had died that night"
"Così i Kotwal scambiarono i due bambini"
"So the Kotwal exchanged the two babies"
"La madre non poteva sopportare la perdita del figlio"
"The mother couldn't bear the loss of her child"
"Così prese la decisione di annegarsi"
"So she made the decision to drown herself"
"Ma c'era un Brahmano che le salvò la vita"
"But there was a Brahman that saved her life"
"E questo Brahman la prese nella sua casa"
"And this Brahman took her into his home"
"Il figlio di Kotwal è cresciuto come un ragazzo robusto"
"The Kotwal's son grew up a hardy boy"
"E si innamorò della donna"
"And he fell in love with the woman"
"E ora è sul tetto"
"And now he stands on the roof"
"E lui è intenzionato ad avere la donna"
"And he's intent on having the woman"
Tutto questo il figlio di Kotwal udì.
All this the Kotwal's son heard.
E fu colpito dall'orrore.

And he was struck with horror.
Scese subito dal tetto di paglia.
He forthwith got down from the thatch.
E tornò a casa da suo padre.
And he went home to his father.
E disse che doveva parlare con il re.
And he said he must speak with the king.
Il padre protestò contro la richiesta.
The father protested against the request.
Ma ottenne un colloquio con il re.
But he got an interview with the king.
Raccontò al re dei due vitelli.
He told the king about the two calves.
E ripeté tutta la storia.
And he repeated the whole story.
Il re ora si ricordò della sua povera moglie.
The king now remembered his poor wife.
Così un servitore fu mandato dal Brahmano.
So a servant was sent to the Brahman.
E il Brahmano fu ampiamente ricompensato.
And the Brahman was richly rewarded.
E sua moglie fu riportata a palazzo.
And his wife was brought back to the palace.
Sua moglie è stata rimessa nella posizione che le spetta.
His wife was put in her proper position.
E divenne regina del regno.
And she became queen of the kingdom.
Il presunto figlio del Kotwal venne riadottato.
The reputed son of the Kotwal was readopted.
E fu proclamato erede al trono.
And he was proclaimed heir to the throne.
Basanta fu portato fuori dalla prigione.
Basanta was brought out of the dungeon.
E il malvagio mercante fu sepolto vivo.
And the wicked merchant was buried alive.
E furono messe delle spine nella sua sepoltura.
And thorns were put in his burying-place.

E tutti vissero insieme felici e contenti per molti anni.
And all lived together happily for many years.
Swet, sua moglie e suo figlio, e Basantas.
Swet, his wife and son, and Basantas.

Il malocchio di Sani
The Evil Eye of Sani

C'era una volta Sani e Lakshmi che litigarono.
Once upon a time Sani and Lakshmi fell out with each other.
Sani, noto anche come Saturno, è il dio della sfortuna.
Sani, also known as Saturn, is the God of bad luck.
E Lakshmi è la dea della buona fortuna.
And Lakshmi is the Goddess of good luck.
E questi due Dei litigarono tra loro in cielo.
And these two Gods fell out with each other in heaven.
Sani ha affermato di avere un rango superiore a quello di Lakshmi.
Sani said he was higher in rank than Lakshmi.
E Lakshmi disse che aveva un rango più alto di Sani.
And Lakshmi said she was higher in rank than Sani.
Ma gli Dei erano tanti quante le Dee.
But there were just as many Gods as there were Goddesses.
Pertanto la disputa non poteva essere risolta in cielo.
Therefore the dispute could not be settled in heaven.
Le divinità contendenti concordarono di deferire la questione agli umani.
The contending deities agreed to refer the matter to humans.
Gli umani erano noti per la saggezza e la giustizia.
The humans had a name for wisdom and justice.
A quel tempo sulla Terra viveva un uomo di nome Sribatsa.
There lived at that time upon earth a man named Sribatsa.
(Sri è un altro nome di Lakshmi).
(Sri is another name of Lakshmi).
(E "batsa" è un altro termine per bambino).
(And "batsa" is another word for child).
(quindi Sribatsa significa letteralmente "il figlio della fortuna").
(so Sribatsa literally means "the child of fortune").
Sribatsa aveva tanta saggezza quanta ricchezza.
Sribatsa had as much wisdom as he had wealth.
Ed era tanto giusto quanto ricco.

And he was as fair as he was rich, too.
Fu quindi un buon giudice per la controversia.
He was therefore a good judge for the dispute.
E il Dio e la Dea concordarono che lui avrebbe potuto giudicare il loro caso.
And the God and Goddess agreed he could judge their case.
Un giorno, di conseguenza, Sribatsa venne contattato.
One day, accordingly, Sribatsa was contacted.
Gli fu detto che Sani e Lakshmi sarebbero andati da lui.
He was told that Sani and Lakshmi would come to him.
E gli fu detto che volevano che lui risolvesse la loro disputa.
And he was told they wished for him to settle their dispute.
Ciò mise Sribatsa in una situazione delicata.
This put Sribatsa in a delicate situation.
Poteva dire che Sani aveva un rango superiore a Lakshmi.
He could say Sani was higher in rank than Lakshmi.
Ma poi si sarebbe arrabbiata con lui e lo avrebbe abbandonato.
But then she would be angry with him and forsake him.
Poteva dire che Lakshmi aveva un rango più alto di Sani.
He could say Lakshmi was higher in rank than Sani.
Ma poi Sani gli lanciava il suo sguardo maligno.
But then Sani would cast his evil eye upon him.
Decise di non dire nulla direttamente.
He made up his mind not to say anything directly.
Il dio e la dea dovevano osservare le sue azioni.
The god and the goddess had to observe his actions.
E dalle sue azioni potevano ricavare le loro opinioni.
And from his actions they could gather their opinions.
Sribatsa ordinò la realizzazione di due sedie.
Sribatsa ordered two chairs to be made.
Una delle sedie era fatta d'oro.
One of the chairs was made from gold.
E l'altra sedia era fatta d'argento.
And the other chair was made from silver.
E mise le due sedie accanto a sé.
And he placed the two chairs beside himself.

Arrivò il giorno in cui Sani e Lakshmi visitarono Sribatsa.

The day came when Sani and Lakshmi visited Sribatsa.

Disse a Sani di sedersi sulla sedia d'argento.

He told Sani to sit upon the silver chair.

E disse a Lakshmi di sedersi sulla sedia d'oro.

And he told Lakshmi to sit upon the gold chair.

Sani impazzì di rabbia e parlò con rabbia;

Sani became mad with rage, and spoke angrily;

"Mi consideri di rango inferiore a Lakshmi"

"You consider me lower in rank than Lakshmi"

"Ti terrò d'occhio per tre anni"

"I will cast my eye on you for three years"

"Vedremo come te la caverai alla fine di quel periodo"

"We shall see how you fare at the end of that period"

Allora il dio se ne andò pieno di rabbia.

The god then went away in great anger.

Lakshmi, prima di andarsene, disse a Sribatsa:

Lakshmi, before she went away, said to Sribatsa;

"Figlio mio, non temere. Ti farò amicizia"

"My child, do not fear. I'll befriend you"

Poi il dio e la dea se ne andarono.

The god and the goddess then went away.

Sribatsa parlò con sua moglie, Chantamani;

Sribatsa spoke to his wife, Chantamani;

"Carissimo, il malocchio di Sani sarà su di me"

"Dearest, the evil eye of Sani will be upon me"

"Sarebbe meglio che me ne andassi da casa"

"I had better go away from the house"

"Se resto, il male colpirà te e me"

"If I stay evil will befall you and me"

"Ma se me ne vado, il male mi raggiungerà"

"But if I go, evil will overtake me only"

Chintamani ha detto: "Non può essere così"

Chintamani said, "it cannot be that way"

"Ovunque tu vada, io verrò con te"

"Wherever you go, I will go with you"

"La tua buona fortuna sarà la mia buona fortuna"

"Your good luck shall be my good luck"
"E la tua sfortuna sarà la mia sfortuna"
"And your bad luck shall be my bad luck"
Il marito cercò con tutte le sue forze di convincere la moglie a restare.
The husband tried hard to persuade his wife to stay.
Ma tutti i suoi sforzi furono inutili.
But all his efforts were of no use.
Si rifiutò di abbandonare il marito.
She refused to abandon her husband.
Sribatsa disse alla moglie di fare un'apertura nel materasso.
Sribatsa told his wife to make an opening in their mattress.
E le disse di mettere via tutti i loro soldi e gioielli.
And he told her to stow away all their money and jewels.
Alla vigilia della partenza da casa, Sribatsa invocò Lakshmi.
On the eve of leaving their house, Sribatsa invoked Lakshmi.
Dopo essere stata invocata, Lakshmi apparve immediatamente.
Upon being invoked, Lakshmi forthwith appeared.
"Madre Lakshmi, il malocchio di Sani è su di noi"
"Mother Lakshmi, the evil eye of Sani is upon us"
"Andiamo in esilio"
"We are going away into exile"
"Per favore, siate nostri amici e prendetevi cura della nostra proprietà"
"Please befriend us, and take care of our property"
Rispose la dea della buona fortuna.
The goddess of good luck answered.
"Non temere, ti farò amicizia"
"Do not fear; I'll befriend you"
"Alla fine andrà tutto bene"
"In the end all will be right"
Poi si misero in viaggio.
They then set out on their journey.
Sribatsa arrotolò il materasso e se lo mise sulla testa.
Sribatsa rolled up the mattress and put it on his head.

Non avevano percorso molte miglia quando videro un fiume.
They had not gone many miles when they saw a river.
C'era una canoa con un uomo seduto dentro.
There was a canoe with a man sitting in it.
I viaggiatori chiesero al traghettatore di accompagnarli dall'altra parte.
The travelers requested the ferryman to take them across.
Il traghettatore disse che poteva prenderne solo uno alla volta.
The ferryman said he could only take one at a time.
«Siete in tre», obiettò.
"Tere are three of you," he objected.
"Ci sei tu, tua moglie e il tuo materasso"
"There is you, your wife, and your mattress"
Sribatsa propose l'ordine in cui avrebbero dovuto attraversare il fiume in traghetto.
Sribatsa proposed in what order they should ferry over the river.
"Prima bisogna portare mia moglie dall'altra parte del fiume"
"First my wife should be taken across the river"
"Dopo mia moglie, porta il materasso oltre il fiume"
"After my wife, take the mattress across the river"
"E poi puoi portarmi dall'altra parte del fiume"
"And then you can take me across the river"
Ma il traghettatore non ne volle sapere.
But the ferryman would not hear of it.
«Solo uno alla volta», ripeté.
"Only one at a time," he repeated.
"Prima lasciami portare dall'altra parte il materasso"
"First let me take across the mattress"
Sribatsa non vide alcun motivo per opporsi alla proposta.
Sribatsa saw no reason to object to the proposal.
Il traghettatore cominciò a trasportare il materasso attraverso il fiume.
The ferryman started taking the mattress across the river.

Era arrivato a metà del fiume.
He had reached halfway across the river.
Ma poi, dal nulla, si è scatenata una violenta tempesta.
But then, from nowhere, a fierce gale arose.
Il traghettatore ha perso il controllo della sua canoa.
The ferryman lost control of his canoe.
Il materasso è stato trascinato nel fiume.
The mattress was blown into the river.
Il fiume portò via tutto con sé.
The river carried everything away with it.
E i traghettatori, la canoa e il materasso non furono mai più visti.
And the ferrymen, canoe, and mattress were never seen again.
Ma questi non furono nemmeno gli eventi più strani.
But that was not even the strangest events.
Perché anche il fiume scomparve nel nulla.
Because the river also disappeared into thin air.
Dove c'era acqua ora c'era terreno asciutto.
Where there was water there was now dry ground.
Sribatsa sapeva che il malocchio di Sani lo stava osservando.
Sribatsa knew the evil eye of Sani had been watching.

Sribatsa e sua moglie non avevano un soldo in tasca.
Sribatsa and his wife had not a pice in their pockets.
Insieme, impoveriti, si recarono in un villaggio vicino.
Together, impoverished, they went to a nearby village.
Il villaggio era abitato principalmente da taglialegna.
The village was dwelt in mostly by wood-cutters.
All'alba i taglialegna andarono a tagliare la legna.
At sunrise the woodcutters went to cut wood.
E il legno che tagliavano lo vendevano in una città lontana.
And the wood they cut they sold in a faraway town.
Sribatsa chiese di lavorare con i taglialegna.
Sribatsa asked to work with the wood-cutters.
E i taglialegna acconsentirono a lasciarlo tagliare la legna.
And the wood-cutters agreed to let him cut wood.
Sapeva abbattere gli alberi meglio dei migliori.

He could fell trees as well as the best of them.
Ma Sribatsa era diverso dai taglialegna.
But Sribatsa was different from the wood-cutters.
I taglialegna tagliano ogni tipo di legno.
The wood-cutters cut any and every sort of wood.
Ma Sribatsa tagliava solo i tipi di legno più pregiati.
But Sribatsa cut only the precious types of wood.
I suoi sforzi erano concentrati sul taglio del legno di sandalo.
His efforts were focused on cutting down sandal-wood.
I taglialegna portarono al mercato grandi carichi di legna comune.
The wood-cutters brought to market large loads of common wood.
Sribatsa portò al mercato solo pochi pezzi di legno di sandalo.
Sribatsa brought only a few pieces of sandal-wood to the market.
Veniva pagato molto di più degli altri.
He was paid a great deal more money than the others.
Le cose andarono avanti così per alcuni giorni.
Things went on this way for some days.
E i taglialegna divennero gelosi di Sribatsa.
And the wood-cutters became jealous of Sribatsa.
Nella loro gelosia complottarono contro Sribatsa.
In their jealousy they plotted against Sribatsa.
E infine cacciarono Sribatsa e sua moglie dal villaggio.
And finally they drove Sribatsa and his wife from the village.

Sribatsa e sua moglie si diressero verso un altro villaggio.
Sribatsa and his wife made their way to another village.
In questo villaggio c'erano molte donne che tessevano.
In this village there were many women that weaved.
Qui Chintamani si rese utile filando il cotone.
Here Chintamani made herself useful by spinning cotton.
Chintamani era una donna intelligente e abile.
Chintamani was an intelligent and skillful woman.

Così filava un filo più sottile delle altre donne.
So she spun finer thread than the other women.
E veniva pagata più delle altre donne.
And she got paid more money than the other women.
Ciò suscitò l'invidia delle donne native del villaggio.
This roused the envy of the native women of the village.
Ma l'invidia delle altre donne non era tutto.
But the envy of the other women was not all.
Sribatsa voleva guadagnarsi la benevolenza dei tessitori.
Sribatsa wanted to gain the good grace of the weavers.
Così invitò le donne che filavano il cotone a una festa.
So he invited the women that spun cotton to a feast.
I piatti dell'impresa furono tutti cucinati dalla moglie.
The dishes of the feat were all cooked by his wife.
Chintamani era un bravo tessitore e un cuoco eccellente.
Chintamani was a good weaver, and an excellent in cook.
Mise le prelibatezze davanti alle donne.
She placed the delicacies before the women.
E i barbari tessitori ne furono molto affascinati.
And the barbarous weavers were quite charmed.
Gli uomini tornarono a casa con la pancia piena.
The men went to their homes with their bellies full.
Ma quando tornarono a casa, rimproverarono le loro mogli.
But when they got home, they reproached their wives.
"Perché non cucini come la moglie di Sribatsa?"
"Why do you not cook like the wife of Sribatsa"
E gli uomini chiamavano le loro mogli "donne buone a nulla".
And the men called their wives good-for-nothing women.
Ciò fece sì che le donne odiassero ancora di più Chintamani.
This made the women hate Chintamani the more.

Un giorno Chintamani andò in riva al fiume.
One day Chintamani went to the river-side.
Voleva fare il bagno insieme alle altre donne del villaggio.
She wanted to bathe along with the other women of the village.

Una barca era rimasta sulla riva, arenata sulla sabbia.
A boat had been lying on the bank, stranded on the sand.
La barca era rimasta bloccata lì per molti giorni.
The boat had been stranded there for many days.
Avevano provato a spostare la barca, ma invano.
They had tried to move the boat, but in vain.
Accadde che Chintamani toccò la barca.
It so happened that Chintamani touched the boat.
Fu un incidente, perché non aveva intenzione di toccare la barca.
It was an accident, for she did not mean to touch the boat.
Ma, che lo volesse o no, la barca si mosse.
But whether she meant to or not, the boat moved.
E presto la barca si diresse verso il fiume.
And soon the boat was heading off to the river.
I barcaioli rimasero sbalorditi da ciò che avevano visto.
The boatmen were astonished by what they had seen.
Pensavano che la donna avesse un potere straordinario.
They thought that the woman had uncommon power.
E così pensarono che avrebbe potuto essere utile in futuro.
And so they thought she might be useful in future.
Perciò la presero, contro la sua volontà.
They therefore caught hold of her, against her will.
E la misero sulla barca e remarono via.
And they put her in the boat, and rowed off.
Le donne del villaggio erano presenti al rapimento.
The women of the village were present for this kidnapping.
Ma non offrirono alcun aiuto a Chintamani.
But they did not offer Chintamani any assistance.
Perché Chintamani li aveva messi in cattiva luce.
Because Chintamani had put them in a bad light.

Sribatsa sentì dire che sua moglie era stata portata via dai barcaioli.
Sribatsa heard how his wife had been carried away by boatmen.
Vi lascio immaginare come impazzì dal dolore.

I will let you imagine how he became mad with grief.
Lasciò il villaggio e andò sulla riva del fiume.
He left the village and went to the river-side.
E decise di seguire il corso del fiume.
And he resolved to follow the course of the stream.
Lungo il fiume avrebbe sicuramente incontrato la barca dei rapitori.
Along the stream he was sure to meet the kidnappers' boat.
Continuò a viaggiare lungo la riva del fiume.
He travelled on and on, along the side of the river.
E viaggiò finché non fece buio.
And he travelled till it eventually became dark.
Dove si trovava lui non si vedevano capanne.
Where he was there were no huts to be seen.
Così salì su un albero per dormire la notte.
So he climbed into a tree to sleep for the night.
La mattina dopo scese dall'albero.
In the next morning he got down from the tree.
Ai piedi dell'albero vide una mucca Kapila.
At the foot of the tree he saw a Kapila-cow.
Una mucca Kapila non ha mai vitelli propri.
A Kapila-cow never has any calves of her own.
Ma può essere munta a tutte le ore del giorno.
But she can be milked at all hours of the day.
Sribatsa mungeva la mucca senza che lei si opponesse.
Sribatsa milked the cow without her objecting.
E bevve il latte a sazietà.
And he drank the milk to his heart's content.
E poi notò un'altra cosa riguardo alla mucca.
And then he noticed something else about the cow.
Lo sterco della mucca era di un colore giallo brillante.
The dung of the cow was of a bright yellow color.
Infatti, lo sterco della mucca era fatto di oro puro.
In fact, the dung of the cow was made of pure gold.
Lo sterco dorato della mucca era ancora morbido.
The golden cow dung was still in a soft state.
Così poté scrivere il suo nome nello sterco dorato.

So he was able to write his name in the golden dung.
Nel corso della giornata lo sterco si induriva.
During the course of the day the dung hardened.
E infine lo sterco sembrava un mattone d'oro.
And finally the dung looked like a brick of gold.
L'albero su cui aveva dormito cresceva sulla riva del fiume.
The tree he had slept in grew on the river-side.
E la mucca Kapila gli fornì latte per tutto il giorno.
And the Kapila-cow supplied him with milk all day.
Così Sribatsa decise di aspettare lì la barca.
So Sribatsa decided to wait there for the boat.
Al mattino la mucca depositò il prezioso oggetto.
In the morning the cow deposited the precious article.
E di notte la mucca depositò il prezioso oggetto.
And at night the cow deposited the precious article.
Così i lingotti d'oro aumentavano ogni giorno.
So the gold bricks increased every day.
E su ogni mattone dorato aveva inciso il suo nome.
And on each golden brick he had engraved his name.
Mise i mattoni uno sopra l'altro.
He stacked the bricks on top of each other.
Da lontano sembrava una collinetta dorata.
From a distance it looked like a hillock of gold.

Ma ora dobbiamo lasciare che Sribatsa accumuli il suo oro.
But now we must leave Sribatsa to stack his gold.
E dobbiamo rivolgere la nostra attenzione a Chintamani.
And we must turn our attention to Chintamani.
Chintamani era una donna aggraziata e di grande bellezza.
Chintamani was a graceful woman of great beauty.
Temeva che la sua bellezza potesse essere la sua rovina.
She had worried her beauty might be her ruin.
Così, mentre veniva rapita, recitò una preghiera.
So she offered a prayer as she was being kidnapped.
"Lakshmi, o Madre Lakshmi! Abbi pietà di me"
"Lakshmi, O Mother Lakshmi! have pity upon me"
"Mi hai reso bella, tu hai"

"Thou hast made me beautiful, you have"
"Ma ora la mia bellezza sarà senza dubbio la mia rovina"
"But now my beauty will undoubtedly be my ruin"
"Sono destinato a perdere il mio onore e la mia castità"
"I am bound to loss my honor and my chastity"
"Perciò ti prego, Madre graziosa;"
"I therefore beseech thee, gracious Mother;"
"Toglietemi la mia bellezza e rendimi brutto"
"Take my beauty from me, and make me ugly"
"Copri il mio corpo con qualche malattia ripugnante"
"Cover my body with some loathsome disease"
"Così i barcaioli non mi toccheranno"
"That way the boatmen might not touch me"
Chintamani era tra le braccia dei barcaioli.
Chintamani was in the arms of the boatmen.
Ma la Dea della buona fortuna ascoltò la sua preghiera.
But the Goddess of good fortune heard her prayer.
In un batter d'occhio la sua forma cambiò.
In the twinkling of an eye her form changed.
La sua bellezza naturale svanì.
Her naturally beautiful form faded away.
E lei fu trasformata in una carcassa spregevole.
And she was turned into a vile carcass.
I barcaioli la stavano calando nella barca.
The boatmen were putting her down in the boat.
Trovarono il suo corpo ricoperto di piaghe ripugnanti.
They found her body was covered with loathsome sores.
E le piaghe emanavano un fetore disgustoso.
And the sores were giving out a disgusting stench.
Perciò la gettarono nella stiva della barca.
They therefore threw her into the hold of the boat.
E la lasciarono tra il carico della nave.
And they left her amongst the cargo of the ship.
Mattina e sera le mandavano del cibo.
Morning and evening they sent her some food.
Un po' di riso bollito e un po' d'acqua da bere.
A little boiled rice, and some water to drink.

Chintamani era infelice nello scafo della nave.
Chintamani was miserable in the hull of the ship.
Ma lei preferiva di gran lunga la miseria all'alternativa.
But she greatly preferred misery to the alternative.
Preferirebbe essere infelice piuttosto che perdere la sua castità.
She would rather be miserable than loss her chastity.

I barcaioli erano andati in qualche porto per vendere il carico.
The boatmen had gone to some port to sell cargo.
Mentre tornavano indietro, avvistarono qualcosa.
While sailing back they caught sight something.
Sulla riva del fiume sembrava esserci una collinetta d'oro.
By the river-side there seemed to be a hillock of gold.
Sribatsa era rimasto a sorvegliare il fiume.
Sribatsa had been keeping watch by the river.
Fu quindi felice di vedere una barca avvicinarsi a lui.
So he was delighted to see a boat approach him.
Perché immaginava con affetto che sua moglie potesse essere a bordo.
Because he fondly imagined his wife might be on board.
I barcaioli si diressero avidamente verso la collinetta d'oro.
The boatmen went greedily to the hillock of gold.
Naturalmente Sribatsa disse loro che l'oro era suo.
Of course Sribatsa told them the gold was his.
Ma questo non aiutò molto Sribatsa.
But that didn't help Sribatsa very much.
I marinai lo fecero prigioniero sulla barca.
The sailors took him prisoner on the boat.
E caricarono l'oro sulla loro nave.
And they loaded the gold onto their vessel.
Capitò che lo imprigionassero vicino alla donna brutta.
They happened to imprison him close to the ugly woman.
Naturalmente marito e moglie si riconobbero.
Of course the husband and wife recognized each other.
Nonostante il cambiamento che Chintamani aveva subito.

In spite of the change Chintamani had undergone.
E nonostante l'eccitazione, mantennero la calma.
And despite their excitement they kept their composure.
E pensarono che fosse prudente non parlarsi.
And they thought it prudent not to speak to each other.
Invece comunicavano le loro idee attraverso i gesti.
Instead they communicated their ideas through gestures.
C'è qualcosa che dovresti sapere sui barcaioli.
There is something you should know about the boatmen.
Questi barcaioli amavano molto giocare a dadi.
These boatmen were very fond of playing at dice.
Sribatsa sembrava loro un uomo rispettabile.
Sribatsa appeared to them to be a respectable man.
Per questo gli chiedevano sempre di unirsi al gioco.
So they always asked him to join in the game.
Sribatsa era un esperto giocatore di dadi.
Sribatsa happened to be an expert dice player.
Nonostante i loro sforzi, vinse quasi tutte le partite.
Despite their efforts he won almost every game.
Potete immaginare come si sentissero i marinai dopo la sconfitta.
You can imagine how the sailors felt about losing.
E i barcaioli, invidiosi, lo gettarono in mare.
And in jealousy the boatmen threw him overboard.
Chintamani vide gli uomini gettare suo marito in mare.
Chintamani saw the men throw her husband overboard.
Fortunatamente per Sribatsa, sua moglie aveva una grande presenza di spirito.
Fortunately for Sribatsa, his wife had great presence of mind.
I barcaioli le avevano concesso un cuscino su cui appoggiare la testa.
The boatmen had allowed her a pillow to rest her head.
E contemporaneamente gettò il cuscino nell'acqua.
And she simultaneously threw this pillow into the water.
Sribatsa riuscì ad afferrare il cuscino.
Sribatsa was able to grab hold of the pillow.
E il cuscino lo aiutò a galleggiare lungo il fiume.

And the pillow helped him float down the stream.
Fino al calar della notte il fiume lo trasportò a valle.
Up until nightfall the river carried him downstream.
Al calar della notte arrivò a quello che sembrava essere un giardino.
At nightfall he arrived at what seemed to be a garden.
Poiché era buio non c'era nulla che potesse fare.
Because it was dark there was nothing he could do.
Così rimase in giardino tutta la notte, al freddo e bagnato.
So all night he stayed in the garden, cold and wet.
Dovrei dirti a chi apparteneva questo giardino.
I should tell you who this garden belonged to.
Questo era il giardino di una vecchia vedova.
This was the garden of an old widowed woman.
Questa donna era solita fornire fiori al re.
This woman used to supply flowers for the king.
Ma un giorno una piaga si abbatté sul suo giardino.
But one day some blight had come over her garden.
Quasi tutti gli alberi e le piante smisero di fiorire.
Almost all the trees and plants ceased flowering.
Per questo motivo aveva rinunciato all'attività che aveva.
She had therefore given up the business she had.
E non era più la fornitrice reale di fiori.
And she was no longer the royal flower supplier.
Tuttavia, l'arrivo di Sribatsa aveva ringiovanito il suo giardino.
However, Sribatsa's arrival had rejuvenated her garden.
La mattina dopo non riusciva quasi a credere ai suoi occhi.
She could scarcely believe her eyes in the morning.
Tutto il giardino era di nuovo in fiamme di fiori.
The whole garden was ablaze with flowers again.
Non c'era pianta che non fosse in fiore.
There was no plant that was not in bloom.
E ogni albero che possedeva era ricoperto di fiori.
And every tree she had was begemmed with flowers.
Non aveva modo di conoscere la causa del miracolo.
She had no way of knowing the cause of the miracle.

E così fece una passeggiata nel giardino.
And so she took a walk through the garden.
Ma ben presto scoprì la causa di tutti quei fiori.
But she soon found the cause of all the flowers.
Ai margini del suo giardino c'era un uomo freddo e bagnato.
At the edge of her garden was a cold, wet man.
Tremava ed era quasi morto per ipotermia.
He was shivering and almost dead from hypothermia.
Portò subito l'uomo nel suo cottage.
She immediately brought the man into to her cottage.
E accese un fuoco per riscaldarlo un po'.
And she lighted a fire to give him some warmth.
Lo accudiva e gli dimostrava ogni attenzione.
She nursed him and showed him every attention.
E attribuì il miracolo alla sua presenza.
And she ascribed the miracle to his presence.
Lei lo fece sentire il più a suo agio possibile.
She made him as comfortable as she could.
E poi corse al palazzo del re.
And then she ran to the king's palace.
Chiese di parlare con il servitore capo del re.
She asked to speak to the king's chief servant.
E gli raccontò la fortuna che aveva avuto.
And she told him the good fortune she had had.
"Posso di nuovo rifornire il palazzo di fiori"
"I can again supply the palace with flowers"
I suoi fiori erano stati molto mancati a palazzo.
Her flowers had been very much missed at the palace.
**Così venne immediatamente ripristinata nella sua
precedente posizione.**
So she was immediately restored to her former position.
Era di nuovo la fioraia della casa reale.
She was again the flower-woman of the royal household.

Sribatsa impiegò ancora qualche giorno per riprendersi.
Sribatsa spent a few more days recovering his health.
E alla fine ritrovò tutta la sua vitalità.

And eventually he had all his vitality back.
Chiese alla donna se poteva parlare con un ministro.
He asked the woman if he could speak with a minister.
Così la donna lo portò con sé al palazzo.
So the woman took him to the palace with her.
Uno dei ministri del re gli diede un appuntamento.
One of the king's ministers gave him an appointment.
E subito si scoprì che era un uomo intelligente.
And he was at once found to be a man of intelligence.
Così gli fu offerto un incarico al servizio del re.
So was offered a position in the king's service.
In effetti, gli era permesso scegliere il lavoro che desiderava.
In fact, he was allowed to choose what job he wanted.
Chiese di essere esattore dei pedaggi sul fiume.
He asked to be collector of tolls on the river.
Il ministro fu felice di affidare l'incarico a Sribatsa.
The minister was happy to give Sribatsa the job.
Il regno aveva bisogno di qualcuno che riscuotesse i pedaggi fluviali.
The kingdom needed someone to collect river-tolls.
E Sribatsa iniziò subito il suo nuovo lavoro.
And Sribatsa immediately started his new job.
Non passò molto tempo prima che il suo piano si concretizzasse.
It wasn't long before his plan came to fruition.
La barca su cui si trovava sua moglie stava scendendo lungo il fiume.
The boat his wife was on was coming down the river.
Sotto l'autorità del re trattenne la barca.
Under the king's authority he detained the boat.
E accusò i barcaioli del furto di mattoni d'oro.
And he charged the boatmen with the theft of gold-bricks.
Al re piaceva il suono di una barca piena d'oro.
The king liked the sound of a boat full of gold.
Così il re stesso giunse alla riva del fiume.
So the king himself came to the river-side.
Anche lui era stupito dalla quantità di oro che avevano.

Even he was amazed by the quantity of gold they had.
E ogni mattonella d'oro recava l'iscrizione di Sribatsa.
And every gold brick had Sribatsa's inscription.
Nello stesso tempo salvò la moglie dai barcaioli.
At the same time he rescued his wife from the boatmen.
Tornata sulla terraferma, riacquistò la sua precedente bellezza.
Back on dry land she returned to her previous beauty.
Raccontò al re la storia della loro disgrazia.
He told the king the story of their misfortune.
E il re li ospitò come ospiti nel suo palazzo.
And the king had them as a guest in his palace.
Il re fece loro dono di cavalli ed elefanti.
The king gave them presents of horses and elephants.
E sui cavalli e sugli elefanti cavalcarono verso il loro paese.
And on the horses and elephants they rode to their country.
Il malocchio di Sani era ora distolto da Sribatsa.
The evil eye of Sani was now turned away from Sribatsa.
E tornò ad essere quello che era prima.
And he again became what he formerly was.
Era di nuovo Sribatsa, il Figlio della Fortuna.
He was again Sribatsa; the Child of Fortune.

Il ragazzo allattato da sette madri
The Boy whom Seven Mothers Suckled

C'era una volta un re che aveva sette regine.
Once on a time there reigned a king who had seven queens.
Era molto triste, perché le sette regine erano tutte sterili.
He was very sad, for the seven queens were all barren.
Un giorno, tuttavia, incontrò un santo mendicante.
One day, however, he met a holy mendicant.
Il santo mendicante raccontò al re di una certa foresta.
The holy mendicant told the king about a certain forest.
In questa foresta cresceva un tipo speciale di albero.
In this forest there grew a special kind of tree.
Su un ramo di questo albero pendevano sette manghi.
On a branch of this tree hung seven mangoes.
Questi manghi potrebbero ripristinare la fertilità delle sue regine.
These mangos could restore the fertilities of his queens.
Ma il re dovette raccogliere personalmente i manghi.
But the king had to pluck the mangoes himself.
Il re seguì il consiglio del mendicante.
The king followed the advice of the mendicant.
E partì per andare nella foresta dove c'era il mango.
And he set off to go to the forest with the mango tree.
Presto trovò l'albero di cui aveva parlato il mendicante.
Soon he had found the tree the mendicant spoke of.
E colse i sette manghi che crescevano su un ramo.
And he plucked the seven mangoes that grew upon one branch.
Diede un mango da mangiare a ciascuna delle regine.
He gave a mango to each of the queens to eat.
In breve tempo il cuore del re si riempì di gioia.
In a short time the king's heart was filled with joy.
Gli fu detto che tutte le sette regine erano incinte.
He was told that the seven queens were all with child.

Un giorno il re era a caccia.

One day the king was out hunting.
Lungo il cammino vide una giovane donna di incomparabile bellezza.
On his path he saw a young lady of peerless beauty.
Si innamorò all'istante della bellissima donna.
He instantly fell in love with the beautiful woman.
E la condusse al suo palazzo e la sposò.
And he brought her to his palace, and married her.
Questa signora, tuttavia, non era un essere umano.
This lady was, however, not a human being.
Ma questa donna era una Rakshasi.
But what this woman was was a Rakshasi.
Ma il re ovviamente non lo sapeva.
But the king of course did not know this.
Il re si affezionò moltissimo a lei.
The king became dotingly fond of her.
E lui fece tutto quello che lei gli disse di fare.
And he did whatever she told him to do.
Un giorno fece una richiesta molto particolare al re.
One day she made a very particular request of the king.
"Dici che mi ami più di chiunque altro"
"You say that you love me more than anyone else"
"Fammi vedere se mi ami davvero quanto dici"
"Let me see whether you really love me as much as you say"
"Se mi ami, rendi cieche le tue altre sette regine"
"If you love me, make your seven other queens blind"
"E una volta ciechi, lasciateli uccidere"
"And once they are blind, let them be killed"
Il re si rattristò molto per quella terribile richiesta.
The king became very sad at the terrible request.
Era particolarmente triste perché le regine erano tutte incinte.
He was especially sad because the queens were all pregnant.
Ma non ebbe altra scelta che assecondare la sua richiesta.
But he had no choice but to comply with her request.

Gli occhi delle regine vennero strappati dalle orbite.

The eyes of the queens were plucked out of their sockets.

E le regine furono consegnate al primo ministro.

And the queens were delivered up to the chief minister.

Spettava al primo ministro distruggere le regine.

It was up to the chief minister to destroy the queens.

Ma il primo ministro era un uomo misericordioso.

But the chief minister was a merciful man.

Sul fianco della collina c'era una grotta segreta.

In the side of the hill there was secret a cave.

Invece di uccidere le regine, il ministro le nascose.

Instead of killing the queens, the minister hid them.

Col passare del tempo la più anziana delle sette regine partorì.

In course of time the eldest of the seven queens gave birth.

"Cosa devo fare del bambino?" chiese.

"What shall I do with the child," said she.

"Siamo ciechi e moriamo per mancanza di cibo."

"We are blind and are dying for want of food."

«Lasciami uccidere il bambino», propose.

"Let me kill the child," she proposed.

«Mangiamo tutti la carne del bambino», aggiunse.

"Let us all eat of the child's flesh," she added.

Proprio come aveva detto, uccise il neonato.

Just as she said she would, she killed the infant.

Diede a ciascuna delle sue sorelle-regine una parte del bambino.

She gave to each of her sister-queens a part of the child.

E le regine sorelle mangiarono la loro parte del bambino.

And the sister queens ate their part of the child.

Ma la regina più giovane non mangiò la sua parte.

But the youngest queen did not eat her share.

Invece, posò la sua parte del bambino accanto a sé.

Instead, she laid her part of the child beside her.

Dopo pochi giorni anche la seconda regina diede alla luce un bambino.

In a few days the second queen also was delivered of a child.

Fece con suo figlio quello che la sorella maggiore aveva fatto con il suo.

She did with her child as her eldest sister had done with hers.

Lo stesso fecero la terza, la quarta, la quinta e la sesta regina.

So did the third, the fourth, the fifth, and the sixth queen.

Alla fine la settima regina diede alla luce un figlio.

Eventually the seventh queen gave birth to a son.

Ma lei non seguì l'esempio delle sue sorelle-regine.

But she did not follow the example of her sister-queens.

Decise invece di crescere il bambino.

Instead, she resolved to raise the child.

Le altre regine pretendevano la loro parte del neonato.

The other queens demanded their portions of the newly-born.

Ma aveva ancora le porzioni che non aveva mangiato.

But she still had the portions she had not eaten.

E restituì alle sue sorelle-regine le parti dei loro figli.

And she gave her sister-queens back their children's parts.

Le altre regine si accorsero subito che le loro porzioni erano asciutte.

The other queens at once perceived that their portions were dry.

Pertanto le parti non potevano appartenere al neonato.

Therefore the parts could not be of the newly born child.

"Ho deciso di non uccidere mio figlio", ha spiegato.

"I have decided not to kill me child," she explained.

"Non lo mangerò, ma cercherò di allevarlo"

"I will not eat him, but try to raise him instead"

Gli altri furono contenti di sentire questa notizia.

The others were glad to hear this news.

Tutti dissero che l'avrebbero aiutata ad allattare il bambino.

They all said that they would help her in nursing the child.

E così il bambino fu allattato da sette madri.

And so the child was suckled by seven mothers.

E il bambino divenne il ragazzo più forte e coraggioso che sia mai esistito.

And the child became the hardiest and strongest boy that ever lived.

Nel frattempo la regina Rakshasi stava combinando un sacco di guai.

In the meantime the Rakshasi-queen was doing infinite mischief.

E causò alla famiglia reale ogni sorta di guai.

And she got the royal household into all sorts of trouble.

Ciò che mangiava alla tavola reale non riempiva il suo ampio stomaco.

What she ate at the royal table did not fill her capacious stomach.

Perciò, nell'oscurità della notte, andò a caccia.

She therefore, in the darkness of night, went hunting.

A poco a poco divorò tutti i membri della famiglia reale.

Gradually she ate up all the members of the royal family.

Divorò tutti i servi del re e i suoi attendenti.

She ate all the king's servants, and his attendants.

Mangiò tutti i suoi cavalli, gli elefanti e il bestiame.

She ate all his horses, elephants, and cattle.

E alla fine rimasero solo la sua consorte reale e il re.

And eventually only her royal consort and the king were left.

Dopo di che, la sera, aveva l'abitudine di uscire e andare in città.

After that she used to go out in the evenings into the city.

E mangiava gli esseri umani randagi ovunque ne trovasse.

And she ate up stray human beings wherever she found any.

Il re rimase senza servitori.

The king was left without any servants.

Non c'era più nessuno che potesse cucinare per lui.

There was no person left to cook for him.

Perché nessuno accetterebbe questo lavoro.

Because no one would accept this job.

Ma alla fine qualcuno si è offerto volontario.

But at last someone volunteered their services.

Il bambino che era stato allattato da sette madri.

The boy who had been suckled by seven mothers.

Ormai era cresciuto ed era diventato un giovane coraggioso.

He had now grown up to be a stalwart youth.
Si occupò del re e gli preparò il cibo.
He attended on the king and prepared his food.
Ma mentre era con la regina, prestò la massima attenzione.
But he took every care while with the queen.
E si assicurò che lei non lo inghiottisse.
And he made sure that she did not swallow him up.
La regina Rakshasi catturava le sue vittime solo di notte.
The Rakshasi-queen seized her victims only at night.
Così il ragazzo tornò a casa molto prima che facesse notte.
So the boy he went home long before nightfall.
Così dovette trovare un altro modo per sbarazzarsi del ragazzo.
So she had to find another way to get rid of the boy.

Il ragazzo si vantava sempre di saper fare qualsiasi lavoro.
The boy always boasted that he could do any work.
Così la regina inventò una malattia per sé stessa.
So the queen invented a disease for herself.
Disse che esisteva una cura per la sua malattia.
She said that there was a cure for her disease.
Ma ha detto che non è facile trovare una cura.
But she said the cure was not easy to get.
Ciò rese il ragazzo ancora più interessato al compito.
This made the boy even more interested in the task.
Disse che c'era un melone che aveva curato la sua malattia.
She said there was a melon which cured her disease.
Il melone era lungo dodici cubiti.
The melon was twelve cubits in length.
Ma il nocciolo del limone era lungo tredici cubiti.
But the stone of the lemon was thirteen cubits long.
Il frutto poteva essere ottenuto solo da sua madre.
The fruit could only be gotten from her mother.
E sua madre viveva dall'altra parte dell'oceano.
And her mother lived on the other side of the ocean.
Gli diede una lettera di presentazione per sua madre.
She gave him a letter of introduction to her mother.

Ma in realtà il biglietto le diceva di mangiare il ragazzo.
But actually the note told her to eat the boy.
Il ragazzo aveva sospettato che ci fosse qualche crimine.
The boy had suspected there was some foul play.
Così stracciò la lettera e proseguì il suo viaggio.
So he tore up the letter and proceeded on his journey.
L'intrepido giovane attraversò molte terre.
The dauntless youth passed through many lands.
Dopo un lungo viaggio giunse sulla riva dell'oceano.
After much travel he stood on the shore of the ocean.
Dall'altra parte dell'oceano si trovava il paese dei Rakshasi.
On the other side of the ocean was the country of the
Rakshasis.
Poi gridò più forte che poté e disse:
He then bawled as loud as he could, and said;
"Nonna! Nonna! Vieni a salvare tua figlia"
"Granny! granny! come and save your daughter"
"Tua figlia, mia madre, è gravemente malata"
"Your daughter, my mother, is dangerously ill"
Dall'altra parte dell'oceano lo sentì un vecchio Rakshasi.
On the other side of the ocean an old Rakshasi heard him.
**Il vecchio Rakshasi attraversò l'oceano per raggiungere il
ragazzo.**
The old Rakshasi crossed the ocean to the boy.
Il ragazzo le raccontò il messaggio della regina.
The boy told her the message of the queen.
E la Rakshasi prese il ragazzo sulla schiena.
And the Rakshasi took the boy on her back.
Riattraversò l'oceano per raggiungere la terra dei Rakshasi.
She re-crossed the ocean to the land of the Rakshasi.
E al ragazzo fu subito dato il melone medicinale.
And the boy was at once given the medicinal melon.
La Rakshasi gli disse di tornare in fretta da sua figlia.
The Rakshasi told him to hurry back to her daughter.
**Ma il ragazzo disse che era troppo stanco per continuare a
viaggiare.**
But the boy said he was too tired to keep travelling.

E pregò che gli fosse concesso di riposare un giorno.
And he begged to be allowed to rest one day.
La vecchia Rakshasi acconsentì ai desideri del nipote.
The old Rakshasi consented to her grandson's wishes.

Il ragazzo notò cose interessanti nella stanza del Rakshasi.
The boy noticed interesting things in the Rakshasi's room.
Nella stanza pendevano una robusta mazza e una corda.
There was a stout club and a rope hanging in the room.
Il ragazzo chiese a cosa servissero la robusta mazza e la corda.
The boy inquired what the stout club and rope were for.
"Bambino, con quella mazza e quella corda attraverso l'oceano"
"Child, with that club and rope I cross the ocean"
"Basta prendere in mano la mazza e la corda"
"One just has to take the club and the rope in his hands"
"E poi devi dire le seguenti parole magiche:"
"And then you have to say the following magical words:"
"O forte clava! O corda forte!"
"O stout club! O strong rope!"
"Portami subito dall'altra parte"
"Take me at once to the other side"
"Poi lo porteranno dall'altra parte dell'oceano"
"Then they will take him to the other side of the ocean"
Il ragazzo notò un'altra cosa interessante nella stanza.
The boy noticed another interesting thing in the room.
C'era un uccello in una gabbia nell'angolo della stanza.
There was a bird in a cage in the corner of the room.
Il ragazzo voleva anche sapere a cosa servisse quell'uccello.
The boy also wanted to know what this bird was for.
"L'uccello contiene un segreto, figlio mio"
"The bird contains a secret, my child"
"Ma quel segreto non deve essere rivelato ai mortali"
"But that secret must not be disclosed to mortals"
"Ma come posso nascondere questo segreto al mio stesso nipote?"

"But how can I hide this secret from my own grandchild?"
"Quell'uccello, bambino, contiene la vita di tua madre.
"That bird, child, contains the life of your mother.
"Se l'uccello viene ucciso, tua madre morirà subito"
"If the bird is killed, your mother will at once die"
Armato di questi segreti, il ragazzo andò a letto quella notte.
Armed with these secrets, the boy went to bed that night.

La mattina seguente il vecchio Rakshasi partì per paesi lontani.
Next morning the old Rakshasi went to distant countries.
Insieme a tutti gli altri Rakshasi, andò a cercare cibo.
Together with all the other Rakshasis, she went to forage.
Il ragazzo tolse la gabbia per uccelli dal soffitto.
The boy took down the bird-cage from the ceiling.
E il ragazzo prese la mazza e la corda.
And the boy took the club and the rope.
E poi pronunciò le parole magiche alla mazza e alla corda.
And then he spoke the magic words to the club and rope.
"O forte clava! O corda forte!"
"O stout club! O strong rope!"
"Portami subito dall'altra parte"
"Take me at once to the other side"
In un batter d'occhio il ragazzo fu portato da questa parte dell'oceano.
In the twinkling of an eye the boy was put on this side of the ocean.
Poi tornò sui suoi passi, tornando dalla regina.
He then retraced his steps, back to the queen.
Con suo grande stupore, lui aveva davvero il limone medicinale.
To her astonishment he really had the medicinal lemon.
Ma l'uccello nella gabbia lo teneva accuratamente nascosto.
But the bird in the cage he kept carefully concealed.

Col passare del tempo la gente della città si rivolse al re.
In the course of time the people of the city came to the king.

E raccontarono al re i loro guai.
And they told the king of their troubles.
"Ogni sera un uccello mostruoso esce dal palazzo"
"A monstrous bird comes from the palace every evening"
"L'uccello cattura la gente per strada"
"The bird seizes the people in the streets"
"E l'uccello inghiotte la gente intera"
"And the bird swallows the people up whole"
"Questo va avanti da molto tempo"
"This has been going on for a long time"
"E ora la città è diventata quasi desolata"
"And now the city has become almost desolate"
Il re non sapeva cosa fosse questo uccello mostruoso.
The king did not know what this monstrous bird was.
Ma il servitore del re, il ragazzo, disse di saperlo.
But the king's servant, the boy, said he knew.
"Ucciderò quell'uccello mostruoso", propose.
"I will kill the monstrous bird," he offered.
"Ma la regina deve stare al nostro fianco", ha aggiunto.
"But the queen has to stand beside us," he added.
Il re non vide alcun motivo per opporsi alla proposta.
The king saw no reason to object to the proposal.
E così la regina fu costretta a stare accanto al re.
And so the queen was made to stand beside the king.
Poi il ragazzo tirò fuori l'uccello dalla gabbia.
The boy then took the bird out from its cage.
Alla vista dell'uccello, svenne.
On seeing the bird she fell into a fainting fit.
Allora il ragazzo si rivolse al re e parlò.
Then the boy turned to the king, and spoke.
"Re, presto scoprirai chi è l'uccello mostruoso"
"King, you will soon perceive who the monstrous bird is"
"Vedrai cosa divora il tuo popolo ogni sera"
"You will see what devours your people every evening"
"Strappo ogni arto di questo uccello"
"I tear off each limb of this bird"
"L'arto corrispondente del mangiatore di uomini cadrà"

"The corresponding limb of the man-eater will fall off"
Poi il ragazzo strappò una zampa all'uccello che teneva in mano.
The boy then tore off one leg of the bird in his hand.
Tutti i presenti rimasero sbalorditi da ciò che accadde dopo.
All assembled were astonished at what happened next.
Una delle gambe della regina cadde.
One of the legs of the queen fell off.
Poi il ragazzo strinse la gola dell'uccello.
Then the boy squeezed the throat of the bird.
E mentre stringeva l'uccello, la regina spirò.
And as he squeezed the bird, the queen gave up the ghost.
Il ragazzo raccontò quindi la sua storia al re.
The boy then retold his history to the king.
"Avevi sette mogli sterili"
"You used to have seven barren wives"
"Per curare la loro sterilità, hai dato a ciascuno di loro un mango"
"To treat their barrenness, you gave them each a mango"
"E ciascuna delle vostre mogli rimase incinta di un figlio"
"And each of your wives fell pregnant with a child"
"Tuttavia, poi hai sposato un'ottava moglie"
"However, you then married an eighth wife"
"Questa moglie ti ha ordinato di accecare le altre tue mogli"
"This wife ordered you to blind your other wives"
"E ti ha ordinato di far uccidere le altre tue mogli"
"And she ordered you to have your other wives killed"
"Il tuo ministro ha accecato le tue sette mogli"
"Your minister blinded your seven wives"
"Ma era troppo buono per uccidere le tue mogli"
"But he was too good hearted to kill your wives"
"Le tue sette mogli sono state portate in un nascondiglio"
"Your seven wives were taken to a hiding place"
"E in questo nascondiglio ciascuna partorì"
"And in this hiding place they each gave birth"
"Ma furono costretti a mangiare i loro bambini appena nati"
"But they were forced to eat their newly born children"

"Solo mia madre non mi ha lasciato mangiare"
"Only my mother did not let me be eaten"
"Invece sono stato allattato da sette madri"
"Instead, I was suckled by seven mothers"
"E sono cresciuto forte e capace"
"And I grew up strong and capable"
"Alla fine sono venuto a lavorare nel tuo palazzo"
"Eventually I came to work in your palace"
"Tua moglie, la mia matrigna, mi ha mandato in missione"
"Your wife, my stepmother, sent me on a mission"
"Mi ha mandato da sua madre per una medicina"
"She sent me to her mother for a medicine"
"Tuttavia, sua madre era una Rakshasi"
"However, her mother was a Rakshasi"
"Da lei ho scoperto il segreto della vita di tua moglie"
"From her I found the secret of your wife's life"
"E così ho portato l'uccello che teneva prigioniera la vita di tua moglie"
"And so I brought the bird that held your wife's life"
Il re aveva ascoltato la storia che gli aveva raccontato suo figlio.
The king had listened to the story his son told him.
Le sette regine furono riportate a palazzo.
The seven queens were brought back to the palace.
E i loro occhi guarirono miracolosamente.
And their eyes were miraculously restored.
Il bambino allattato da sette madri veniva incoronato.
The boy that was suckled by seven mothers was crowned.
E fu riconosciuto dal re come suo legittimo erede.
And he was recognized by the king as his rightful heir.
E vissero insieme felici e contenti.
And they lived together happily.

La storia del principe Sobur
The Story of Prince Sobur

C'era una volta un mercante.
Once upon a time there lived a merchant.
Questo mercante aveva sette figlie.
This merchant had seven daughters.
Un giorno il mercante fece loro una domanda.
One day the merchant asked them a question.
"Di quale fortuna vivi?"
"From whose fortune do you live?"
La figlia maggiore rispose per prima.
The eldest daughter answered first.
"Papà, vivo della tua fortuna"
"Papa, I live from your fortune"
La seconda figlia diede la stessa risposta.
The second daughter gave the same answer.
La stessa risposta è stata data dalla terza figlia.
The same answer was given by the third daughter.
Anche la sua quarta figlia visse grazie alla sua fortuna.
His fourth daughter also lived from his fortune.
La sua quinta figlia non era diversa.
His fifth daughter was no different.
E la sua sesta figlia era come le altre.
And his sixth daughter was like the rest.
Ma la figlia più piccola lo sorprese.
But his youngest daughter surprised him.
La sua risposta è stata molto diversa.
She had a very different answer.
"Vivo della mia fortuna"
"I live from my own fortune"
Questa risposta non gli piacque.
He did not like this answer.
La sua risposta fece arrabbiare molto il mercante.
Her answer made the merchant very angry.
«Sei molto ingrata», le disse.
"You are very ungrateful," he told her.

"Vedi come te la cavi da solo"
"See how well you do on your own"
"Ti butto fuori di casa mia"
"I am kicking you out of my house"
"Non avrai una rupia in tasca"
"You will not have a rupee in your pocket"
Chiamò i suoi palanchini.
He called his palanquins to come.
E ordinò loro di portare via la ragazza.
And he ordered them to take the girl away.
"Lasciatela in mezzo a una foresta"
"Leave her in the midst of a forest"
La ragazza implorò che le fosse concessa una cosa.
The girl begged to be allowed one thing.
"Per favore, lasciami prendere la mia scatola da lavoro"
"Please let me take my work-box"
"Nella scatola ci sono i miei aghi e fili"
"In the box are my needles and threads"
Suo padre le permise di prendere la sua scatola.
Her father allowed her to take her box.
Salì sul sedile dei palanchini.
She got into the seat of the palanquins.
E i portatori la sollevarono.
And the bearers lifted her up.
E la misero sulle loro spalle.
And they put her onto their shoulders.
Mentre i portatori correvano, cantavano.
As the bearers ran they chanted.
"Hoon! Hoon! Hoon! Hoon! Hoon!"
"Hoon! Hoon! Hoon! Hoon! Hoon!"
Ma non andarono molto lontano.
But they didn't get very far.
Una vecchia donna si frapponeva tra loro.
An old woman stood in their way.
Si avvicinò alla carrozza.
She came up to the carriage.
"Dove stai portando mia figlia?"

"Where are you taking my daughter?"
Era la domestica del bambino.
She was the maid of the child.
"Abbiamo ricevuto ordini dal mercante"
"We have been given orders by the merchant"
"Ci ha detto di portarla via"
"He told us to take her away"
"La lasceremo in una foresta"
"We will leave her in a forest"
"Faremo ciò che gli chiede"
"We are going to do his bidding"
«Devo andare con lei», disse la vecchia.
"I must go with her," said the old woman.
Ma i portatori non ne erano sicuri.
But the bearers were not sure.
I portatori corrono quando trasportano una portantina.
Bearers run when they carry a sedan chair.
"Come farai a tenere il passo con noi?"
"How will you be able to keep pace with us?"
La vecchia non si lasciò scoraggiare.
The old woman was not deterred.
"Non importa come lo faccio "
"It does not matter how I do it"
"Devo andare dove va mia figlia"
"I must go where my daughter goes"
La figlia più giovane implorò i portatori.
The youngest daughter begged the bearers.
"Per favore, porta mia madre con me"
"Please carry my mother with me"
E i portatori acconsentirono gentilmente.
And the bearers gracefully agreed.
Portarono la madre e il bambino nella foresta.
They carried mother and child to the forest.
"Hoon! Hoon! Hoon! Hoon! Hoon!"
"Hoon! Hoon! Hoon! Hoon! Hoon!"
Nel pomeriggio raggiunsero una fitta foresta.
In the afternoon they reached a dense forest.

Si addentrarono sempre più nella foresta.
They went deeper and deeper into the forest.
Verso il tramonto raggiunsero la loro meta.
Towards sunset they reached their goal.
Si fermarono ai piedi di un vecchio albero.
They stopped at the foot of an old tree.
Calarono la ragazza e la vecchia.
They lowered the girl and the old woman.
E li lasciarono nella foresta.
And they left them in the forest.
Poi tornarono sui loro passi verso casa.
Then they retraced their steps home.

La figlia più giovane del mercante si guardò intorno.
The merchant's youngest daughter looked around.
Non avresti voluto essere nei suoi panni.
You would not have wanted to be in her shoes.
La sua situazione era davvero pietosa.
Her situation was truly pitiable.
Aveva appena quattordici anni.
She was hardly fourteen years old.
Era cresciuta nel lusso.
She had grown up in luxury.
Ma ora per lei non c'era più alcun lusso.
But now there was no luxury for her.
Si trovava nel cuore di una foresta oscura.
She was in the heart of a dark forest.
Non aveva una rupia in tasca.
She had not a rupee in her pocket.
E non aveva nulla per proteggersi.
And she had nothing for protection.
Niente, tranne una vecchia decrepita.
Nothing except an old, decrepit, woman.
Persino gli alberi della foresta avevano pietà di lei.
Even the trees of the forest pitied her.
La ragazza e la vecchia sedevano insieme.
The young girl and old woman sat together.

Si trovavano ai piedi di un vecchio albero.
They were at the foot of an old tree.
E insieme piansero per la loro situazione.
And together they cried over their situation.
Devo dire che tutto questo è successo molto tempo fa.
I should say this all happened long ago.
In quei tempi gli alberi potevano parlare.
In these times the trees could talk.
E il vecchio albero parlò alla ragazza.
And the old tree spoke to the girl.
"Donne infelici, vi compiango molto"
"Unhappy women, I much pity you"
"Ci sono bestie selvagge in questa foresta"
"There are wild beasts in this forest"
"Presto usciranno dalle loro tane"
"Soon they will come out of their lairs"
"Vagabonderanno in cerca di prede"
"They will roam about for prey"
"E di sicuro vi divoreranno entrambi"
"And they are sure to devour you two"
"Ma posso aiutarti, se vuoi"
"But I can help you, if you want"
"Ti farò un'apertura"
"I will make an opening for you"
"Quando vedi l'apertura, entraci"
"When you see the opening, go into it"
"E poi chiuderò l'apertura"
"And then I will close the opening up"
"Finché sarai in me sarai al sicuro"
"As long as you are in me you'll be safe"
"Così le bestie feroci non potranno toccarti"
"This way the wild beasts can't touch you"
E poi l'albero si spaccò in due.
And then the tree split itself in two.
Le due donne entrarono nell'albero.
The two women went inside the tree.
E il vecchio albero riprese la sua forma naturale.

And the old tree resumed its natural shape.

L'ombra della notte oscurava la foresta.
The shade of night darkened the forest.
Tutto ciò che l'albero aveva detto era vero.
Everything the tree had said was true.
Le bestie selvagge uscirono dalle loro tane.
The wild beasts came out of their lairs.
La tigre feroce uscì di notte.
The fierce tiger came out at night.
L'orso selvatico lasciò la sua tana.
The wild bear left his lair.
Il rinoceronte vagava per la foresta.
The rhinoceros roamed the forest.
Quella notte l'orso cespuglioso era lì.
The bushy bear was there that night.
Si poteva sentire il rumore del grande elefante.
The great elephant could be heard.
E poi c'era il bufalo cornuto.
And there was the horned buffalo.
Tutti ringhiavano mentre giravano intorno all'albero.
They all growled as they circled the tree.
Avevano sentito l'odore del sangue umano.
They had gotten the scent of human blood.
Potevano sentire i ringhi delle bestie.
They could hear the growls of the beasts.
Le bestie si lanciarono contro l'albero.
The beasts came dashing against the tree.
Hanno spezzato i rami del vecchio albero.
They broke the old tree's branches.
Le loro corna trafissero il tronco dell'albero.
Their horns pierced the tree's trunk.
Ne graffiarono la corteccia con gli artigli.
They scratched its bark with their claws.
Ma tutti i loro sforzi furono vani.
But all their efforts were in vain.
La ragazza e la donna erano al sicuro sull'albero.

The girl and woman were safe in the tree.
Verso l'alba le bestie feroci se ne andarono.
Towards dawn the wild beasts went away.
Dopo l'alba il buon albero parlò di nuovo.
After sunrise the good tree spoke again.
"Le bestie feroci sono tornate"
"The wild beasts have gone back"
"Sono di nuovo nelle loro tane"
"They are in their lairs again"
"Ma hanno fatto del loro meglio per tormentarmi"
"But they did their best to torment me"
"Il sole è sorto di nuovo"
"The sun has risen up again"
"Quindi puoi uscire ora"
"So you can come out now"
L'albero si divise di nuovo in due.
The tree split itself into two again.
La ragazza e la vecchia uscirono.
The girl and the old woman came out.
Hanno visto l'entità del danno.
They saw the extent of the damage.
I rami dell'albero erano stati spezzati.
The tree's branches had been broken off.
Il tronco dell'albero era stato perforato.
The tree's trunk had been pierced.
La corteccia era stata strappata via.
The bark had been stripped off.
"Buona madre, ti ringraziamo"
"Good mother, we thank you"
"Siete stati molto gentili con noi"
"You have been very kind to us"
"Ci hai dato riparo dalle bestie"
"You gave us shelter from the beasts"
"Ma è stato un grande costo per te stesso"
"But it was at a great cost to yourself"
"Hai molte ferite causate dalle bestie selvagge"
"You have many wounds from the wilds beasts"

"Devi provare molto dolore?"
"You must be in great pain?"
Lì vicino scorreva un fiume.
Close by there was a flowing river.
La ragazza andò sulla riva del fiume.
The young girl went to the river bank.
Sulla riva del fiume trovò del fango.
At the bank of the river she found mud.
Ricoprì l'albero con il fango.
She covered the tree with the mud.
Ha coperto in particolar modo le parti danneggiate.
She especially covered the damaged parts.
L'albero la ringraziò per il trattamento.
The tree thanked her for the treatment.
"Mia brava ragazza, ti ringrazio"
"My good girl, I thank you"
"Sono molto sollevato dal mio dolore"
"I am greatly relieved of my pain"
"Sono però più preoccupato per te"
"I am, however, more concerned for you"
"Devi avere fame"
"You must be hungry"
"Non mangi da ieri"
"You have not eaten since yesterday"
"Ma cosa posso darti?"
"But what can I give you?"
"Non ho alcun frutto mio"
"I have no fruit of my own"
"Ma ho qualche consiglio"
"But I do have some advice"
"Date alla vecchia tutti i soldi che avete"
"Give the old woman whatever money you have"
"Lasciatela andare in città"
"Let her go into the city"
"In città può comprare del cibo"
"In the city she can buy some food"
Spiegarono la loro situazione all'albero.

They explained their situation to the tree.

"Siamo stati mandati via senza soldi "

"We have been sent out with no money"

Ma lei continuò comunque a frugare nella sua cassetta degli attrezzi.

But she searched through her work-box anyway.

E nella scatola trovò cinque cipree.

And in the box she found five cowries.

L'albero continuò a dare i suoi consigli.

The tree continued to give its advice.

"Vai con le tue cipree in città"

"Go with your cowries to the city"

"Usa le cipree per comprare del riso fritto"

"Use the cowries to buy some fried rice"

Così la vecchia andò in città.

So the old woman went to the city.

Fortunatamente la città non era lontana.

Fortunately the city was not far away.

Andò dal primo negoziante che trovò.

She went to the first shopkeeper she found.

"Per favore, dammi cinque cipree di riso"

"Please give me five cowries worth of rice"

Il negoziante rise di lei.

The shopkeeper laughed at her.

"Dove si può trovare del riso per cinque cipree?"

"Where can rice be had for five cowries?"

"Vattene, vecchia strega", le disse.

"Be off, you old hag," he told her.

Così provò a barattare in un altro negozio.

So she tried to barter at another shop.

Il negoziante poteva vedere la sua angoscia.

This shopkeeper could see her distress.

E il negoziante ebbe pietà di lei.

And the shopkeeper took pity on her.

Le diede una grande quantità di riso.

She gave her a large quantity of rice.

La vecchia tornò con il riso.

The old woman returned with the rice.
E l'albero diede ulteriori istruzioni.
And the tree gave further instructions.
"Mangia meno della metà del riso"
"Eat less than half of the rice"
"Vai agli argini della riva del fiume"
"Go to the embankments of the river bank"
"Getta il riso rimasto sulla riva del fiume"
"Cast the remaining rice on the river bank"
Non ne capivano il senso.
They did not understand the sense of it.
"Perché seminare il riso lungo le rive del fiume?"
"Why sow the riverbank with rice?"
Ma fecero come era stato loro consigliato.
But they did as they were advised.
E gettarono il riso a terra.
And they threw their rice onto the ground.

Trascorsero la giornata lamentandosi del loro destino.
They spent the day lamenting their fate.
Proprio come prima che le bestie uscissero di notte.
Just as before the beasts came out at night.
L'albero li ospitò di nuovo all'interno del suo tronco.
The tree housed them inside of its trunk again.
Di nuovo mutilarono e torturarono l'albero.
Again they mutilated and tortured the tree.
Ma quella notte accadde qualcos'altro.
But that night something else happened.
Le donne lo videro solo il giorno dopo.
The women only saw it the next day.
Il riso aveva attirato centinaia di pavoni.
The rice had attracted hundreds of peacocks.
I pavoni gareggiavano per il riso.
The peacocks competed for the rice.
E le loro piume caddero sul pavimento.
And their feathers fell on the floor.
L'albero sapeva cosa sarebbe successo.

The tree had known what would happen.
E l'albero consigliò loro cosa fare dopo.
And the tree advised them what to do next.
"Torna sulla riva del fiume"
"Go back to the bank of the river"
"Vai dove hai gettato il riso"
"Go to where you cast the rice"
"Lì vedrai molte piume"
"There you will see many feathers"
"Raccogli tutte le piume che riesci a trovare"
"Collect all the feathers you can find"
"Usa le piume per creare un bellissimo ventaglio"
"Use the feathers to make a beautiful fan"
"E porta il ventaglio di piume in città"
"And take the feather-fan to the city"
Le due donne fecero come era stato loro consigliato.
The two women did as they were advised.
Era una fortuna che la ragazza avesse preso la sua scatola da lavoro.
It was good the girl had taken her work-box.
Nella sua cassetta degli attrezzi c'era dello spago.
In her work-box was some string.
Legarono insieme le piume.
The tied the feathers together.
E con le piume aveva fatto un ventaglio.
And she had made a fan from the feathers.
Portò il ventaglio di piume in città.
She took the feather fan to the city.
Il figlio del re si trovava lì.
The son of the king happened to be there.
Ammirava molto le piume.
He admired the feathers greatly.
Pagò una grossa somma di denaro per le piume.
He paid a large sum of money for the feathers.
Ogni mattina veniva raccolta una certa quantità di piume.
Each morning a quantity of feathers was collected.

E ogni giorno veniva realizzato e venduto un ventaglio di piume.
And each day a feather fan was made and sold.
Nel giro di poco tempo le due donne diventarono ricche.
Within a short time the two women got rich.
L'albero allora consigliò loro di costruire una casa.
The tree then advised them to build a house.
"Assumi uomini che brucino mattoni per te"
"Employ men to burn bricks for you"
"Fategli tagliare travi e travicelli"
"Get them to cut beams and rafters"
"Fategli intonacare i muri con la calce"
"Make them plaster the walls with lime"
In pochi mesi venne costruita una casa signorile.
In a few months a stately house was built.
L'albero era contento per le donne.
The tree was pleased for the women.
"Dovresti aggiungere un giardino alla tua casa"
"You should add a garden to your house"
"E vuoi essere in grado di immagazzinare l'acqua"
"And you want to be able to store water"
"Scava una cisterna d'acqua nel tuo giardino"
"Dig a water tank in your garden"

La ragazza non aveva avuto molto tempo.
The girl had not had much time.
Quindi non pensò alla sua famiglia.
So she didn't think of her family.
La fortuna del mercante aveva preso una piega diversa.
The merchant's luck had taken a turn.
La dea della ricchezza lo guardò con disapprovazione.
The goddess of wealth frowned upon him.
Fu colpito da una disgrazia improvvisa.
He was struck by a sudden misfortune.
All'improvviso perse tutti i suoi soldi.
All at once he lost all of his money.
Fu costretto a vendere la sua casa.

He was forced to sell his house.
Ma la perdita della proprietà fu enorme.
But he made a great loss on the property.
Lui e la sua famiglia rimasero senza un soldo.
He and his family were left penniless.
Così furono costretti a vivere altrove.
So they were forced to live elsewhere.
Capitò che si trasferissero in un villaggio vicino.
They happened to move to a nearby village.
Il palazzo non era lontano dalla loro nuova casa.
The palace was not far from their new house.
Ma il mercante non era più ricco.
But the merchant was not rich anymore.
E doveva comunque provvedere al sostentamento della sua famiglia.
And he still had to support his family.
Era stato ridotto a svolgere lavori manuali.
He had been reduced to doing manual labor.
Fece domanda per il lavoro a palazzo.
He applied for the job at the palace.
Stava per scavare la buca per l'acqua.
He was going to dig the hole for the water.
Anche sua moglie si è offerta di lavorare con lui.
His wife also offered to work with him.
Ma arrivarono troppo tardi per lavorare.
But they got there too late to work.
Il serbatoio dell'acqua era già stato ultimato.
The water tank had already been finished.
E non sapevano di chi fosse quella casa.
And they did not know whose house it was.
La figlia del mercante guardava fuori dalla finestra.
The merchant's daughter was looking out the window.
Le è capitato di vedere i suoi genitori in giardino.
She happened to see her parents in the garden.
Poteva vedere gli stracci che indossavano.
She could see the rags they were wearing.
A quella vista i suoi occhi si riempirono di lacrime.

Her eyes filled with tears at the sight.
Non riusciva a credere a ciò che vedeva.
She could not believe what she saw.
I suoi genitori erano venuti da lei per lavoro.
Her parents had come to her for work.
Chiamò subito i suoi servi.
She immediately called her servants.
"Fuori nel giardino ci sono i miei genitori"
"Outside in the garden are my parents"
"Per favore, offrite loro questi bei vestiti"
"Please offer them these fine clothes"
"E chiedi loro di entrare nel palazzo"
"And ask them to come into the palace"
I suoi servi fecero come era stato loro detto.
Her servants did as they were told.
Ma i suoi genitori erano terrorizzati.
But her parents were frightened beyond measure.
Avevano visto che il carro armato era finito.
They had seen that the tank was finished.
C'era una strana tradizione.
There used to be a strange tradition.
A quei tempi venivano offerti sacrifici umani.
In those days human sacrifices were offered.
Una di queste occasioni si verificò dopo aver scavato una piscina.
One of those occasions was after digging a pool.
Potete immaginare la paura dei suoi genitori.
You can imagine her parents' fear.
Erano venuti per scavare la cisterna dell'acqua.
They had come to dig the water tank.
Ma ora i servi li chiamavano.
But now servants were calling them.
Pensavano che sarebbero stati sacrificati.
They thought they going to be sacrificed.
"Gettate via i vostri stracci", dissero.
"Throw away your rags" they said.
"Ecco, indossa questi bei vestiti"

"Here, wear these fine clothes"
E le loro paure aumentarono ancora di più.
And their fears increased even more.
Ma non dovettero temere a lungo.
But they did not have to fear for long.
La loro ricca figlia uscì per incontrarli.
Their rich daughter came out to meet them.
Abbracciò e baciò i suoi genitori.
She hugged and kissed her parents.
E raccontò loro tutto quello che era successo.
And she told them everything that had happened.
Il padre pensò che aveva avuto ragione.
The father felt that she had been right.
"Si vive della propria fortuna"
"You do live from your own fortune"
La figlia non incolpava il padre.
The daughter did not blame her father.
E gli diede una grande fortuna.
And she gave him a large fortune.
Con i soldi tornò in città.
With the money he moved back to the city.
Ben presto tornò a fare il mercante.
Soon he became a merchant again.
E andò in paesi lontani per commerciare.
And he went to distant countries for trade.

Un giorno si preparò per un'altra iniziativa imprenditoriale.
One day he got ready for another business venture.
Ma quel giorno accadde qualcosa di strano.
But that day something strange happened.
La nave era pronta a lasciare il porto.
The ship was ready to leave the port.
Ma per qualche ragione la nave non si mosse.
But for some reason the ship did not move.
Nessuno riusciva a spiegare cosa stesse succedendo.
No one could explain what was happening.
Ma il mercante ebbe un'idea.

But the merchant had an idea.
"Forse le mie figlie vorrebbero dei regali"
"Perhaps my daughters would like presents"
"Devo chiedere loro cosa vorrebbero"
"I need to ask them what they would like"
Andò a trovare le sue figlie.
He went to see his daughters.
Chiese loro cosa desiderassero.
He asked them what they would like.
E promise di portare loro dei regali.
And he promised to bring them presents.
Ma la nave non si mosse ancora.
But the ship would still not move.
Non aveva chiesto a tutte le sue figlie.
He had not asked all his daughters.
La figlia più piccola non era presente.
His youngest daughter was not there.
Viveva in un'altra città.
She was living in a different city.
Così ordinò ai suoi servi di recarsi al suo palazzo.
So he ordered his servants go to her palace.
Il messaggero arrivò nel momento sbagliato.
The messenger came at the wrong time.
La giovane ragazza era dedita alle devozioni.
The young girl was engaged in devotions.
Ma il messaggero glielo chiese comunque.
But the messenger asked her anyway.
Lei gli ha appena detto "sobur"
She just told him "sobur"
Il significato di questo era "aspettare"
The meaning of this was "wait"
Ma il messaggero non lo sapeva.
But the messenger didn't know this.
Pensava che lei volesse qualcosa chiamato "sobur"
He thought she wanted something called "sobur"
Così tornò alla città del mercante.
So he went back to the city of the merchant.

E trasmise il messaggio ricevuto.
And he delivered the message he received.
"Tua figlia vuole qualcosa chiamato 'sobur'"
"Your daughter wants something called 'sobur'"
Questa volta la nave poté muoversi di nuovo.
This time the ship could move again.
Così il mercante iniziò il suo viaggio.
So the merchant started on his travels.
Durante il suo viaggio visitò molti porti.
He visited many ports on his journey.
E ricavò buoni profitti dai suoi scambi.
And he made good profits from his trades.
Trovare i regali non è stato difficile.
Finding the presents was not difficult.
Trovò tutto ciò che le sue figlie più grandi desideravano.
He found everything his oldest daughters wanted.
Ma il desiderio della figlia più piccola era difficile da realizzare.
But his youngest daughter's wish was difficult.
Non riusciva a trovare la cosa chiamata "sobur"
He could not find the thing called "sobur"
Chiedeva informazioni in ogni porto in cui arrivava.
He asked at every port he came to.
"Avete qualcosa chiamato 'sobur'?"
"Do you have something called 'sobur'?"
Ma tutti i mercanti scossero la testa.
But the merchants all shook their heads.
"Non abbiamo mai sentito parlare di 'sobur'"
"We've never heard of 'sobur'"
Il suo viaggio era quasi giunto al termine.
His voyage had almost come to its end.
Presto sarebbe tornato a casa.
He was soon going to head back home.
Ma lui voleva il "sobur" per sua figlia.
But he wanted "sobur" for his daughter.
Così andò a chiamare per le strade.
So he went calling through the streets.

"Sobur, qualcuno ha del sobur?!"
"Sobur, does anyone have sobur?!"
Il figlio del re era nel suo castello.
The son of the King was in his castle.
Per caso stava guardando fuori dalla finestra.
He happened to be looking out the window.
E le chiamate attirarono la sua attenzione.
And the calls attracted his attention.
Perché il suo nome era Sobur.
Because his name happened to be Sobur.
Andò dal mercante per parlare con lui.
He came to the merchant to speak with him.
"Ho il Sobur che desideri"
"I have the Sobur that you want"
"Prendi questa scatola, ma fai attenzione"
"Take this box, but be careful with it"
"Nella scatola c'è un ventaglio di piume magico e uno specchio"
"In the box is a magical feather fan and mirror"
"Questo è il Sobur che tua figlia desidera"
"This is the Sobur your daughter wishes for"
Il mercante ringraziò il principe per la scatola.
The merchant thanked the prince for the box.
E tornò nel suo paese.
And he returned back to his country.

Diede la scatola a sua figlia.
He gave the box to his daughter.
Ma la figlia non ci pensò.
But the daughter didn't think about it.
Pensava che fosse solo una scatola comune.
She thought it was just a common box.
Si era dimenticata del messaggero.
She had forgotten about the messenger.
Ma un giorno decise di aprire la scatola.
But one day she decided to open the box.
Dentro la scatola trovò un bellissimo ventaglio.

Inside the box she found a beautiful fan.
Nel ventaglio di piume c'era uno splendido specchio.
In the feather fan there was a beautiful mirror.
Agitò il ventaglio di piume per rinfrescarsi.
She waved the feather fan to cool herself.
E il principe Sobur le apparve davanti.
And Prince Sobur appeared before her.
"Mi hai chiamato, eccomi qui", disse.
"You called me, so here I am," he said.
"Cosa desideri?" chiese.
"What is it you wish for?" he asked.
Rimase sbalordita da ciò che vide.
She was astonished at what she saw.
All'improvviso è apparso un bel principe!
A handsome prince had suddenly appeared!
«Chi sei?» chiese al principe.
"Who are you?" she asked the prince.
"E come sei apparso all'improvviso?"
"And how did you suddenly appear?"
Il principe spiegò cosa era successo.
The prince explained what had happened.
"Tuo padre stava cercando 'sobur'"
"Your father was looking for 'sobur'"
«Io sono il principe Sobur», spiegò.
"I am prince Sobur," he explained.
"Ho dato una scatola a tuo padre"
"I gave your father a box"
"In questa scatola c'è un ventaglio di piume e uno specchio"
"In this box there is a feather fan and mirror"
"Quando agiti il ventaglio di piume, apparirò"
"When you shake the feather fan I will appear"
Chiese al principe di restare come ospite.
She asked the prince to stay as a guest.
E per due giorni il principe rimase con lei.
And for two days the prince stayed with her.
E lo intrattenne nel suo palazzo.
And she entertained him in her palace.

Durante quel periodo i due si innamorarono.
During that time the two fell in love.
Si scambiarono i loro voti.
They made their vows to each.
E diventarono marito e moglie.
And they became husband and wife.
Dopo ciò il principe tornò da suo padre.
After this the prince returned to his father.
Gli disse che aveva scelto una moglie.
He told him that he had selected a wife.
Il giorno delle nozze era stato deciso.
The day for the wedding was decided.
Tutta la famiglia è stata invitata.
All the family was invited.
E hanno avuto un matrimonio meraviglioso.
And they had a beautiful wedding.

Ma nel letto coniugale avvenne un lutto.
But there was a death in the marriage bed.
Le sei figlie del mercante erano invidiose.
The six daughters of the merchant were envious.
Erano gelosi del successo della sorella.
They were jealous of their sister's success.
Così decisero di distruggere la sua felicità.
So they decided to destroy her happiness.
Hanno rotto diverse bottiglie di vetro.
They broke several glass bottles.
E macinarono il vetro fino a ridurlo in polvere fine.
And they ground the glass into fine powder.
Poi sparsero la polvere sul letto.
Then they scattered the powder on the bed.
Il principe non sospettava alcun pericolo.
The prince suspected no danger.
Si sdraiò sul letto.
He laid himself down in the bed.
Presto sentì un dolore acuto.
Soon he felt an acute pain.

Tutto il suo corpo gli doleva.
All of his whole body ached.
La polvere gli aveva attraversato la pelle.
The powder had gone through his skin.
Il principe divenne inquieto a causa del dolore.
The prince became restless through pain.
E cominciò a scalciare e urlare.
And he started to kick and scream.
Fu portato via nel suo paese.
He was taken away to his own country.
Il re e la regina erano molto preoccupati.
The king and queen were very worried.
Consultarono tutti i medici del regno.
They consulted all the kingdom's physicians.
Ma i loro sforzi furono vani.
But their efforts were in vain.
Giorno e notte il giovane principe urlava.
Day and night the young prince was screaming.
Nessuno è riuscito a stabilire la natura della malattia.
No one could ascertain the disease.
Quindi non avevano modo di conoscere il rimedio.
So they had no way of knowing the remedy.
Potete immaginare il dolore della moglie.
You can imagine the grief of his wife.
Il nodo del matrimonio era appena stato stretto.
The marriage knot had only just been tied.
Pensava che fosse stato colpito da una terribile malattia.
She thought a terrible disease had attacked him.
Poi fu portato a centinaia di chilometri di distanza.
Then he was carried hundreds of miles away.
Non era mai stata nel suo paese.
She had never been to his country.
Ma lei era determinata ad andarci.
But she was determined to go there.
Ed era determinata ad accudirlo meglio.
And she was determined to nurse him better.
Indossò l'abito di una Sannyasi.

She put on the garb of a Sannyasi.
E teneva in mano un pugnale.
And she carried a dagger in her hand.
E poi partì per il suo viaggio.
And then she set out on her journey.

La principessa era ancora relativamente giovane.
The princess was still relatively young.
Non era abituata ai lunghi viaggi.
She was unaccustomed to long journeys.
E non era abituata a camminare così lontano.
And she wasn't used to walking so far.
Ben presto si stancò di camminare.
She soon got weary of walking.
Così si sedette sotto un albero per riposare.
So she sat under a tree to rest.
Sulla cima dell'albero c'era un nido.
On the top of the tree there was a nest.
Era il nido di due uccelli divini.
It was the nest of two divine birds.
Bihangami e Bihangama vivevano qui.
Bihangami and Bihangama lived here.
In quel momento non si trovavano nel nido.
They were not in their nest at the time.
Ma due dei loro pulcini erano nel nido.
But two of their chicks were in the nest.
All'improvviso i pulcini lanciarono un grido.
Suddenly the chicks gave a scream.
Ciò svegliò la principessa mezzo assonnata.
This roused the half-drowsy princess.
Gli uccellini avevano visto un serpente enorme.
The little birds had seen huge serpent.
Il serpente stava per arrampicarsi sull'albero.
The snake was about to climb the tree.
Questa sarebbe stata la fine degli uccelli.
This would have been the end of the birds.
Ma la Sannyasi estrasse il pugnale.

But the Sannyasi took out her dagger.

E tagliò il serpente in due.

And she cut the serpent in two.

Naturalmente anche questo spaventava i giovani uccelli.

Of course even this frightened the young birds.

E volarono via dal nido urlando.

And they flew from the nest screaming.

Bihangama e Bihangami erano sulla via del ritorno.

Bihangama and Bihangami were on their way back.

Arrivarono veleggiando nell'aria.

They came sailing through the air.

Pensavano di sapere già cosa era successo.

They thought they already knew what had happened.

"Non mi aspetto di vedere i nostri figli"

"I don't expect to see our children"

"Il nido sarà di nuovo vuoto"

"The nest will be empty again"

"Tutti i nostri figli precedenti sono stati mangiati"

"All our previous children were eaten"

"Furono mangiati dal nostro grande nemico, il serpente"

"They were eaten by our great enemy the serpent"

"Avranno incontrato la stessa sorte"

"They will have met the same fate"

"Non sento il pianto dei miei piccoli"

"I do not hear the cries of my young ones"

I due uccelli arrivarono al loro nido.

The two birds got to their nest.

E come previsto, il nido era vuoto.

And as predicted, the nest was empty.

Ciò sembrò confermare i loro sospetti.

This seemed to confirm their suspicions.

Ma presto i giovani uccelli tornarono.

But soon the young birds returned.

Gli uccelli divini rimasero piacevolmente sorpresi.

The divine birds were pleasantly surprised.

I giovani uccelli raccontarono loro cosa era successo.

The young birds told them what had happened.

"C'era un giovane Sannyasi sotto l'albero"
"There was a young Sannyasi under the tree"
"Egli distrusse il serpente"
"He destroyed the serpent"
"Ha tagliato il serpente in due con il suo pugnale"
"He cut the snake in two with his dagger"
I genitori andarono ai piedi dell'albero.
The parents went to foot of the tree.
Le due metà del serpente erano ancora lì.
Two halves of the snake were still there.
"Il giovane Sannyasi ha salvato la nostra prole"
"The young Sannyasi has saved our offspring"
"Vorrei che potessimo ricambiare il favore"
"I wish we could do him some service in return"
Rispose l'uccello divino Bihangama.
The divine bird Bihangama replied.
"Faremo il nostro servizio a LEI"
"We shall do our service to HER"
"Il Sannyasi sotto l'albero non è un uomo"
"The Sannyasi under the tree is not a man"
"Il Sannyasi sotto l'albero è una donna"
"The Sannyasi under the tree is a woman"
"Ieri sera si è sposata con il principe Sobur"
"Last night she got married to Prince Sobur"
"Poco dopo il loro matrimonio fu avvelenato"
"Shortly after their marriage he was poisoned"
"La sua pelle era trafitta da piccole schegge di vetro"
"His skin was pierced with small shards of glass"
"Le sue cognate invidiavano sua moglie"
"His sisters-in-law envied his wife"
"Le sue sorelle spargono la polvere sul letto"
"Her sisters spread the powder over the bed"
"Soffre ancora per il suo dolore"
"He is still suffering from his pain"
"Ma lui è nella sua terra natale"
"But he is in his native land"
"E ora è in punto di morte"

"And now he is at the point of death"

"Sotto l'albero c'è la sua eroica sposa"

"Beneath the tree is his heroic bride"

"Indossa l'abito di un Sannyasi"

"She is wearing the garb of a Sannyasi"

"E lei lo allatterà"

"And she is going to nurse him"

Il Bihangami chiese al Bihangama.

The Bihangami asked the Bihangama.

"Non esiste una cura per il principe?"

"Is there no cure for the prince?"

"Sì, esiste una cura", rispose il Bihangama.

"Yes, there is a cure" replied the Bihangama.

"C'è dello sterco indurito che giace sul terreno"

"There is hardened dung lying on the ground"

"Deve prendere questo sterco indurito"

"She must take this hardened dung"

"Allora deve ridurre lo sterco in polvere"

"Then she must reduce the dung to powder"

"E poi deve fare il bagno al principe"

"And then she must bathe the prince"

"Deve lavarlo in sette giare d'acqua"

"She must bathe him in seven jars of water"

"Allora dovrà bagnarlo in sette giare di latte "

"Then she must bathe him in seven jars of milk"

"Allora deve applicare la polvere sul suo corpo"

"Then she must apply the powder to his body"

"Dopo questo il principe Sobur guarirà"

"After this Prince Sobur will get well"

"Non ho dubbi su questo rimedio"

"I have no doubts about this remedy"

Tuttavia, il Bihangami vide un problema.

The Bihangami saw a problem though.

"La principessa è solo una giovane ragazza"

"The princess is but a young girl"

"Non può camminare per una distanza così lunga"

"She cannot walk such a distance"

"Il viaggio le avrebbe richiesto molti giorni"
"The journey would take her many days"
"A quel punto il povero principe sarà morto"
"By that time the poor prince will have died"
"Io posso", rispose il Bihangama.
"I can," replied the Bihangama.
"Prenderò la signorina sulla mia schiena"
"I will take the young lady on my back"
"La porterò in aereo alla città del principe Sobur"
"I will fly her to Prince Sobur's city"
"Se non accetta regali, la riporterò indietro in aereo"
"If she takes no presents, I will fly her back"
La figlia del mercante sentì questa conversazione.
The merchant's daughter heard this conversation.
Pregò il Bihangama di prenderla in groppa.
She begged the Bihangama to take her on his back.
E naturalmente l'uccello acconsentì volentieri.
And of course the bird willingly consented.
Per prima cosa raccolse un po' di sterco dell'uccello.
First she gathered some of the bird's dung.
E poi ridusse lo sterco in polvere fine.
And then she reduced the dung to fine powder.
Era armata di questa potente medicina.
She was armed with this potent medicine.
E lei salì sul dorso del gentile uccello.
And she got on the back of the kind bird.

Il Bihangama volò veloce come un fulmine.
The Bihangama flew as fast as lightning.
Ben presto raggiunsero la città del principe Sobur.
They soon reached Prince Sobur's city.
Il giovane Sannyasi salì al palazzo.
The young Sannyasi went up to the palace.
E parlò alle guardie al cancello.
And she spoke to the guards at the gate.
"Manda a dire al re che ho una medicina"
"Send word to the king that I have a medicine"

"Questa medicina salverà la vita del principe"
"This medicine will save the prince's life"
"Entro poche ore avrò guarito il principe"
"Within hours I will have cured the prince"
Il re aveva provato tutti i migliori dottori.
The king had tried all the best doctors.
Ma nessun medico era riuscito a curare suo figlio.
But no doctor had been able to cure his son.
Quindi non credeva alle parole del Sannyasi.
So he didn't believe the Sannyasi's words.
Ma i suoi consiglieri gli consigliarono diversamente.
But his councilors advised him otherwise.
Il Sannyasi ordinò sette giare d'acqua.
The Sannyasi ordered for seven jars of water.
E furono ordinati sette barattoli di latte.
And seven jars of milk were ordered.
Versò una brocca d'acqua sul principe.
He poured a jar of water on the prince.
E versò un barattolo di latte sul principe.
And he poured a jar of milk on the prince.
Aveva una piuma dell'uccello divino.
He had a feather from the divine bird.
E usò la piuma per applicare la polvere.
And he used the feather to apply the powder.
Tutto il corpo del principe era coperto.
All of the prince's body was covered.
La cosa si ripeté altre sei volte.
This was repeated another six times.
L'ultimo trattamento ha fatto la magia.
The last treatment did the magic.
Il principe cominciò a sentirsi di nuovo bene.
The prince started to feel well again.
Il re era più felice di quanto le parole possano descrivere.
The king was happier than words can describe.
"Date ai Sannyasi i tesori più preziosi"
"Give the Sannyasi the finest treasures"
Ma il Sannyasi si rifiutò di accettare regali.

But the Sannyasi refused to take presents.
"Lasciami l'anello al dito del principe"
"Let me have the ring on the prince's finger"
Il re e il principe erano felici.
The king and the prince were happy.
E gli diedero ciò che voleva.
And they gave him what he wanted.
La figlia del mercante tornò indietro in fretta.
The merchant's daughter hastened back.
Il Bihangama aspettava sulla riva del mare.
The Bihangama was waiting at the sea-shore.
Raggiunsero l'albero degli uccelli divini.
They reached the tree of the divine birds.
La giovane sposa tornò a piedi al suo palazzo.
The young bride walked back to her palace.

Il giorno seguente scosse il magico ventaglio di piume.
The following day she shook the magical feather fan.
Proprio come prima, apparve suo marito.
Just as before, her husband appeared.
Naturalmente era felice di rivedere sua moglie.
Of course he was happy to see his wife.
Ma lui era infinitamente sorpreso.
But he was infinitely surprised.
Aveva il suo anello al dito.
She had his ring on her finger.
Sua moglie era il suo medico.
His own wife was his doctor.
Era stata sua moglie a guarirlo!
It was his wife that had cured him!
Il principe portò la sua sposa nel suo palazzo.
The prince took his bride to his palace.
Perdonò le cognate.
He forgave his sisters-in-law.
Vissero felici e contenti per molti anni.
They lived happily for many years.
E furono benedetti con dei figli.

And they were blessed with children.

Le origini dell'oppio
The Origins of Opium

C'era una volta un Rishi.
Once upon on a time there lived a Rishi.
Viveva sulle rive del sacro Gange.
He lived on the banks of the holy Ganges.
Questo Rishi era un uomo molto religioso.
This Rishi was a very religious man.
Trascorreva le sue giornate celebrando riti religiosi.
He spent his days performing religious rites.
Dall'alba al tramonto sedeva sulla riva del fiume.
From sunrise to sunset he sat on the river bank.
Per tutto il tempo rimase seduto, immerso nella devozione.
For the whole time he sat engaged in devotion.
Di notte si rifugiò nella sua capanna.
At night he took shelter in his hut.
La sua capanna era fatta di foglie di palma.
His hut was made from palm-leaves.
Le palme che aveva fatto crescere da giovani alberi.
The palms he had grown from saplings.
Non c'era nessuno nel raggio di chilometri.
There was no one around for miles.
Tuttavia nella capanna c'era un topo.
However, in the hut there was a mouse.
Viveva di ciò che il Rishi le aveva lasciato.
She lived from what the Rishi left for her.
Il Rishi era un uomo dal cuore gentile.
The Rishi was a kind-hearted man.
Non avrebbe fatto del male a nessun essere vivente.
He would not hurt any living thing.
Quindi il nostro topo non è mai scappato via da lui.

So our mouse never ran away from him.
Infatti, il nostro topo è andato da lui.
In fact, our mouse went to him.
Gli toccò i piedi mentre era seduto.
She touched his feet when he was sitting.
E le piaceva giocare con lui.
And she enjoyed playing with him.
Anche al Rishi piaceva il topolino.
The Rishi also liked the little mouse.
Quindi voleva essere gentile con lei.
So he wanted to be kind to her.
E voleva qualcuno con cui parlare.
And he wanted someone to talk to.
Così le diede il potere della parola.
So he gave her the power of speech.

Una notte il topo si alzò.
One night the mouse stood up.
Si alzò sulle zampe posteriori.
She got onto her hind legs.
E lei si fermò di fronte al Rishi.
And she stood in front of the Rishi.
E unì le zampe anteriori.
And she put her front paws together.
"Santo Saggio, sei stato gentile con me"
"Holy Sage, you have been kind to me"
"E mi hai dato il linguaggio umano"
"And you have given me human language"
"Spero che ciò non dispiaccia alla vostra riverenza"
"I hope it doesn't displease your reverence"
"Ma ho un'altra grazia da chiederti"
"But I have one more boon to ask"
Il Rishi ascoltò il suo topo.
The Rishi listened to his mouse.
"Che cos'è?" chiese il Rishi.
"What is it?" asked the Rishi.
"Di' quello che vuoi, topolino"

"Say what you want, little mouse"
Il topo rispose al Rishi.
The mouse answered the Rishi.
"Di giorno la vostra riverenza va al fiume "
"By day your reverence goes to the river"
"E lì praticherai le tue devozioni"
"And there you practice your devotions"
"In questo periodo un gatto viene alla capanna"
"During this time a cat comes to the hut"
"Questo gatto ha cercato di prendermi"
"This cat has been trying to catch me"
"Ha ancora un po' di paura della tua riverenza"
"She still has some fear of your reverence"
"Altrimenti mi avrebbe mangiato molto tempo fa"
"Otherwise she would have eaten me long ago"
"Ma ho paura che un giorno il gatto mi mangerà"
"But I fear the cat will eat me someday"
"Quindi ho una preghiera da chiederti"
"So I have one prayer to ask of you"
"Per favore, che io possa essere trasformato in un gatto!"
"Please may I be changed into a cat!"
"Allora sarei all'altezza del mio nemico"
"Then I would be a match for my foe"
Il Rishi comprese la difficile situazione del topo.
The Rishi understood the mouse's plight.
Gettò dell'acqua santa sul topo.
He threw some holy water on the mouse.
E il topo si trasformò all'istante in un gatto.
And the mouse instantly turned into a cat.

Aveva vissuto come un gatto per alcuni giorni.
She had lived as a cat for some days.
Una notte andò di nuovo dal Rishi.
One night she went to the Rishi again.
E il Rishi parlò al suo animale domestico.
And the Rishi spoke to his pet.
"Bene, piccolo gattino, come stai?"

"Well, little kitty, how are you!"
"Come ti piace la tua vita attuale?"
"How do you like your present life!"
Il gatto pensò a cosa dire.
The cat thought about what to say.
Ma non c'era bisogno che dicesse nulla.
But she didn't have to say anything.
Il Rishi lo capì dalla sua espressione.
The Rishi could tell by her expression.
"Perché non ti piace?" chiese il saggio.
"Why don't you like it?" asked the sage.
"Non sei forte come gli altri gatti!"
"Are you not as strong as the other cats!"
"Sì, sono abbastanza forte", rispose il gatto.
"Yes, I am strong enough," answered the cat.
"La tua riverenza mi ha reso un gatto forte"
"Your reverence has made me a strong cat"
"Forte come qualsiasi gatto del mondo"
"As strong as any cat in the world"
"Ora non ho più paura dei gatti"
"Now I do not fear cats anymore"
"Ma ora ho un nuovo nemico"
"But now I have got a new foe"
"Di giorno la vostra riverenza va al fiume"
"By day your reverence goes to the river"
"In questo periodo i cani vengono alla capanna"
"During this time dogs come to the hut"
"Questi cani mi hanno abbaiato contro"
"These dogs have been barking at me"
"E ho avuto paura per la mia vita"
"And I have been frightened for my life"
"Quindi ho un'altra preghiera da chiederti"
"So I have one more prayer to ask of you"
"Per favore, che io possa essere trasformato in un cane!"
"Please may I be changed into a dog!"
Il Rishi comprese la difficile situazione del gatto.
The Rishi understood the cat's plight.

Gettò dell'acqua santa sul gatto.
He threw some holy water on the cat.
E il gatto divenne subito un cane.
And the cat instantly became a dog.

Per alcuni giorni visse come un cane.
She lived as a dog for some days.
Ma una notte parlò con il Rishi.
But one night she spoke to the Rishi.
"Non posso ringraziare abbastanza la vostra reverenza"
"I cannot thank your reverence enough"
"Sei stato molto gentile con me"
"You have been most kind to me"
"Ero solo un povero topo"
"I was but a poor mouse"
"Non mi hai solo dato la parola"
"You not only gave me speech"
"Ma mi hai anche trasformato in un gatto"
"But you also turned me into a cat"
"E la tua gentilezza non è finita qui"
"And your kindness didn't end there"
"Poi mi hai trasformato in un cane"
"Then you changed me into a dog"
"Come cane, però, soffro molto"
"As a dog, however, I suffer greatly"
"Non ho abbastanza da mangiare"
"I do not get enough to eat"
"Il mio unico cibo è quello che mi lasci"
"My only food is what you leave me"
"Andava bene quando ero un topo "
"That was fine when I was a mouse"
"Ma tu mi hai reso molto più grande"
"But you have made me much larger"
"E non basta riempirmi la bocca"
"And it is not enough to fill my mouth"
"Oh, vostra riverenza, quanto invidio quelle scimmie"
"OH your reverence, how I envy those monkeys"

"Saltano da un albero all'altro"
"They jump about from tree to tree"
"Mangiano tutti i tipi di frutta deliziosa!"
"They eat all sorts of delicious fruits!"
"Per favore, che la riverenza non si arrabbi"
"Please may reverence not get angry"
"Prego di essere trasformato in una scimmia"
"I pray to be changed into a monkey"
Il saggio era un uomo molto comprensivo.
The sage was a very understanding man.
Il suo cuore era pieno di pazienza.
His heart was filled with patience.
Fu felice di esaudire il desiderio del suo animale domestico.
He was happy to grant his pet's wish.
Gettò dell'acqua santa sul cane.
He threw some holy water on the dog.
E il cane si trasformò all'istante in una scimmia.
And the dog instantly became a monkey.

All'inizio la nostra scimmia era selvaggiamente felice.
Our monkey was at first wild with joy.
Saltava da un albero all'altro.
She leaped from one tree to another.
Succhiò ogni frutto succulento.
She sucked every luscious fruit.
Ma la sua gioia durò ancora una volta poco.
But her joy was short-lived again.
L'estate aveva portato con sé la siccità.
Summer had brought with it its drought.
Le scimmie trovano difficile scendere.
Monkeys find it hard to climb down.
Quindi non poteva bere dal fiume.
So she couldn't drink from the river.
Vide come vivevano i cinghiali.
She saw how the wild boars lived.
Hanno sguazzato nell'acqua tutto il giorno.
All day they splashed in the water.

Ora invidiava la loro vita.

She envied their life now.

"Oh, quanto sono felici quei cinghiali!"

"Oh how happy those wild boars are!"

"I loro corpi sono raffreddati tutto il giorno"

"All day their bodies are cooled"

"Tutto il giorno sono rinfrescati dall'acqua"

"All day they are refreshed by water"

"Come vorrei essere un cinghiale"

"How I wish I were a wild boar"

Quella notte andò dal Rishi.

That night she went to the Rishi.

Gli raccontò i suoi guai.

She recounted her troubles to him.

Gli raccontò tutto dei cinghiali.

She told him all about the wild boars.

"Oh, quanto deve essere piacevole la loro vita"

"Oh how pleasant their lives must be"

E implorò di essere cambiata di nuovo.

And she begged to be changed again.

"Prego di essere trasformato in un cinghiale"

"I pray to be changed into a wild boar"

La gentilezza del saggio non conosceva limiti.

The sage's kindness knew no bounds.

e acconsentì alla richiesta del suo animale domestico.

and he complied with his pet's request.

Gettò dell'acqua santa sulla scimmia.

He threw some holy water on the monkey.

E la scimmia si trasformò all'istante in un cinghiale.

And the monkey instantly became a wild boar.

Il nostro cinghiale era ormai molto contento.

Our boar was now very content.

Teneva il corpo completamente bagnato.

She kept her body soaking wet.

Ogni giorno andava al fiume.

Every day she went to the river.

Sguazzava nel suo elemento preferito.
She splashed about in her favorite element.
Ma la vita non è sicura per i cinghiali.
But life is not safe for wild boars.
Un giorno il re era a caccia.
One day the king was out hunting.
Cavalcava un elefante decorato.
He was riding on an adorned elephant.
Solo per fortuna il nostro cinghiale è riuscito a scappare.
Only by luck did our wild boar escape.
Pensò molto alla sua esperienza.
She thought a lot about her experience.
Si soffermò sui pericoli della sua vita.
She dwelt on the dangers of her life.
E invidiava il maestoso elefante.
And she envied the stately elephant.
L'elefante fu più fortunato di lei.
The elephant was more fortunate than her.
Poteva portare il re sulla schiena.
He got to carry the king on his back.
Ora desiderava ardentemente diventare un elefante.
Now she longed to be an elephant.
E di notte supplicò il Rishi.
And at night she besought the Rishi.

Il nostro elefante vagava nella natura selvaggia.
Our elephant was roaming the wilderness.
Durante le sue avventure incontrò il re.
On her adventures she saw the king.
Il nostro elefante si diresse verso la suite del re.
Our elephant went towards the king's suite.
Aveva tutte le intenzioni di farsi catturare.
She had every intention of being caught.
Il re vide l'elefante da lontano.
The king saw the elephant from a distance.
Non poteva fare a meno di ammirare la sua bellezza.
He couldn't help but admire her beauty.

Diede ordini ai suoi servi.
He gave his orders to his servants.
"Cattura e doma questo elefante"
"Catch and tame this elephant"
Il nostro elefante è stato catturato facilmente.
Our elephant was easily caught.
Fu portata nelle scuderie reali.
She was taken into the royal stables.
E fu domata senza alcuna difficoltà.
And she was tamed without any trouble.

Un giorno la regina espresse un desiderio.
One day the queen had a wish.
Desiderava recarsi al sacro Gange.
She wished to go to the holy Ganges.
Desiderava immergersi nelle acque sacre.
She wished to bathe in the holy waters.
Il re voleva accompagnare la moglie.
The king wanted to accompany his wife.
Così diede gli ordini ai suoi servi.
So he made his orders to his servants.
"Portateci l'elefante appena catturato"
"Bring us the newly caught elephant"
Il re e la regina le salirono in groppa.
The king and queen mounted on her back.
Il nostro elefante aveva realizzato il suo desiderio.
Our elephant had gotten her wish.
Bene...sembra che il suo desiderio sia stato esaudito.
Well... she seemed to have gotten her wish.
Il re le era salito in groppa.
The king had mounted on her back.
Ma no, l'elefante non ha ottenuto ciò che desiderava.
But no, the elephant didn't get her wish.
Si considerava una bestia signorile.
She looked upon herself as a lordly beast.
Non poteva portare una donna sulla schiena.
She could not a woman riding on her back.

Non le bastava essere una regina.
It wasn't enough that she was a queen.
Non poteva sopportarne l'idea.
She could not bear the idea of it.
Si sentiva umiliata.
She felt she had been degraded.
Saltò su con la stessa violenza con cui possono farlo gli elefanti.
She jumped up as violently as elephants can.
Sia il re che la regina caddero a terra.
Both the king and queen fell to the ground.
Il re sollevò con cautela la regina.
The king carefully picked up the queen.
Prese la regina tra le sue braccia.
He took the queen in his arms.
Le chiese se si fosse fatta male.
He asked her whether she had been hurt.
Lui le pulì la polvere dai vestiti.
He wiped off the dust from her clothes.
E la baciò teneramente cento volte.
And he tenderly kissed her a hundred times.
Il nostro elefante ha assistito alle carezze del re.
Our elephant witnessed the king's caresses.
E corse via nel bosco.
And she scampered off to the woods.
Corse il più velocemente possibile.
She ran as fast as her legs could carry her.
Mentre correva, pensava tra sé e sé:
As she ran, she thought within herself;
"Ho vissuto tante vite diverse"
"I have experienced many different lives"
"E ho sperimentato una felicità diversa"
"And I have experienced different happiness"
"Ma quelle vite non possono essere paragonate"
"But those lives cannot be compared"
"Una regina è la creatura più felice di tutte"
"A queen is the happiest creature of all"

"Di quale infinita stima è oggetto!"
"Of what infinite regard is she the object of!"
"Il re la sollevò da terra"
"The king lifted her off the ground"
"E la prese delicatamente tra le sue braccia"
"And he carefully took her in his arms"
"Le fece molte tenere domande"
"He made many tender inquiries to her"
"E le asciugò la polvere dai vestiti "
"And he wiped off the dust from her clothes"
"E la baciò cento volte!"
"And he kissed her a hundred times!"
"Oh, la felicità di essere una regina!"
"Oh, the happiness of being a queen!"
"Devo chiedere al Rishi di farmi diventare regina!"
"I must ask the Rishi to make me a queen!"

Il sole stava per tramontare.
The sun was just about to set.
Il nostro elefante è tornato alla capanna.
Our elephant made it back to the hut.
Il Rishi aveva appena terminato le sue devozioni.
The Rishi had just finished his devotions.
Cadde a terra ai suoi piedi.
She fell on the ground at his feet.
Lei era ancora la piccola topolina.
She was still the little mouse.
E lui era ancora il santo saggio.
And he was still the holy sage.
"Quali sono le novità?" chiese il Rishi.
"What's the news?" inquired the Rishi.
"Perché hai lasciato il palazzo del re!"
"Why have you left the king's palace!"
Il nostro elefante rifletté sulle sue parole.
Our elephant thought about her words.
"Cosa devo dire a vostra riverenza?"
"What shall I say to your reverence!"

"Sei stato molto gentile con me"
"You have been very kind to me"
"Hai esaudito ogni mio desiderio"
"You have granted every wish of mine"
"Ero un topo e tu mi hai dato la parola"
"I was a mouse and you gave me speech"
"Ma come topo la mia vita era in pericolo"
"But as a mouse my life was in danger"
"Mi hai salvato trasformandomi in un gatto"
"You saved me by turning me into a cat"
"Ma come gatto la mia vita non era più sicura"
"But as a cat my life was no safer"
"E tu mi hai aiutato a diventare un cane"
"And you helped me become a dog"
"Ma essendo un cane non avevo abbastanza da mangiare"
"But as a dog I had not enough to eat"
"Mi hai provveduto di nuovo"
"You provided for me again"
"E mi hai trasformato in una scimmia"
"And you turned my into a monkey"
"Avevo tutto quello che potevo desiderare di mangiare"
"I had all I could wish to eat"
"Ma non avevo modo di raffreddare il mio corpo"
"But I had no way of cooling my body"
"Mi hai aiutato anche con questo"
"You helped me with this too"
"E mi hai trasformato in un cinghiale"
"And you turned me into a wild boar"
"I cinghiali hanno una vita comoda"
"Wild boars have a comfortable life"
"Ma non vivono senza pericolo"
"But they don't live without danger"
"E ancora una volta mi hai protetto"
"And again you protected me"
"E mi hai trasformato in un elefante"
"And you turned me into an elephant"
"Essere un elefante ha aumentato la mia mole"

"Being an elephant has increased my bulk"
"Ma essere un elefante non ha aumentato la mia felicità"
"But being an elephant has not increased my happiness"
"Ho un'altra grazia da chiederti"
"I have one more boon to ask of you"
"Sarà l'ultima grazia che chiederò"
"It will be the last boon I ask for"
"Ora capisco chi è la creatura più felice"
"I see now who the happiest creature is"
"Una regina è la più felice del mondo"
"A queen is the happiest in the world"
"Santo Padre, per favore fammi regina"
"Holy father, please make me a queen"
«Bambino sciocco», rispose il Rishi.
"Silly child," answered the Rishi.
"Come posso renderti una regina!"
"How can I make you a queen!"
"Dove posso trovare un regno per te!"
"Where can I get a kingdom for you!"
"Dove potrei trovare un marito reale!"
"Where would I find a royal husband!"
Ma il Rishi era ancora paziente.
But the Rishi was still patient.
"C'è una cosa che posso fare per te"
"There is one thing I can do for you"
"Posso trasformarti in una bellissima ragazza"
"I can change you into a beautiful girl"
"Sarai bella come una regina"
"You will be as beautiful as a queen"
"Possederai tutti gli amuleti di cui hai bisogno"
"You will possess all the charms you need"
"Il tuo fascino può conquistare il cuore di un principe"
"Your charms can captivate a prince's heart"
"Ma devi aspettare cosa decideranno gli dei"
"But you must wait for what the gods decide"
"Ti concederanno un colloquio "
"They will grant you an interview"

"Avrai la tua occasione con un principe!"
"Tou will have your chance with a prince!"
Il nostro elefante ha accettato il cambiamento.
Our elephant agreed to the change.
La bestia fu trasformata dal Rishi.
The beast was transformed by the Rishi.
E ora era una bellissima ragazza.
And now she was a beautiful young lady.
Il santo saggio la chiamò Postomani.
The holy sage named her Postomani.
Il suo nome significava "la signora dei semi di papavero".
Her name meant 'the poppy-seed lady'.

Postomani viveva nella capanna del Rishi.
Postomani lived in the Rishi's hut.
Trascorreva il suo tempo a prendersi cura dei fiori.
She spent her time tending the flowers.
E annaffiò le piante del giardino.
And she watered the plants in the garden.
Un giorno era seduta nella capanna.
One day she was sitting at the hut.
Il Rishi si trovava presso il sacro Gange.
The Rishi was at the holy Ganges.
Un uomo riccamente vestito si diresse verso il cottage.
A richly dressed man came towards the cottage.
Si alzò per dare il benvenuto all'uomo.
She stood up to welcome the man.
E chiese allo straniero chi fosse.
And she asked the stranger who he was.
"Perché sei venuto?" chiese.
"What have you come for?" she asked.
"Sono stato a caccia"
"I have been on a hunt"
"Ma abbiamo inseguito il cervo invano"
"But we chased the deer in vain"
"Adesso ho sete per il caldo"
"Now I am thirsty from the heat"

"Pensavo che qui vivesse un Rishi"
"I thought that a Rishi lives here"
"Ero venuto a chiedergli dell'acqua"
"I had come to ask him for water"
"Ma ora vedo che vivi qui"
"But now I see you live here"
Postomani rispose allo straniero.
Postomani answered the stranger.
"Considera questa capanna come tua"
"Look upon this hut as your own"
"Mi dispiace, ma siamo poveri"
"I am sorry, but we are poor"
"Non possiamo offrirti alcun intrattenimento"
"We cannot offer you any entertainment"
"Ma lasciami rendere la tua visita confortevole"
"But let me make your visit comfortable"
"Perché credo che tu sia un re"
"Because, I believe you are a king"
"Se non sbaglio", ha aggiunto.
"If I am not mistaken," she added.
Lo sconosciuto sorrise in segno di riconoscimento.
The stranger smiled in recognition.

Poi Postomani portò una pentola d'acqua.
Postomani then brought a pot of water.
Andò a lavare i piedi del suo ospite reale.
She went to wash her royal guest's feet.
Ma il visitatore non glielo permise.
But the visitor did not let her do this.
"Santa fanciulla, non toccarmi i piedi"
"Holy maid, do not touch my feet"
"Sono solo uno Kshatriya", confessò.
"I am only a Kshatriya," he confessed.
"E tu sei la figlia di un santo saggio"
"And you are the daughter of a holy sage"
«Nobile signore», cominciò a confessare Postomani.
"Noble sir;" Postomani begun to confess.

"Non sono la figlia del Rishi"
"I am not the daughter of the Rishi"
"E non sono forse una ragazza Brahmani?"
"And am I not a Brahmani girl either"
"Non c'è niente di male se ti tocco i piedi"
"There is no harm in me touching your feet"
"Inoltre, sei mio ospite"
"Besides, you are my guest"
"E io sono tenuto a lavarti i piedi"
"And I am bound to wash your feet"
«Perdonate la mia impertinenza», augurò il re.
"Forgive my impertinence," the king wished.
"A quale casta appartieni?" chiese.
"What caste do you belong to?" he asked.
"So solo quello che mi ha detto il saggio"
"I only know what the sage told me"
"Ho sentito che i miei genitori erano Kshatriya"
"I heard my parents were Kshatriyas"
Lo straniero voleva saperne di più.
The stranger wanted to know more.
"Posso chiederti se tuo padre era un re!"
"May I ask whether your father was a king!"
"Hai una bellezza fuori dal comune", disse.
"You have an uncommon beauty," he said.
"E tu possiedi un portamento maestoso"
"And you possess a stately demeanor"
"Queste qualità non possono essere ottenute lavorando"
"These qualities cannot be worked for"
"Dimostra che sei nata principessa"
"It shows that you were born a princess"
Postomani evitò di rispondere alla domanda.
Postomani avoided answering the question.
Invece entrò nella capanna.
Instead she went inside the hut.
Tirò fuori un vassoio di frutta deliziosa.
She brought out a tray of delicious fruits.
E pose i frutti davanti al re.

And she set the fruits before the king.
Il re, tuttavia, non toccò i frutti.
The king, however, did not touch the fruits.
Aspettò che la sua domanda ricevesse risposta.
He waited until his question was answered.
"So solo ciò che dice il santo saggio"
"I only know what the holy sage says"
"Dice che mio padre era un re"
"He says that my father was a king"
"Ma fu sconfitto in battaglia"
"But he was overcome in a battle"
"Così lui, con mia madre, fuggì nel bosco"
"So he, with my mother, fled into the woods"
"Il mio povero padre è stato mangiato da una tigre"
"My poor father was eaten by a tiger"
"Mia madre chiuse gli occhi mentre io aprivo i miei"
"My mother closed her eyes as I opened mine"
"C'era un alveare sull'albero"
"There was a bee-hive on the tree"
"Giacevo ai piedi di quell'albero"
"I lay at the foot of that tree"
"Gocce di miele mi caddero in bocca"
"Drops of honey fell into my mouth"
"Il miele ha mantenuto viva la scintilla dentro di me"
"The honey maintained the spark inside me"
"E poi il gentile Rishi mi ha trovato"
"And then the kind Rishi found me"
"Il santo saggio mi ha portato nella sua capanna"
"The holy sage brought me into his hut"
"Questa è la semplice storia di questa ragazza miserabile"
"This is the simple story of this wretched girl"
"La ragazza che ora sta davanti al re"
"The girl who now stands before the king"
«Non chiamarti infelice», rispose il re.
"Call not yourself wretched," replied the king.
"Sei la più bella delle donne"
"You are the most beautiful of women"

"E tu sei la più bella delle donne"
"And you are the loveliest of women"
"Vorresti adornare i palazzi più grandiosi"
"You would adorn the grandest palaces"

Postomani aveva ottenuto il suo colloquio.
Postomani had gotten her interview.
Si innamorò del re.
She fell in love with the king.
E il re si innamorò di lei.
And the king fell in love with her.
Il Rishi li unì in matrimonio.
The Rishi joined them in marriage.
Postomani divenne la regina preferita del re.
Postomani became the king's favourite queen.
E l'ex regina cadde in disgrazia.
And the former queen was in disgrace.
Ma la felicità di Postomani durò poco.
But Postomani's happiness was short-lived.
Un giorno, mentre era in piedi vicino a un pozzo.
One day as she was standing by a well.
Fu colta da un momento di vertigine.
She was overcome by a moment of giddiness.
La fortuna la fece cadere in acqua.
Fortune had her fall into the water.
E morì nell'acqua del pozzo.
And she died in the water of the well.
Il Rishi si recò quindi dal re.
The Rishi then came to the king.
"O re, non rattristarti per il passato"
"O king, grieve not over the past"
"Ciò che è stabilito dal destino deve accadere"
"What is fixed by fate must come to pass"
"La regina è annegata nel tuo pozzo"
"The queen drowned in your well"
"Ma lei non era di sangue reale"
"But she was not of royal blood"

"È nata in una famiglia di topi"
"She was born to a family of mice"
"Ogni sera veniva nella mia capanna"
"Each evening she came to my hut"
"E le ho dato il potere della parola"
"And I gave her the power of speech"
"Con la parola poteva esprimere i suoi desideri"
"With speech she could express her wishes"
"L'ho cambiata secondo i suoi desideri"
"I changed her according to her wishes"
"Come un topo temeva il gatto"
"As a mouse she feared the cat"
"E così l'ho trasformata in un gatto"
"And so I changed her into a cat"
"Come un gatto aveva paura dei cani "
"As a cat she feared the dogs"
"E così l'ho trasformata in un cane"
"And so I changed her into a dog"
"Come cane non aveva abbastanza da mangiare"
"As a dog she had not enough to eat"
"E così l'ho trasformata in una scimmia"
"And so I changed her into a monkey"
"Come scimmia non sopportava il caldo"
"As a monkey she couldn't bear the heat"
"E così la trasformai in un cinghiale"
"And so I changed her into a wild boar"
"Come cinghiale la sua vita non era al sicuro"
"As a boar her life was not safe"
"E così la trasformai in un elefante"
"And so I changed her into an elephant"
"Quello era l'elefante che hai catturato"
"That was the elephant you caught"
"Ma come elefante non era amata"
"But as an elephant she was not loved"
"E così l'ho cambiata un'ultima volta"
"And so I changed her one last time"
"L'ho trasformata in una bellissima ragazza"

"I changed her into a beautiful girl"
"Quella è la ragazza che hai sposato"
"That is the girl that you married"
"E quella è la ragazza che è annegata"
"And that is the girl that drowned"
"Prendi in grazia la tua ex regina"
"Take into favor your former queen"
"E non preoccuparti per mia figlia"
"And don't worry for my daughter"
"Renderò il suo nome immortale"
"I will make her name immortal"
"Lasciate che il suo corpo rimanga nel pozzo"
"Let her body remain in the well"
"Riempi il pozzo di terra"
"Fill the well up with earth"
"Nella sua carne c'è un seme"
"In her flesh there is a seed"
"Dalle sue ossa crescerà un albero"
"From her bones a tree will grow"
"Chiameremo questo albero con il suo nome"
"We will name this tree after her"
"L'albero si chiamerà 'Posto'"
"The tree shall be called 'Posto'"
"Questo significa 'l'albero del papavero'"
"This means 'the Poppy tree'"
"Da questo albero nascerà una droga"
"From this tree there will come a drug"
"Questa droga si chiamerà oppio"
"This drug will be called opium"
"L'oppio sarà una droga potente"
"Opium will be a powerful drug"
"Le persone consumeranno oppio in ogni epoca"
"People will consume opium in every epoch"
"L'oppio verrà ingerito o fumato"
"Opium will either be swallowed or smoked"
"E l'oppio sarà un narcotico meraviglioso"
"And opium will be a wonderful narcotic"

"L'oppio sarà usato fino alla fine dei tempi"
"Opium will be used till the end of time"
"Riconoscerai il fumatore d'oppio"
"You will recognize the opium smoker"
"Avrà molte qualità diverse"
"He will have many different qualities"
"Una qualità per ogni animale"
"One quality for each of the animals"
"Gli animali con cui Postomani aveva vissuto"
"The animals which Postomani had lived as"
"Sarà dispettoso, come un topo"
"He will be mischievous, like a mouse"
"Gli piacerà il latte, come un gatto"
"He will be fond of milk, like a cat"
"Sarà litigioso, come un cane"
"He will be quarrelsome, like a dog"
"Sarà sporco come una scimmia"
"He will be filthy, like a monkey"
"Sarà selvaggio, come un cinghiale"
"He will be savage, like a boar"
"Sarà sicuro di sé, come un elefante"
"He will be confident, like an elephant"
"E sarà irascibile, come una regina"
"And he will be high-tempered, like a queen"

Sciopero, ma prima ascolta
Strike, but Listen First

C'era una volta un re che aveva tre figli.

There was once a king who had three sons.

Un giorno i suoi sudditi reali andarono da lui e gli dissero:

His royal subjects came to him one day and said;

"Oh incarnazione della giustizia! ascolta la nostra supplica"

"Oh incarnation of justice! hear our plea"

"Il regno è infestato da ladri e briganti"

"The kingdom is infested with thieves and robbers"

"La nostra proprietà non è al sicuro dai loro furti"

"Our property is not safe from their thievery"

"Preghiamo la vostra maestà di catturare questi ladri"

"We pray your majesty to catch hold of these thieves"

"Vi preghiamo di punirli con tutta la forza della legge"

"We beg you punish them to the full extent of the law"

Il re disse ai suoi figli: "Oh, figli miei, sono vecchio"

The king said to his sons, "Oh, my sons, I am old"

"Ma voi siete tutti nel fiore degli anni"

"But you are all in the prime of manhood"

"Come mai il mio regno è pieno di ladri?"

"How is it that my kingdom is full of thieves?"

"Mi aspetto che tu catturi questi ladri"

"I look to you to catch hold of these thieves"

Allora i tre principi presero una decisione.

The three princes then made up their minds.

Avrebbero dovuto pattugliare la città ogni notte.

They were going to patrol the city every night.

Hanno istituito un posto di guardia nella periferia della città.

They set up a watch out in the outskirts of the city.

Era giunta la prima parte della notte.

The early part of the night had arrived.

Così il principe più anziano assunse i suoi doveri.

So the eldest prince took on his duties.

Attraversò a cavallo l'intera città.

He rode upon his horse through the whole city.

Ma non vide un solo ladro da nessuna parte.

But did not see a single thief anywhere he looked.

Tornò alla stazione di polizia.

He came back to the policing station.

Era arrivata la metà della notte.

The middle part of the night had arrived.

Così il secondo principe assunse i suoi doveri.

So the second prince took on his duties.

E anche lui cavalcò attraverso ogni parte della città.

And he too rode through every part of the city.

Ma non vide né sentì parlare di un solo ladro.

But he did not see or hear of a single thief.

Tornò anche alla stazione di polizia.

He came also back to the policing station.

Era giunta la fine della notte.

The latter part of the night had arrived.

Così il principe più giovane assunse i suoi doveri.

So the youngest prince took on his duties.

Si avvicinò al cancello del palazzo di suo padre.

He went near the gate of his father's palace.

Lì vide una bellissima donna che usciva dal palazzo.

There he saw a beautiful woman leaving the palace.

Il principe chiese alla donna: "Chi sei?"

The prince asked the woman, "who are you?"

"Dove stai andando a quest'ora della notte?"

"Where are you going at this hour of the night?"

La donna rispose al giovane principe.

The woman answered the young prince.

"Io sono Rajlakshmi, la divinità guardiana di questo palazzo"

"I am Rajlakshmi, the guardian deity of this palace"

"Il re verrà ucciso questa notte"

"The king will be killed this night"

"Quindi non sono necessario"

"I am therefore not needed here"

"Ed è per questo che me ne vado"

"And that is why I am going away"
Il principe non sapeva cosa pensare di questo messaggio.
The prince did not know what to make of this message.
Dopo un attimo di riflessione disse alla dea:
After a moment's reflection he said to the goddess;
"Ma supponiamo che il re non venga ucciso stanotte"
"But, suppose the king is not killed tonight"
"Hai qualche obiezione a tornare a palazzo?"
"Have you any objection to return to the palace?"
«Non ho obiezioni», rispose la dea.
"I have no objection," replied the goddess.
Il principe allora pregò la dea di tornare indietro.
The prince then begged the goddess to go back.
E promise di fare del suo meglio per proteggere il re.
And he promised to do his best to protect the king.
Poi la dea entrò di nuovo nel palazzo.
Then the goddess entered the palace again.
Dopo un attimo scomparve nel palazzo.
Within a moment she disappeared into the palace.

Anche il principe entrò direttamente nel palazzo.
The prince went straight into the palace too.
E andò nella camera da letto del suo regale padre.
And he went into the bedroom of his royal father.
Lì suo padre giaceva immerso in un sonno profondo.
There his father lay immersed in deep sleep.
Il re aveva una seconda moglie, più giovane.
The king had a second, younger wife.
Questa donna era la matrigna del nostro principe.
This woman was the stepmother of our prince.
Dormiva in un altro letto della stanza.
She was sleeping in another bed in the room.
C'era una luce che ardeva debolmente.
There was a light that was burning dimly.
Ma poi il principe vide qualcosa che lo sorprese!
But then the prince saw something that surprised him!
Un enorme cobra che gira intorno al letto dorato.

A huge cobra going round and round the golden bedstead.
Il letto su cui dormiva suo padre.
The bedstead on which his father was sleeping.
Il principe con la sua spada tagliò in due il serpente.
The prince with his sword cut the serpent in two.
Ma non si accontentò di uccidere il cobra.
But he was not satisfied with killing the cobra.
Così tagliò il cobra in cento pezzi.
So he cut the cobra up into a hundred pieces.
E mise i pezzi del cobra dentro una padella.
And he put the pieces of the cobra inside a pan.
Ma mentre tagliava il cobra accadde una disgrazia.
But while cutting the cobra a misfortune happened.
Una goccia di sangue cadde sul petto della matrigna.
A drop of blood fell on the breast of his stepmother.
Il principe era molto angosciato per quanto era accaduto.
The prince was in great distress by what had happened.
"Ho salvato mio padre, ma ho ucciso la mia matrigna"
"I have saved my father, but killed my stepmother"
Come poteva togliere la goccia di sangue dal suo seno?
How could he remove the drop of blood from her breast?
Si avvolse intorno alla lingua un pezzo di stoffa piegato sette volte.
He wrapped round his tongue a piece of cloth sevenfold.
E con il panno leccò la goccia di sangue.
And with the cloth he licked up the drop of blood.
Ma il sonno della matrigna non fu così profondo.
But his stepmother's sleep was not so deep.
E nel tentativo di salvarla la svegliò.
And in his attempt to save her he awoke her.
Quando aprì gli occhi vide che era il suo figliastro.
When opening her eyes she saw it was her stepson.
Il giovane principe uscì di corsa dalla stanza.
The young prince rushed out of the room.
La regina odiava il figliastro, il principe più giovane.
The queen, hated her stepson, the youngest prince.
E aveva tutte le intenzioni di rovinargli la reputazione.

And she had every intention to ruin his reputation.
Chiamò suo marito: «Mio signore, mio signore».
She called out to her husband, "My lord, my lord"
"Sei sveglio? Sei sveglio? Svegliati"
"Are you awake? are you awake? Rouse yourself up"
"Ecco una bella notizia per te"
"Here is a nice piece of news for you"
Il re, svegliandosi, chiese cosa stesse succedendo.
The king on awaking inquired what the matter was.
"Qual è il problema, mio signore, lasciate che ve lo dica"
"What the matter is, my lord, let me tell you"
"Il tuo degno figlio era proprio qui in questa stanza"
"Your worthy son was just here in this room"
"Il principe più giovane, di cui parli così bene"
"The youngest prince, of whom you speak so highly"
"L'ho colto sul fatto mentre mi toccava il seno"
"I caught him in the act of touching my breast"
"Non dubito che sia venuto con intenzioni malvagie"
"I don't doubt he came with wicked intents"
Il re rimase inorridito da ciò che udì.
The king was horror-struck by what he heard.
Il principe tornò dove i suoi fratelli stavano di guardia.
The prince went back to where his brothers kept watch.
Ma non raccontò loro nulla di ciò che era accaduto.
But he told them nothing of what had happened.

La mattina presto il re chiamò il figlio maggiore.
Early in the morning the king called his eldest son.
"Affido la mia vita e il mio onore agli uomini"
"I entrust my life and my honor to men"
**"Ma cosa succederebbe se uno di questi uomini si
dimostrasse infedele?**
"But what if one of these men prove faithless?
"Come dovrebbe essere punito un uomo simile?"
"How should such a man be punished?"
Il principe più anziano rispose a suo padre, il re.
The eldest prince replied to his father, the king.

"Senza dubbio la testa di un uomo simile dovrebbe essere tagliata"
"Doubtless such a man's head should be cut off"
"Ma prima dovresti stabilire i fatti"
"But first you should establish the facts"
"Bisogna vedere se l'uomo è davvero infedele"
"You must see whether the man is really faithless"
"Cosa intendi?" chiese il re.
"What do you mean?" inquired the king.
"La vostra maestà si compiaccia di ascoltare"
"Let your majesty be pleased to listen"
C'era una volta un orafo.
Once upon on a time there lived a goldsmith.
Questo orafo aveva un figlio che aveva una moglie.
This goldsmith had a son who had a wife.
Sua moglie aveva la rara facoltà di comprendere le bestie.
His wife had the rare faculty of understanding beasts.
Ma non raccontò mai a nessuno del suo dono insolito.
But she never told anyone about her uncommon gift.
Nemmeno suo marito sapeva che lei potesse capire gli animali.
Not even her husband knew she could understand animals.
Una notte era sdraiata a letto accanto al marito.
One night she was lying in bed beside her husband.
Dal fiume vicino alla loro casa udì l'ululato di uno sciacallo.
From the river by their house she heard a jackal howl.
"Ecco una carcassa che galleggia sul fiume"
"There goes a carcass floating on the river"
"C'è un anello di diamanti al dito del morto"
"There's a diamond ring on the dead man's finger"
"Qualcuno prenderà l'anello e mi darà il cadavere?"
"Will anyone take the ring and give me the corpse?"
La donna capì la lingua dello sciacallo.
The woman understood the jackal's language.
Si alzò dal letto e andò in riva al fiume.
She got up from bed and went to the river-side.
Il marito non era immerso in un sonno profondo.

The husband had not been in deep sleep.
Così, grazie ai movimenti della moglie, anche lui si svegliò.
So with his wife's movements he woke up too.
E seguì la moglie per vedere dove andava.
And he followed his wife to see where she went.
Ma lui mantenne le distanze, così da poterla osservare.
But he kept his distance, so that he could observe her.
La donna si immerse nell'acqua vicino alla loro casa.
The woman went into the water next to their house.
Tirò il cadavere galleggiante verso la riva.
She tugged the floating corpse towards the shore.
E vide l'anello di diamanti al dito.
And she saw the diamond ring on the finger.
Non riusciva a staccare l'anello con la mano.
She was unable to loosen the ring with her hand.
Perché le dita del cadavere si erano gonfiate.
Because the fingers of the dead body had swelled.
Così gli staccò il dito con i denti.
So she bit off the finger with her teeth.
E mise il cadavere sulla terraferma, per lo sciacallo.
And she put the dead body upon land, for the jackal.
Poi tornò a letto, dove si trovava già il marito.
Then she returned to bed, where her husband already was.
Il giovane orafo giaceva quasi pietrificato dalla paura.
The young goldsmith lay almost petrified with fear.
Era convinto di essere sdraiato accanto a un Rakshasi.
He was convinced he was lying next to a Rakshasi.
Trascorse il resto della notte rigirandosi nel letto.
He spent the rest of the night tossing in his bed.
E la mattina presto parlò con suo padre.
And early in the morning spoke to his father.
"La donna che mi hai dato non è una vera donna"
"The woman thou hast given me is not a real woman"
"La donna che mi hai dato in moglie è una Rakshasi"
"The woman thou hast given me to wife is a Rakshasi"
"Ieri sera ero a letto con lei"
"Last night I was lying in bed with her"

"Vicino al fiume ho sentito l'ululato di uno sciacallo"
"By the river I heard the howl of a jackal"
"Anche mia moglie ha sentito l'ululato dello sciacallo"
"My wife too, heard the howl of the jackal"
"Pensando che stessi dormendo, si diresse verso l'ululato"
"Thinking I was asleep; she went towards the howl"
"Sono rimasto sorpreso nel vederla uscire dal letto da sola"
"I was surprised to see her go out of bed alone"
"Sospettando qualche tipo di male, l'ho seguita fuori"
"Suspecting some sort of evil, I followed her outside"
"Ma lei non poteva vedere che l'avevo seguita"
"But she could not see that I had followed her"
"Cosa pensi che abbia fatto? Oh, orrore degli orrori!"
"What did she do, do you think? O horror of horrors!"
"Dal ruscello trascinò fuori un cadavere"
"From the stream she dragged a dead body out"
"E cosa pensi che abbia fatto del cadavere?"
"And what do you think she did with the dead body?"
"Non ha perso tempo a divorare il morto!"
"She wasted no time devouring the dead man!"
"Tutto questo ho avuto la sfortuna di vederlo con i miei occhi"
"All this I had the misfortune to see with my own eyes"
"Mentre lei banchettava con la carcassa, io tornai a letto"
"While she feasted on the carcass I went back to bed"
"Dopo pochi minuti anche lei tornò a letto"
"In a few minutes she also returned to bed"
"Ha chiuso la porta a chiave e si è sdraiata accanto a me"
"She bolted the door shut, and lay beside me"
"Oh padre mio, come posso vivere con un Rakshasi?"
"Oh my father, how can I live with a Rakshasi?"
"Una notte mi ucciderà sicuramente e mi mangerà"
"She will certainly kill me and eat me up one night"
Potete immaginare lo shock del vecchio orafo.
You can imagine the shock of the old goldsmith.
Sia il padre che il figlio erano d'accordo su cosa fare.
Both father and son agreed about what should be done.

La donna dovrebbe essere portata nel profondo della foresta.
The woman should be taken deep into the forest.
E dovrebbe essere lasciata in pasto alle bestie feroci.
And she should be left for wild beasts to devoured.
Di conseguenza, il giovane orafo parlò alla moglie.
Accordingly, the young goldsmith spoke to his wife.
«Mia cara amica», disse alla moglie.
"My dear love," he said to his wife.
"Faresti meglio a non cucinare molto stamattina"
"You had better not cook much this morning"
"Fai bollire un po' di riso e brucia una melanzana"
"Boil a little rice and burn a brinjal"
"Perché oggi andiamo a trovare i tuoi genitori"
"Because today we are going to see your parents"
"Tua madre e tuo padre muoiono dalla voglia di vederti"
"Your mother and father are dying to see you"
La donna era piena di gioia per la notizia inaspettata.
The woman was full of joy at the unexpected news.
Le piaceva tornare a casa di suo padre.
She loved returning to her father's house.
E in un attimo finì di cucinare.
And she finished the cooking in no time.
Marito e moglie fecero una colazione frettolosa.
The husband and wife snatched a hasty breakfast.
E subito dopo colazione partirono per il loro viaggio.
And soon after breakfast they started their journey.
La strada per raggiungere la casa di suo padre attraversava
una fitta giungla.
The way to her father's house was through dense jungle.
Era il posto perfetto per abbandonare la moglie.
It was the perfect place to abandon his wife.
Lì era inevitabile che venisse divorata dalle bestie feroci.
She was bound to be eaten up by wild beasts there.
Ma mentre camminavano la donna sentì un serpente.
But while they were walking the woman heard a snake.
"Oh passante, in quella buca c'è una rana"
"Oh passer-by, in yonder hole there is a frog"

"Quanto sarei grato se catturassi la rana"
"How thankful I would be if you caught the frog"
"E il buco è pieno d'oro e pietre preziose"
"And the hole is full of gold and precious stones"
"Dammi la rana e prenditi il tesoro"
"Give me the frog, and take the treasure for yourself"
La donna si recò subito alla tana della rana.
The woman forthwith went to the frog's hole.
E cominciò a scavare la buca con un bastone.
And she began digging the hole with a stick.
Il giovane orafo tremava di paura.
The young goldsmith was now quaking with fear.
Pensava che la sua moglie Rakshasi stesse per ucciderlo.
He thought his Rakshasi-wife was about to kill him.
E poi sua moglie lo chiamò perché la aiutasse.
And then his wife called for him to help her.
"Prendete tutto quest'oro e queste pietre preziose"
"Take all this gold and these precious stones"
L'orafo non capì la sua richiesta.
The goldsmith did not understand her request.
Timidamente si diresse verso il punto in cui lei aveva
scavato la buca.
Timidly he went to where she had dug the hole.
Ma ciò che vide lo sorprese infinitamente.
But he was infinitely surprised by what he saw.
La buca era piena di oro e pietre preziose.
The hole was full of gold and precious stones.
"Come facevi a sapere che qui c'era un tesoro?"
"How did you know there was a treasure here?"
E infine sua moglie gli raccontò del suo dono.
And finally his wife told him of her gift.
"Posso capire tutte le bestie della foresta"
"I can understand all the beasts in the forest"
"Proprio laggiù c'è un serpente arrotolato"
"Just over there, there is a snake coiled up"
"Mi aveva detto che qui c'era un tesoro"
"She had told me there was a treasure here"

Ora il marito si sentiva molto fortunato ad avere sua moglie.

The husband now felt very blessed with his wife.

"Amore mio, oggi si è fatto molto tardi"

"My love, it has gotten very late today"

"Non credo che raggiungeremo la casa di tuo padre"

"I don't think we will reach your father's house"

"Il tramonto ci coglierà prima che arriviamo"

"Nightfall will catch us before we get there"

"Se restiamo potremmo essere divorati dalle bestie feroci"

"If we stay we might be devoured by wild beasts"

"Propongo quindi che entrambi torniamo a casa"

"I propose therefore that we both return home"

Potete immaginare la delusione della moglie.

You can imagine the wife's disappointment.

Ma lei era d'accordo con la valutazione del marito.

But she agreed with her husband's assessment.

Ci volle molto tempo per arrivare a casa.

It took them a long time to reach home.

Erano carichi di una grande quantità d'oro.

They were laden with a large quantity of gold.

E portavano con sé molte pietre preziose.

And they were carrying many precious stones.

Ma alla fine arrivarono vicino a casa loro.

But eventually the got close to their home.

«Mia cara, passa dalla porta sul retro», disse l'orafo.

"My dear, go by the back door," said the goldsmith.

"Passerò dalla porta principale e vedrò mio padre"

"I will go by the front door and see my father"

"E gli mostrerò tutto questo tesoro"

"And I will show him all this treasure"

Così entrò in casa dalla porta sul retro.

So she entered the house by the back door.

Ma anche il vecchio orafo aveva un motivo per essere lì.

But the old goldsmith had reason to be there too.

Era andato lì per prendere un martello.

He had gone there to collect a hammer.

Il vecchio orafo vide la sua nuora Rakshasi.

The old goldsmith saw his Rakshasi daughter-in-law.
Concluse che lei aveva inghiottito suo figlio.
He concluded she had swallowed up his son.
E per questo la colpì con il martello.
And he therefore struck her with the hammer.
Il colpo uccise immediatamente la nuora.
The blow immediately killed his daughter-in-law.
In quel momento il figlio entrò in casa.
At that moment the son came into the house.
Ma ormai era troppo tardi per dare spiegazioni.
But it was too late for him to explain.
E così si concluse la storia del principe più anziano.
And so the eldest prince's story concluded.
"Potresti dover tagliare la testa a un uomo"
"You might have to cut a man's head off"
"Ma prima dovresti stabilire i fatti"
"But first you should establish the facts"
"Bisogna vedere se l'uomo è davvero infedele"
"You must see whether the man is really faithless"

Allora il re chiamò a sé il suo secondo figlio.
The king then called his second son to him.
"Affido la mia vita e il mio onore agli uomini "
"I entrust my life and my honor to men"
"Ma cosa succederebbe se uno di questi uomini si dimostrasse infedele?
"But what if one of these men prove faithless?
"Come dovrebbe essere punito un uomo simile?"
"How should such a man be punished?"
Il secondo principe rispose a suo padre, il re.
The second prince replied to his father, the king.
"Senza dubbio la testa di un uomo simile dovrebbe essere tagliata"
"Doubtless such a man's head should be cut off"
"Ma prima dovresti stabilire i fatti"
"But first you should establish the facts"
"Cosa intendi?" chiese il re.

"What do you mean?" inquired the king.

"La vostra maestà si compiaccia di ascoltare"

"Let your majesty be pleased to listen"

C'era una volta un re.

Once upon a time there reigned a king.

Questo re amava molto andare a caccia.

This king was very fond of going out hunting.

Un giorno il suo cavallo lo portò in una fitta foresta.

One day his horse took him into a dense forest.

Si allontanò dai suoi seguaci, addentrandosi nel profondo del bosco.

He went far from his followers, deep into the woods.

Continuò a cavalcare attraverso la foresta infinita e silenziosa.

He rode on and on through the endless, quiet forest.

Non vide né villaggi né città, solo alberi.

He saw neither villages nor towns, only trees.

Durante il lungo e solitario viaggio ebbe molta sete.

On the long, lonely journey he became very thirsty.

Non riusciva a vedere né uno stagno, né un lago, né un ruscello.

He could see no pond, nor lake, nor stream.

Ma poi vide qualcosa che gocciolava da un albero.

But then he saw something dripping from a tree.

Concluse che si trattava di acqua piovana che riposava in una cavità.

He concluded it was rainwater resting in a cavity.

Era in piedi a cavallo sotto l'albero, con la tazza in mano.

He stood on horseback beneath the tree, cup in hand.

Raccolse le gocce che cadevano lentamente nella piccola tazza.

He caught the drops slowly dripping into the small cup.

L'acqua, tuttavia, non era pioggia caduta dal cielo.

The water, however, was not rain from the sky.

Un enorme cobra era appollaiato sulla cima dell'albero alto.

A huge cobra sat on top of the tall tree.

Il serpente aveva colpito l'albero con rabbia e con le sue zanne affilate.
The snake had struck the tree in rage with its sharp fangs.
Il veleno del serpente fuoriuscì e cadde a terra in pesanti gocce.
The snake's poison came out and fell downward in heavy drops.
Il re pensò che il liquido che cadeva fosse semplice acqua piovana.
The king thought the falling liquid was simple rainwater.
Il cavallo avvertì il pericolo e cercò di avvertirlo.
The horse sensed the danger and tried to warn him.
La tazza era quasi piena del mortale veleno di serpente.
The cup was nearly filled with the deadly snake-poison.
Il re sollevò la coppa e si preparò a bere.
The king raised the cup and prepared to drink.
Ma il cavallo si muoveva selvaggiamente, con il re in groppa.
But the horse moved wildly, with the king on its back.
La tazza gli cadde di mano e il veleno si rovesciò.
The cup fell from his hand, and the poison spilled.
Il re si arrabbiò e colpì il collo del cavallo.
The king became angry and struck the horse's neck.
Il colpo di spada uccise immediatamente il suo cavallo.
The blow from the sword immediately killed his horse.
E così si concluse la storia del secondo principe.
And so the second prince's story concluded.
"Potresti dover tagliare la testa a un uomo"
"You might have to cut a man's head off"
"Ma prima dovresti stabilire i fatti"
"But first you should establish the facts"
"Bisogna vedere se l'uomo è davvero infedele"
"You must see whether the man is really faithless"

Allora il re chiamò a sé il suo terzo figlio più giovane.
The king then called to him his third youngest son.
"Affido la mia vita e il mio onore agli uomini"
"I entrust my life and my honor to men"

"Ma cosa succederebbe se uno di questi uomini si dimostrasse infedele?
"But what if one of these men prove faithless?
"Come dovrebbe essere punito un uomo simile?"
"How should such a man be punished?"
"Senza dubbio la testa di un uomo simile dovrebbe essere tagliata"
"Doubtless such a man's head should be cut off"
"Ma prima dovresti stabilire i fatti"
"But first you should establish the facts"
"Cosa intendi?" chiese il re.
"What do you mean?" inquired the king.
"La vostra maestà si compiaccia di ascoltare"
"Let your majesty be pleased to listen"
Tanto tempo fa regnava un re saggio e nobile.
Once long ago there reigned a wise and noble king.
Nel suo palazzo teneva un uccello della specie Suka.
In his palace he kept a bird of Suka species.
Un giorno l'uccello uscì volando nei campi.
One day the bird went out flying into the fields.
Lì vide suo padre e sua madre che lo chiamavano dall'alto.
There he saw his father and mother calling from above.
Gli chiesero di andare a trovarli nel loro nido.
They asked him to come visit them in their nest.
Il nido era lontano, in una terra nascosta.
The nest was far away in a distant hidden land.
Il Suka disse: "Verrò se avrò il permesso del re"
The Suka said, "I'll come if I get king's leave"
"Parlerò con il re oggi e tornerò domani"
"I'll speak to the king today and return tomorrow"
"Per favore, attendi nello stesso punto domattina"
"Please wait at this same spot in the morning"
Quello stesso giorno, Suka parlò con il gentile e buono re.
That very day, Suka spoke with the gentle, kind king.
Il re diede il permesso all'uccello di andarsene.
The king gave permission for the bird to leave.
Sebbene fosse triste di separarsi dal suo uccello.

Although he was sad to part with his bird.

La mattina dopo, Suka incontrò di nuovo i suoi genitori.

The next morning, Suka met his parents again.

Volò con loro fino al loro nido su un albero alto.

He flew with them to their nest on a tall tree.

I tre uccelli vivevano insieme felici e in pace.

The three birds lived together happily in peaceful joy.

Rimasero così per due settimane di giornate incantevoli.

They stayed like this for a fortnight of lovely days.

Ma anche quei giorni tranquilli e piacevoli dovevano finire.

But even those quiet and pleasant days had to end.

Suka disse: "Amati genitori, il re mi ha dato due settimane"

Suka said, "Beloved parents, the king gave me two weeks"

"Quel tempo è ormai finito, quindi devo tornare domani"

"That time is now over, so I must return tomorrow"

Suo padre e sua madre furono d'accordo e approvarono la sua decisione.

His father and mother agreed and blessed his decision.

Gli dissero di portare un dono al re.

They told him to carry a gift for the king.

Dopo aver parlato un po', scelsero un po' di frutta come regalo.

After some talk, they chose some fruit as a gift.

Il frutto era cresciuto dall'Albero dell'Immortalità.

The fruit had grown from the Immortality Tree.

La mattina presto del giorno dopo, Suka andò all'albero.

Early the next morning, Suka went to the tree.

E colse un frutto magico e luminoso.

And he plucked a magical glowing fruit.

Teneva il frutto delicatamente nel becco, pieno di premura.

He held the fruit gently in his beak, full of care.

Il frutto era pesante e rallentò il suo rapido passo.

The fruit was heavy and slowed his swift flying pace.

Non riuscì a raggiungere la città prima che calasse la notte.

He could not reach the city before night arrived.

Suka si fermò a riposare su un albero lungo il cammino.

Suka stopped to rest in a tree along the way.

Temeva che il frutto potesse cadere mentre dormiva.

He feared the fruit might drop while he slept.

Se tenesse il frutto nel becco, potrebbe cadere.

If he kept the fruit in his beak, it could fall.

Ma vide un buco nel tronco dell'albero.

But he saw a hole in the trunk of the tree.

Ripose il frutto al sicuro all'interno dell'albero buio.

He placed the fruit safely inside the dark tree.

Ma all'interno del buco viveva un serpente nero velenoso.

But inside the hole, there lived a poisonous black snake.

Nella notte, il serpente morse il frutto con il veleno.

In the night, the snake bit the fruit with venom.

E il frutto si imbrattò di un veleno mortale.

And the fruit became smeared with deadly poison.

All'alba Suka riprese il frutto nel becco.

At dawn Suka took the fruit back in his beak.

Volò di nuovo nel suo viaggio verso il palazzo del re.

He flew again on his journey to the king's palace.

Quando arrivò al palazzo, il re era seduto con i ministri.

As he reached the palace the king was sitting with ministers.

Il re fu felicissimo di vedere Suka tornare ancora una volta.

The king was overjoyed to see Suka return once more.

Ammirò molto il bellissimo e splendente frutto in dono.

He greatly admired the beautiful, shining fruit gift.

Il frutto era bello da guardare e ammirare.

The fruit was lovely to look at and admire.

Era il frutto più pregiato che si trovasse sulla Terra.

It was the finest fruit found across the earth.

**E a chiunque mangiasse il frutto veniva concessa
l'immortalità.**

And anyone who ate the fruit was granted immortality.

Il re stava per mangiare il frutto meraviglioso.

The king was about to eat the beautiful fruit.

**Ma i suoi ministri lo avvertirono che il frutto poteva essere
avvelenato"**

But his ministers warned him the fruit might be poisoned"

"Sarebbe meglio assaggiare il frutto prima di mangiarlo"

"It would be better to test the fruit before you eat it"
Lanciò il frutto a un corvo appollaiato sul muro.
He threw the fruit to a crow sitting on the wall.
Il corvo mangiò il frutto e morì all'istante.
The crow ate from the fruit, and dropped dead instantly.
Il re, pensando che Suka avesse cercato di ucciderlo, si infuriò.
The king, thinking Suka tried to kill him, grew furious.
Afferrò l'uccello e lo uccise a mani nude.
He seized the bird and killed him with his bare hands.
Ordinò che il seme fosse piantato fuori città.
He ordered the seed to be planted outside the city.
Il seme divenne un albero con lo stesso frutto luminoso.
The seed became a tree with the same glowing fruit.
Il re temeva che il frutto avrebbe portato più morti.
The king feared the fruit would bring more death.
Così fece recintare e sorvegliare l'albero.
So he had the tree fenced off and guarded.

In quella città viveva un vecchio e povero bramino.
There lived in that city an old, poor Brahman man.
Lui e sua moglie sopravvissero solo grazie alla carità della città.
He and his wife survived only on the town's charity.
Un giorno il Brahmano pianse la sua lunga e miserabile vita.
One day the Brahman mourned his long, miserable, life.
Disse: "Invece di mendicare, mangerò frutti avvelenati".
He said, "Instead of begging, I will eat poison fruit."
"Terminerò la mia vita sotto quell'albero mortale in silenzio."
"I'll end my life beneath that deadly tree in silence."
Quella stessa notte si alzò silenziosamente e lasciò la sua casa.
That very night, he rose quietly and left his home.
La moglie lo sospettò e lo seguì in silenzio.
His wife suspected and followed behind in silence.

Anche lei aveva deciso di morire, insieme al suo triste marito.
She had decided to die too, alongside her sad husband.
Lei lo amava profondamente e non voleva restare indietro.
She loved him deeply and didn't wish to stay behind.
Quella notte la guardia del palazzo dormiva, ignara della presenza di visitatori.
The palace guard was asleep that night, unaware of visitors.
Il Brahmano giunse nel giardino e colse un frutto pendente.
The Brahman reached the garden and plucked a hanging fruit.
Lo guardò una volta e mangiò l'intero frutto.
He looked at it once and ate the entire fruit.
Sua moglie pianse: "Se muori, la mia vita non diventa nulla"
His wife cried, "If you die, my life becomes nothing"
"Anch'io mangerò e morirò qui con te adesso"
"I will also eat and die here with you now"
Così dicendo colse un frutto e lo mangiò.
So saying she plucked a fruit and ate it.
Pensavano che il veleno avrebbe agito lentamente durante la notte.
They thought the poison would act slowly through the night.
Così tornarono entrambi a casa e si sdraiarono tranquillamente a letto.
So they both went home and quietly lay down in bed.
Credevano che non si sarebbero mai più svegliati dal sonno.
They believed they would never again rise from sleep.
Con loro sorpresa, si svegliarono pieni di vita.
To their surprise, they woke up feeling full of life.
Non solo erano vivi, ma erano anche di nuovo giovani.
Not only were they alive, but they were young again.
Ed erano forti e avevano ritrovato un'energia nuova.
And they were strong and had new found energy.
I vicini faticavano a riconoscerli, tanto sembravano cambiati.
Neighbors hardly recognized them, so changed they looked.
Il vecchio Brahmano era ormai bello e pieno di giovinezza.
The old Brahman was now handsome and full of youth.
I suoi capelli grigi scomparvero e tornarono colorati.

His grey hair vanished, and had colour again.
Le sue guance rugose diventarono lisce e la sua pelle brillò.
His wrinkled cheeks turned smooth, and his skin shone.
E quanto a sua moglie, divenne estremamente bella.
And as for his wife, she became extremely beautiful.
Era bella quanto qualsiasi altra dama del regno.
She looked as beautiful as any lady of the kingdom.
Il re venne a conoscenza della loro miracolosa trasformazione.
The king heard of their miraculous transformation.
Chiese alle sue guardie di mandargli il Brahmano.
He asked his guards to send the Brahman to him.
E chiese al Brahmano la fonte della sua giovinezza.
And he asked the Brahman the source of his youth.
Il bramino raccontò al re ogni dettaglio della storia.
The Brahman told the king every detail of the story.
Il re allora pianse per il suo povero e fedele uccellino domestico.
The king then wept for his poor, loyal pet bird.
Si pentì profondamente di aver ucciso il suo fedele uccello.
He deeply regretted killing his faithful bird.
E avrebbe voluto conoscere la lealtà dell'uccello.
And he wished he had known the bird's loyalty.
E così si concluse la storia del secondo principe.
And so the second prince's story concluded.
"Potresti dover tagliare la testa a un uomo"
"You might have to cut a man's head off"
"Ma prima dovresti stabilire i fatti"
"But first you should establish the facts"
"Bisogna vedere se l'uomo è davvero infedele"
"You must see whether the man is really faithless"
"So che Vostra Maestà mi sospetta di aver commesso qualche male la scorsa notte"
"I know Your Majesty suspects me of evil last night"
"Per favore, permettimi di spiegarmi prima di punirmi"
"Please allow me to explain myself before punishing me"

"Mentre facevo il giro ho visto una donna uscire dal palazzo"
"While making rounds I saw a woman leave the palace"
"L'ho fermata e lei ha detto che il suo nome era Rajlakshmi"
"I stopped her, and she said her name was Rajlakshmi"
"Lei sosteneva di essere la divinità protettrice del palazzo"
"She claimed to be the guardian deity of the palace"
"Ha detto che se ne andava perché la morte era vicina"
"She said she was leaving because death was near"
"Il re", disse, "sarebbe stato ucciso più tardi quella notte"
"The king," she said, "would be killed later that night"
"L'ho supplicata di tornare a palazzo"
"I begged her to go back into the palace"
"E ho promesso di fare del mio meglio per proteggerti."
"And I promised to do my best to protect you."
"Sono corso subito nella camera di Vostra Maestà senza indugio."
"I ran quickly into Your Majesty's chamber without delay."
"Lì ho visto un cobra che volteggiava intorno al tuo letto dorato."
"There I saw a cobra circling your golden bedstead."
"Ho combattuto il serpente e l'ho ucciso con la mia lama."
"I fought the snake and killed it with my blade."
"Ho tagliato il corpo in tanti pezzi, esattamente cento."
"I chopped the body into many exactly one hundred pieces."
"Ho messo quei pezzi nella padella come prova."
"I placed those pieces inside the pan for proof."
" Ma mentre tagliavo il serpente accadde qualcosa."
"But something occurred as I was cutting up the snake."
"Una goccia di sangue è caduta sul petto di tua moglie."
"A drop of blood fell onto the breast of your wife."
"Temevo di aver salvato mio padre, ma ho ucciso la mia matrigna."
"I feared I had saved my father, but killed my stepmother."
"Mi sono avvolto la lingua strettamente con un panno sette volte."
"I wrapped my tongue tightly with cloth seven times."

"Poi ho leccato la goccia di sangue velenoso."
"Then I licked up the drop of venomous blood."
"Mentre leccavo il sangue, la mia matrigna si svegliò."
"While I was licking the blood, my stepmother awoke."
"Mi vide e aprì gli occhi confusa."
"She saw me and opened her eyes with confusion."
"Questa è la verità su ciò che ho fatto ieri sera."
"This is the truth of what I did last night."
"Se Vostra Maestà lo comanda, tagliatemi la testa subito."
"If Your Majesty commands, then cut off my head now."
Il re, pieno di amore e di gioia, abbracciò il figlio.
The king, full of love and joy, embraced his son.
Da quel momento lo amò più che mai.
From that moment, he loved him more than ever before.